dtv

Still sitzt sie da und strickt emsig vor sich hin: Seit einem Schlaganfall lebt Dolors bei der Familie ihrer Tochter Leonor. Sie kann zwar nicht mehr sprechen, hat aber nach wie vor einen scharfen Verstand. Und blind und taub ist sie auch nicht geworden, wie das alle zu glauben scheinen – warum sonst behandelt man sie wie ein Möbelstück?
Während die lebenskluge alte Frau für ihre 16-jährige Enkelin einen wundervollen Pullover in leuchtenden Farben strickt, entgeht ihr nichts von dem, was in dieser scheinbar ganz normalen Familie vorgeht. Jeder hütet hier ein Geheimnis. Nicht zuletzt Dolors selbst …

Blanca Busquets, 1961 in Barcelona geboren, arbeitet seit 1968 als Fernseh- und Radiojournalistin für Televisió de Catalunya und Catalunya Ràdio. Nach mehreren preisgekrönten Erzählungen und ihrem Romandebüt ›Presó de Neu‹ (2003) hat sie mit ›Die Woll-Lust der Maria Dolors‹ die Herzen aller Generationen bezaubert. Zuletzt erschien auf Deutsch ihr Roman ›Bis dass der Zufall uns vereint‹ (dtv 24889).

Blanca Busquets

Die Woll-Lust der Maria Dolors

Roman

Aus dem Katalanischen von Ursula Bachhausen

Deutscher Taschenbuch Verlag

Von Blanca Busquets
ist im Deutschen Taschenbuch Verlag erschienen:
Bis dass der Zufall uns vereint (24889)

Ausführliche Informationen über unsere Autoren und Bücher finden Sie auf unserer Website www.dtv.de

MIX
Papier aus verantwortungsvollen Quellen
FSC® C019821

Ungekürzte Ausgabe 2012
Deutscher Taschenbuch Verlag GmbH & Co. KG,
München

Titel der katalanischen Originalausgabe:
›El jersei‹
(Rosa del Vents/Random House Mondadori S. A., Barcelona)

Umschlagkonzept: Balk & Brumshagen
Umschlaggestaltung: Kate Forrester
Satz: Greiner & Reichel, Köln
Druck und Bindung: Druckerei C. H. Beck, Nördlingen
Gedruckt auf säurefreiem, chlorfrei gebleichtem Papier
Printed in Germany · ISBN 978-3-423-21407-0

Für alle Frauen von einst und heute,
die keine Unschuldslämmer waren.
Und ganz besonders für meine Mutter.
Und für meine Großmutter Júlia.

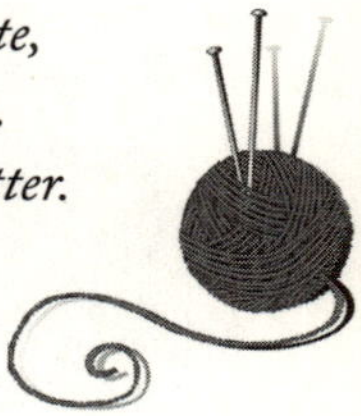

Die Idee

»Los, komm schon rein. Es ist niemand zu Hause.«

Unterdrücktes Lachen.

»Meine Alten arbeiten. Nur meine Oma ist da, und die kriegt ohnehin nichts mehr mit. Komm endlich.«

Die Wohnungstür fällt geräuschvoll ins Schloss. Schritte auf dem Parkett, die Dielen quietschen, so wie immer. Und dann wieder eine Tür, die auf- und zugeht. Sandras Zimmertür, zweifellos.

Ach, die Kleine. Seufzend blickt die alte Frau auf ihre runzeligen Hände, doch augenblicklich erhellt sich ihr Gesicht wieder: Bald werden sie nicht mehr untätig im Schoß ruhen, sondern wieder mit den Nadeln klappern, so wie früher. Auf jeden Fall soll es eine Überraschung werden. Und Leonor muss ihr dabei helfen. Dolors muss sich nur etwas einfallen lassen, wie sie ihre Tochter bitten kann, ihr die Wolle zu besorgen, schöne, kuschelige Wolle, in modischen Farben.

Die Idee ist ihr erst vor ein paar Tagen gekommen. Seitdem kribbelt es ihr in den Fingern, und sie überlegt unablässig, nach was für einem Muster sie ihrer Enkelin den Pullover stricken soll. Soll sie ihn mit Rippen machen? … Oder mit Zöpfen? … Patent? … Oder gar mit einem dieser schwierigen Norwegermuster? … Hm, und die Bündchen … und der Ausschnitt … Und wenn sie ihr einen Rollkragenpullover …?

Wann immer sie Sandra seither zu Gesicht bekommen hat, hat sie sie unauffällig gemustert. Dabei hat sie festgestellt, dass die Hemdchen, die das Kind untendrunter trägt – wie nennt man die heutzutage noch gleich? Erst heute beim Frühstück hat Leonor das Wort doch noch erwähnt … ach ja, Tops –, ausnahmslos über dem Bauchnabel enden; es ist wohl gerade modern, den Nabel zur Schau zu stellen. Und die Schultern gleich mit.

Jetzt im Winter ist es dafür eigentlich viel zu kalt. Aber ein junges Mädchen muss natürlich jede Mode mitmachen, so unsinnig sie auch sein mag. Leonor lässt auch keine Gelegenheit aus, Sandra deswegen auszuschimpfen. Sie erreicht damit aber nur das Gegenteil. Je mehr sie schilt, desto weniger zieht die Kleine an. Sandra ist sechzehn, und Sechzehnjährige sind nun mal störrisch und uneinsichtig, das war schon in Dolors' Jugend so.

Unglaublich, dass Leonor das nicht kapiert. Etwas schwer von Begriff war Dolors' jüngste Tochter ja von jeher, doch in letzter Zeit wird es immer schlimmer mit ihr. Für vieles ist sie neuerdings blind und taub. Und obendrein sieht sie ständig so abgespannt aus …

Gern würde Dolors sie darauf ansprechen und ihr sagen, gönn dir doch mal ein bisschen Ruhe, Kind, und nimm die Dinge etwas leichter, nur: Sie kann ja nicht mehr reden. So muss sie hilflos zusehen, wie Leonor langsam dahinwelkt. Dabei ist sie noch gar nicht so alt. Herr im Himmel, gerade mal fünfzig!

Heutzutage ist man mit fünfzig doch noch jung! Ja, als Dolors in dem Alter war, da kam man nicht umhin, sich alt zu fühlen, richtig alt. Zu jener Zeit sahen die Jüngeren einen an, als gehörte man schon zum alten Eisen und nicht mehr zu denen, die dafür sorgen, dass die Welt sich weiterdreht; mit fünfzig kam man sich so vor, als hätten sie einen auf einen Balkon verbannt, von wo aus man nur noch zuschauen durfte und am Lauf der Dinge nichts mehr ändern konnte. Mein Gott, wie weh dieser überhebliche Blick der nachfolgenden Generationen doch getan hatte ...

Wenn Dolors ihre Tochter heute mit dieser düsteren Miene herumlaufen sieht, würde sie sie zu gern damit trösten, dass auch sie eines Tages darüber lachen wird, dass sie sich durch spitze Bemerkungen hat verletzen lassen, die die anderen nicht ernst gemeint, sondern nur aus Scherz, zum puren Zeitvertreib ausgeteilt haben, vir... virtuell, wie man das heutzutage nennt.

Virtuell, ja genau. Das Wort hat sie erst vor kurzem gelernt. Oma, virtuell heißt, dass etwas nicht existiert, nicht echt ist, es sieht nur so aus, als ob, hatte Martí ihr erklärt. Ihr Enkel will sie nämlich in die »virtuelle Realität« einführen. Wenn Oma sich schon nicht mehr unterhalten kann, ist der Computer für sie sicher eine willkommene Abwechslung, hatte er vor ein paar Tagen zu seiner Mutter gesagt, als diese Großmutter und Enkel vor seiner Maschine überraschte. Lass sie in Ruhe, hatte Leonor leise geantwortet und dabei den Kopf geschüttelt, siehst du nicht, dass das für sie ein Buch mit sieben Siegeln ist? Aber Oma ist doch nicht blöd! Ihr Kopf funktioniert noch einwandfrei, sie kapiert das bestimmt. In ihrer Ecke langweilt sie sich sonst noch zu Tode, hatte Martí seine Großmutter verteidigt. Von ihrem Sessel ins Bett und vom Bett in den Sessel: Mein Gott, Mama, was ist denn das für ein Leben! Lass sie in Ruhe, hatte ihre Tochter nur starrsinnig wiederholt, Oma ist vollkommen zufrieden damit, dass sie nicht allein, sondern im Kreise ihrer Lieben ist, mehr braucht sie nicht, um glücklich zu sein. Nein, das glaub ich nicht, hatte Martí Leonor energisch widersprochen, Oma ist eine blitzgescheite Frau, die will nicht einfach nur dasitzen und Däumchen drehen.

Dolors muss schmunzeln, wenn sie an die Diskussion zurückdenkt. Er ist unheimlich nett, ihr Martí, und er behandelt sie auch nicht so wie all die anderen, so als wäre sie nicht mehr ganz bei Trost. Für ihn ist sie ein Mensch wie jeder andere auch, Punktum.

Martí hat es sich jedenfalls in den Kopf gesetzt, seiner fünfundachtzigjährigen Großmutter beizubringen, wie man mit einem Computer umgeht. Und das mit einer Engelsgeduld, wie sie nur wenige junge Leute haben. Komm, Oma, komm mit ins Arbeitszimmer, das macht dir sicher Spaß, sagt er, sobald seine Mutter weg ist und er ein bisschen Zeit hat, um ihr wieder etwas von seinen Zauberkünsten zu erklären. Dolors hüpft jedes Mal das Herz vor Freude, wenn er ihr dann aus dem Sessel im Wohnzimmer aufhilft, sie liebevoll am Arm nimmt und in Jofres kleines Arbeitszimmer führt, wo diese Apparatur steht, die einen Bildschirm hat wie ein Fernseher, nur kleiner, auf dem man aber trotzdem alles wunderbar erkennen kann, und das sogar in Farbe. Und Tasten hat sie auch, wie eine Schreibmaschine, sie machen aber kein Geräusch, und kaum drückt man eine, geschieht direkt vor einem ein Wunder.

Ganz am Anfang hatte Martí ihr gleich eines gezeigt, von dessen Anblick sie ganz überwältigt war. Das ist die Maus, Oma, hatte er erklärt und auf ein kleines graues Gerät gedeutet, sie heißt so, weil sie wie eine Maus wirkt, findest du nicht auch? Das Kabel ist der Schwanz. Und jetzt schau mal, was passiert, wenn du hier draufdrückst.

Und da war auf der Mattscheibe auf einmal wie aus dem Nichts ein Kätzchen aufgetaucht, ein so niedliches Tierchen, dass Dolors vor Rührung fast die Tränen kamen. Das Kätzchen spazierte von einer Seite zur anderen, stolzierte mit hoch erhobenem Schwanz herum, tat hin und wieder einen eleganten Sprung oder machte einen Buckel, und manchmal setzte es sich auch hin und leckte sich hingebungsvoll die Pfoten.

Ganz hingerissen hatte Dolors ihm zugesehen, bis Martí erklärte, sie sollten sich lieber mit etwas Ernsthaftem befassen. Er nahm die Maus, und plötzlich waren nur noch Zahlen und Buchstaben zu sehen gewesen. Wo ist die Katze hin?, wollte sie ihren Enkel aufgeregt fragen, aber natürlich gehorchte ihr ihre Zunge nicht, sodass sie nur ein paar kehlige Laute herausbrachte. In ihrer Not riss sie Martí deshalb die Maus aus der Hand und hämmerte verzweifelt auf die Tasten. Doch es nützte nichts: Das Kätzchen blieb verschwunden, und stattdessen erschienen immer mehr Zahlen und Buchstaben.

Da hatte Martí seine Hand beruhigend auf ihre gelegt und sie zärtlich angesehen: Ich seh schon, Oma, du magst lieber mit dem Kätzchen spielen. Dabei bist du so eine kluge Frau, die zeitlebens so neugierig war und immer noch mehr lernen wollte. Aber vielleicht will man ja irgendwann einfach nur noch seine Ruhe haben … Mit diesen Worten hatte er auf ein paar Tasten gedrückt und das Tierchen wieder herbeigezaubert. Das Kätzchen heißt übrigens Fèlix, hatte er noch gesagt und sie dann allein gelassen.

Während Fèlix auf dem Bildschirm auf und ab spaziert

war, war sie an jenem Tag zu der Erkenntnis gelangt, dass es tatsächlich übernatürliche Kräfte gab und das, was sie da sah, ein Wunder oder Zauberei sein musste! Und das passierte ausgerechnet ihr, die ein Leben lang eine Skeptikerin gewesen war und immer für alles eine vernünftige Erklärung gesucht hatte. Nicht zu fassen, dass sie jetzt, mit Mitte achtzig, keinerlei Erklärungen mehr brauchte, jetzt war Zauberei einfach Zauberei. Bloß dass man heutzutage dazu »virtuelle Realität« sagte; aber alles ist nun mal dem Wandel unterworfen, inklusive der Bezeichnungen dafür.

Nach einer Weile hatte Martí sie an jenem ersten Tag dann zurück ins Wohnzimmer zu ihrem Sessel geführt, und als sie wieder in ihrer Ecke saß, hatte sie ihn mit leuchtenden Augen angesehen. Denn das kann sie noch: Es ist ihre Art, danke zu sagen. Jetzt, da sie kein verständliches Wort mehr herausbringt, kann sie immerhin noch lächeln. Und sie weiß, dass Martí sich sehr darüber freut. Es macht mich froh, wenn du so lächelst, Oma, sagt er dann immer.

Aus dem Zimmer der Kleinen sind jetzt Geräusche zu hören. Anhaltendes Stöhnen. Was ist da bloß los? … Oh … oh … Schlagartig geht Dolors ein Licht auf, und sie muss kichern. Großartig! Genau wie wir früher, nur macht man es heute eben, ohne vorher geheiratet zu haben … Und natürlich hinter dem Rücken der Eltern: Sandra hat diesen Jungen – es ist ein Junge, sie hat vorhin eine männliche Stimme gehört – nämlich an einem Tag eingeladen, da weder Leonor noch Jofre zu Hause sind. Und auch Martí ist nicht da. Keiner ist da. Nur die Oma. Und die kriegt ja scheinbar nichts mehr mit.

Während Dolors sich mühsam erhebt, um in ihr Zimmer zu schlurfen, überlegt sie, was Sandra und ihr mysteriöser

Freund wohl gerade tun. Das Gleiche wie seinerzeit Antoni und sie? Eigentlich müsste sie ja jetzt bei ihrer Enkelin Maß nehmen für den Pullover, jetzt, da sie nackt ist, würde das am besten gehen. Als Dolors sich vorstellt, wie sie mit einem Zentimetermaß in der Hand in Sandras Zimmer platzt, muss sie wieder kichern. Natürlich wäre das nicht so schlimm wie damals, als man Antoni und sie in flagranti ertappte ... War das peinlich, du lieber Himmel, wenn sie bloß daran denkt! Und was für ein furchtbares Theater es danach deswegen gab ...

Bei Sandra und ihrem Kerl geht es wohl gerade richtig zur Sache, Kinder, Kinder, was macht ihr dabei für einen Heidenlärm. Und das mit sechzehn. Als sie so alt war, da hatte sie vom Leben und den Männern noch nicht die leiseste Ahnung gehabt. Meine Herren, was waren sie und ihre Schulkameradinnen damals blauäugig gewesen. Was aber auch nicht weiter verwunderlich war. Nur schauen, nicht anfassen!, hatte die Nonne dem kleinen Haufen Schülerinnen – seinerzeit machten nicht allzu viele Mädchen Abitur – eingebläut, als sie einmal von den jungen Burschen sprachen, andernfalls sei es vorbei mit der Jungfräulichkeit. Keine hatte zu fragen gewagt, was es mit dieser Jungfräulichkeit denn eigentlich genau auf sich hatte, zumal ihre Klassenlehrerin schon die Augen schloss und erklärte, dass anfassen gefährlich sei, sehr gefährlich sogar, ja man könne dafür in die Hölle kommen, selbst wenn man es hinterher bitter bereue und beichten gehe; es gebe eben Sünden, die Gott einem nicht so einfach vergebe. Zudem seien Frauen für solche Fehltritte die wahren Expertinnen. So wie Eva, die mit dem Apfel.

Schon allerhand, so lange die Geschichte mit dem Apfel

geglaubt zu haben. Ein Mann ist wie ein Apfel, hatte die Nonne sie damals gewarnt, und ihr kennt ja die Geschichte mit dem Apfel, sobald man hineinbeißt, ist es mit dem Paradies für alle Zeiten vorbei. Und sogar die schönsten Äpfel haben Würmer, dicke, unförmige, grauenhaft aufgedunsene Würmer, das könnt ihr euch gar nicht vorstellen!

Während ihres ganzen Vortrags hatte die Nonne – eine potthässliche Person mit einer krummen Nase und einem Ordensschleier, der ihr bis tief in die Stirn reichte – die Augen geschlossen gehalten, und Dolors und ihre Klassenkameradinnen hatten einander angesehen und leise gekichert, waren sie doch in einem Alter, in dem man einfach über alles gickelte. Aber natürlich glaubten sie der Nonne die Geschichte mit dem Apfel aufs Wort, und jedes Mal, wenn Dolors danach einen Mann sah, stellte sie sich seinen Körper rot, glänzend und alles andere als verlockend vor, denn sie mochte keine Äpfel. Allerdings fragte sie sich auch immer, was das wohl für ein Wurm war, der in den Männern steckte, dieser unförmige Wurm, von dem die Nonne mit geschlossenen Augen gesprochen hatte.

Dolors gluckst nun vor Vergnügen. Sandra hat dieses Problem offenkundig nicht, sie weiß wohl längst, was es mit dem unförmigen Wurm auf sich hat, und findet ihn bestimmt nicht *so* grauenhaft, ihrem Stöhnen nach zu urteilen, das nicht so klingt, als hätte sie Angst oder würde sich davor ekeln, ganz im Gegenteil, anscheinend schmeckt ihr der rote Apfel sogar ausgezeichnet …

Dolors lacht erneut leise auf, und während sie in ihrer Kommode nach der Strickzeitschrift kramt, die sie sich vor Monaten wegen der wunderschönen Muster gekauft hat, überlegt sie zum ersten Mal in ihrem Leben, wie die

Nonne das mit dem unförmigen Wurm eigentlich wissen konnte, schließlich hatte sie ein Keuschheitsgelübde abgelegt, und zu jener Zeit bekam man so etwas auch noch nicht in irgendwelchen Zeitschriften oder gar im Fernsehen zu sehen. Und außerdem war es damals den Nonnen strengstens verboten, einen Ellbogen und erst recht das, was darüber lag, zu betrachten. Jedes Mal, wenn Dolors in den Ferien nach Hause kam, musste das Dienstmädchen sie am ganzen Körper als Erstes ordentlich abschrubben, denn im Internat durfte man sich oberhalb des Ellbogens noch nicht einmal waschen! Ein Unterschied wie Tag und Nacht, außen weiß und innen kohlrabenschwarz: Was müssen wir alle gestunken haben, sagt sich Dolors jetzt, und wie sittsam und prüde wir waren.

Mittlerweile war man von einem Extrem ins andere gefallen. Was wohl passiert wäre, wenn sie sich als junges Mädchen so gekleidet hätte wie Sandra? Was hätte die Nonne mit dem Apfel und dem Wurm wohl dazu gesagt? Nicht auszudenken!

Maria Dolors!, hätte sie gebrüllt, denn im Internat hatte man sie natürlich immer mit ihrem kompletten Namen gerufen, den sie von klein auf hasste, aber erst viele Jahrzehnte später mit Teresas Unterstützung zu Dolors verkürzen konnte. Zur Direktorin! Auf der Stelle! Und dann hätten die Nonnen mit Sicherheit schnurstracks Dolors' Familie benachrichtigt und Dolors im Internat als abschreckendes Beispiel für ein gefallenes Mädchen hingestellt. Vielleicht wäre sie zur Strafe sogar in den Schlafsaal für die mittellosen Schülerinnen verbannt worden, die für ihren Unterhalt nähen mussten und den reicheren Oberschülerinnen das Essen servierten. Es hätte wirklich alles Mögliche geschehen können, wenn sie sich vor der Nonne mit dem Apfel – wie hatte sie bloß geheißen …? – in einem dieser knappen Tops präsentiert hätte, wie Sandra sie heute ungestraft trägt.

Neulich hatte sich die Kleine allerdings ein paar Tage lang gut eingemummelt und einen dicken, allerdings gekauften Pullover getragen, weil sie sich eine Bronchitis eingefangen hatte. Leonor war von dem vielen Schelten stockheiser geworden. Vor Dolors hatte sie Sandra zur Minna gemacht, sie hatte nicht einmal gemerkt, dass ihre alte Mutter mithörte. Aber es bemerkt ohnehin nie einer, dass die Großmutter im Raum ist, sie gehört quasi zum Inventar. Dolors seufzt, ihre Miene hellt sich aber sogleich wieder auf. Natürlich ist es traurig, dass einem keiner Beachtung schenkt, doch andererseits erfährt sie so einiges, das dem Rest der Familie verborgen bleibt. Es hat eben alles sein Gutes, ganz gleich, wie schlecht es einem sonst gehen mochte, und Dolors hat nun schon etliches mitbekommen, seit sie bei ihrer Tochter wohnt, und Dinge beobachtet, über die sie einen ganzen Roman schreiben könnte …

An jenem Tag etwa, als Leonor Sandra heruntermachte, weil diese die Bronchitis bestimmt nur wegen der nabelfreien Tops bekommen hatte, da hätte sie ihrer Tochter liebend gern gesagt, sie solle es mit dem Gezeter gut sein lassen und sich lieber darum kümmern, dass Sandra sich besser ernährt. Das Kind isst nämlich wie ein Spatz. Doch was das betrifft, ist Leonor anscheinend wie mit Blindheit geschlagen. Da sie weder mittags noch abends zusammen essen und sich am Wochenende sogar noch seltener sehen, weil Sandra jede Gelegenheit nutzt, sich zu der einen oder anderen Freundin zu flüchten, fällt ihr nicht auf, dass Sandras Hemdchen ihr bereits um den Körper schlottern und sie bald keinen Gürtel mehr findet, den sie noch enger schnallen kann, damit die Hosen nicht rutschen.

Von ihrem Sessel aus beobachtet Dolors des Öfteren, wie Sandra sich erst von der Seite und dann von vorn im Flurspiegel betrachtet und schließlich noch einen angewiderten Blick auf ihren Hintern wirft. Dabei hat sie gar keinen Hintern, sie besteht ja fast nur noch aus Haut und Knochen! Dolors seufzt. Wie sich die Dinge mit der Zeit doch ändern: Das mit der guten Figur hing offenbar davon ab, ob gerade fette oder magere Jahre herrschten. Zu Zeiten der Nonne, des Apfels und des Wurms sah eine Frau gut aus, wenn sie drall war und volle Wangen hatte. Sie war schön, weil sie viel essen konnte, während alle anderen hungern mussten. Heutzutage war es genau umgekehrt: Da sich jeder nun den Teller vollladen konnte, hatte man sich zurückzuhalten, wollte man dem gängigen Schönheitsideal entsprechen.

Abgespannt, wie sie ist, merkt Leonor jedenfalls nichts von Sandras Problemen. Und Jofre … ach Gott, Jofre ist eben Jofre. Ein geborener Weltverbesserer, der gern große Reden schwingt, die keiner versteht. Im Grunde genommen ist er genauso, wie ein Philosoph zu sein hat, im Gegensatz zu der Lehrerin, die seinerzeit Dolors in dem Fach unterrichtete; die hatte nichts, aber auch rein gar nichts von einer Philosophin gehabt. Wahrscheinlich hatte sie Geisteswissenschaften studiert und sich dabei auf Literatur konzentriert.

Schlagt eure Bücher auf, mit diesen Worten kam sie in die Klasse, und dann mussten sie die ganze Stunde die Nase in die Bücher stecken und versuchen, allein durchs Lesen die Lehren von Platon, Aristoteles, Sokrates und ein paar wenigen anderen zu verstehen, denn viele der späteren Philosophen wurden ihnen damals vorenthalten. Sie wurden einfach totgeschwiegen, so als wären ihre Namen mit einem Tabu belegt, als gäbe es im Strom der Zeit ein schwarzes Loch, das sie allesamt verschluckt hatte. Erst viele Jahre später sollte sie von ihrer Existenz und immensen Bedeutung für die Geistesgeschichte erfahren. Und dabei hatte sie in ihrer Schulzeit noch Glück gehabt: Immerhin hatten Dolors' Nonnen ihnen noch mehr beigebracht als die, die Leonor dreißig Jahre später unterrichteten. Kaum zu glauben, statt einen Schritt vor machte man damals zwei zurück. Von heute auf morgen war alles verboten und Sünde.

Während sie wieder zu ihrem Sessel zurückhumpelt, muss Dolors schmunzeln, da ihr nun wieder ihre eigenen Sünden einfallen. Sie hat in ihrem Leben viele begangen, alle möglichen, sogar ein paar richtig schwere, für eine Tochter aus gutem Hause eigentlich undenkbare waren dabei gewesen. Wenn Leonor das wüsste, würde sie ihre alte Mutter sicher für ein Monstrum halten und augenblicklich rauswerfen.

Aus dem Zimmer der Kleinen ist nur noch leises Getuschel zu hören. Dolors schlägt ihre Strickzeitschrift auf und beginnt zu blättern. Nach welchem Muster soll sie den Pullover bloß stricken? Oder soll sie eines abwandeln, so wie sie das früher auch manchmal getan hat? Ach, es gibt so viele schöne Modelle. Und erst die Farben … Sanfte Naturtöne sind gerade wohl sehr beliebt, aber auch richtig leuchtende Farben, sodass sie sofort wieder diese unbändige Lust zu stricken verspürt.

Das wird eine Tischdecke, nicht wahr? Das machen wir aber wirklich schön, Omi, hatte die Frau gesagt, die ihre

Töchter ihr zweimal pro Woche zum Putzen geschickt hatten. Die Putze redete mit Dolors immer wie mit einem Kleinkind, sie hielt sie anscheinend für beschränkt. Und das bloß, weil sie nicht mehr so aufrecht laufen konnte wie sie selbst, eine Frau von rund sechzig Jahren. Deshalb hatte Dolors damals nur schroff erwidert: Das wird keine Tischdecke, sondern ein Schal für meinen Enkel; sehen Sie nicht, dass man den nicht auf einen Tisch legen kann?! Und außerdem möchte ich Sie bitten, mich nicht Omi, sondern Dolors zu nennen. In Ordnung, hatte die Frau daraufhin nur kleinlaut erwidert, und später hörte Dolors dann, wie sie am Telefon zu Leonor oder Teresa sagte, im Kopf ist sie noch überraschend klar, ihr braucht euch wirklich keine Sorgen um sie zu machen, eurer Mutter geht es gut, sehr gut sogar. Sehr gut, genau. Und ihren Haushalt hatte sie auch noch gut im Griff gehabt, bis ...

Warum ziehst du nicht zu uns, Mama? Wir haben eine so große Wohnung ... Ach, was war das lange her, dass Leonor ihr das zum ersten Mal vorgeschlagen hatte. Von Teresa konnte so etwas ja nicht kommen, sie lebt in Madrid: Weißt du, dort wird die Politik gemacht, Mama, sagt sie immer, wenn Dolors sie fragt, was sie da eigentlich verloren hat. Jedenfalls hätte sie nie zu Teresa ziehen können. Zu Leonor schon, doch da hatte sie sich standhaft geweigert. Ich mache mir aber Sorgen, Mama, hatte ihre Jüngste ebenso starrköpfig entgegnet, eines Tages passiert dir was, und wir bekommen es nicht einmal mit. Komm, überleg's dir, hatte sie wieder und wieder gedrängt, bis Dolors irgendwann der Geduldsfaden gerissen war und sie in einem unerklärlichen Anflug von Hochmut erklärt hatte: Jetzt ist es aber genug! Wenn ich schon sterben muss, dann hier in meiner

Wohnung, in der ich nun schon bald sechzig Jahre lebe. In meinem Alter mache ich, was *ich* will, und ich will nun mal hierbleiben, und damit basta! Natürlich war Leonor eingeschnappt gewesen, denn sie ist eine richtige Zimperliese. Keine Sorge, Mama, ich werde es dir nicht noch einmal vorschlagen, hatte sie mit Tränen in den Augen erwidert, das Thema ist für mich damit ein für alle Mal erledigt.

Und dann das! Dolors schluckt tapfer, es fällt ihr nicht leicht, daran zu denken, und sie muss sich immer wieder sagen, dass das Unglück, das ihr widerfuhr, am besten mit Humor zu meistern ist, von dem sie zum Glück ja reichlich hat. Von einem Tag auf den anderen war es mit der Eigenständigkeit vorbei gewesen, und niemand ließ sie mehr machen, was sie wollte.

Auf den Schreck, den Stillstand um sie herum, das Licht am Ende eines dunklen Tunnels, vor das sich dann ein schemenhaftes Gesicht schob, das immer deutlicher wurde, bis sie schließlich erkannte, dass ein Rettungssanitäter sie anlächelte, folgte die zutiefst bestürzende Erkenntnis, dass sie kein einziges Wort mehr herausbrachte. Danach überkam sie nur noch eine unendliche Traurigkeit, die sie unaufhörlich weinen ließ, mehrere Tage und Nächte lang, bis ihr irgendwann bewusst wurde, dass sie zumindest noch in der Lage war, ein paar Laute auszustoßen, und sich mit ihrem Schicksal abzufinden versuchte. Sie sind bestimmt ein bisschen durcheinander, stimmt's?, wurde sie gefragt, und man erklärte ihr, dass sie sich nicht wundern solle, der Schlaganfall habe ihre Erinnerungen ein wenig durcheinandergebracht – so als hätten diese fein säuberlich gestapelt in einer Kiste gelegen! –, weshalb es ihr nun schwerfalle, sie in die richtige Reihenfolge zu bringen. Nicht die von früher,

Ihr phänomenales Gedächtnis möchte ich gern haben!, hatte der Doktor zu ihr gesagt, doch mit Ihrem Kurzzeitgedächtnis werden Sie vielleicht Probleme haben. Aber keine Sorge, das wird schon wieder, Sie müssen nur viel Geduld haben; ich sage Ihnen das ganz offen, weil ich weiß, dass Sie eine intelligente Frau sind, die es hasst, wenn man um den heißen Brei herumredet. Sie haben mich verstanden, nicht wahr? Und Dolors hatte tapfer genickt. Sie war dem Arzt dankbar gewesen, dass er sie wie einen erwachsenen Menschen und nicht wie eine Schwachsinnige oder ein kleines Mädchen behandelt hatte. Nicht so wie Leonor. Oder wie Teresa, die mit dem Flugzeug herbeigeeilt war. Ich muss dem Tod gerade noch mal von der Schippe gesprungen sein, hatte Dolors damals im Krankenhaus gedacht, Teresa kommt mich sonst nie mitten in der Woche besuchen. Und vielleicht habe ich ja wirklich nicht mehr lange zu leben …

Na, anscheinend haben die beiden jetzt genug. Wie lange ist das her, dass sie in Sandras Zimmer verschwunden sind? Dolors weiß es nicht genau, aber es hat lange gedauert, eine halbe Ewigkeit, und gleich werden sie herauskommen, und er wird gehen.

Oder doch nicht? Nein, er geht noch nicht, sie hört die beiden im Flur reden.

»Komm, ich stell dir meine Oma vor.«

Ihre Enkelin kommt ins Wohnzimmer, gefolgt von einem Jungen, der im gleichen Alter sein muss wie sie, allerdings um einiges größer ist und so satt und zufrieden aussieht, als hätte er soeben eine riesige Portion Erdbeeren mit Schlagsahne verdrückt. Arme Sandra, wann wird sie merken, dass die Männer von einem jungen Mädchen nur das eine wollen …

»Oma, ich möchte dir gern Jaume vorstellen … Jaume, das ist meine Oma.«

Sandra hat deutlich gesprochen, und auch ziemlich laut. Jaume tritt nun näher und gibt ihr die Hand. Dolors drückt sie lächelnd. Seine Hand ist groß und warm, ihre hingegen klein, knochig und kalt, was der Junge wohl von ihr denken mag? Liebend gern würde sie jetzt sagen, aber Sandra, was stellst du diesem jungen Mann eine so alte Frau wie mich vor, und würde dann einen Scherz über früher machen, um ihre Verlegenheit zu überspielen, doch sie kann ja kein verständliches Wort mehr herausbringen, weshalb sie ihn – Gottchen, er ist ja noch so feucht hinter den Ohren – noch einmal anlächelt und dann den Kopf zu ihrer Enkelin dreht.

Die nimmt jedoch nichts anderes mehr wahr als ihren Jaume, das sieht ein Blinder mit Krückstock. Sie ist bis über beide Ohren verliebt und in diesem Moment der festen Überzeugung, in der besten aller Welten zu leben, wie dieser Crèdul von Voltaire … oder Confiat … ach nein, wo hast du bloß deinen Kopf, Dolors, Candide hieß der! Gern würde sie ihr jetzt zuraunen, Mädchen, siehst du nicht, dass dein Jaume dich nicht auf die gleiche Art anschaut wie du ihn? Dass er bloß vor Begierde brennt? Er ist ein Mann!

Doch selbst wenn sie noch sprechen könnte, hätte es keinen Zweck, Sandra würde genauso weitermachen und sich noch dazu über sie ärgern, so wie Leonor seinerzeit, als sie sie zu überzeugen versucht hatte, dass Jofre nicht der Richtige für sie war. Dolors hatte es nämlich schon drei Meilen gegen den Wind gerochen, dass er nur auf der Suche nach einem billigen Dienstmädchen war, das ihm pünktlich das Essen auf den Tisch stellte und seine Hemden bügelte, damit er in aller Ruhe über die Erschaffung des Universums und Russells Weltanschauung sinnieren konnte. Das ist nicht wahr, Mama!, hatte Leonor damals heftig widersprochen, die Zeiten haben sich geändert, es ist nicht mehr so wie bei dir und Papa, heutzutage sind wir frei, Mann und Frau haben die gleichen Rechte, und jeder hilft dem anderen. Nie zuvor hatte Dolors einen solchen Blödsinn gehört. Ein Philosoph des Widerstands sei er, so oder so ähnlich hatte Leonor ihr Jofre vorgestellt. Solch eine Vergötterung hatte Dolors noch nie erlebt, Leonor hatte definitiv den Verstand verloren. Du liebe Zeit, Kind, mach die Augen auf, hatte sie geschimpft, ja sie sogar an den Schultern gepackt und geschüttelt, doch es hatte alles nichts genützt: Dieser Jofre, der jetzt der Herr der Wohnung ist, in der sie den ganzen Tag untätig in der Ecke sitzen muss, hatte Leonor so gründlich den Kopf verdreht, dass ein gutes Stück von ihr verloren ging, wenn nicht die ganze Leonor, denn das, was noch übrig ist, ist eine andere Frau. Es ist Dolors unbegreiflich, dass ein Mensch sich derart ändern kann, wenn er wegen eines solchen Dummkopfs den Verstand verliert, denn so etwas war ihr in ihrem Leben nie passiert.

Obwohl … vielleicht ja doch. Nur war er alles andere als ein Dummkopf.

Sandra zieht nun mit ihrem Jaume ab, jetzt, da sie ihn vorgestellt hat. Schon komisch, dass sie das überhaupt getan hat, sie verschwendet sonst nie einen Gedanken daran, dass die Oma den lieben langen Tag in ihrer Ecke sitzt und vor Langeweile fast vergeht. Wie gut, dass ihr das mit dem Pullover eingefallen ist, sie hat furchtbar große Lust, ja kann es kaum erwarten, schöne flauschige Wolle zwischen ihren Fingern zu spüren. Traumhaft schön wäre ja Kaschmir oder Angora, aber das feine, weiche Garn können ihre alten Finger nicht mehr gut verarbeiten. Aber Merinowolle muss es dann schon sein, und mit der kann man ja richtig schöne Muster stricken …

Ach herrje, auf einmal fällt Dolors ein, dass sie versäumt hat, auf Sandras Maße zu achten. Nein wirklich, dass sie diese Gelegenheit verpasst hat! Und das bloß, weil sie sich Gedanken gemacht hat, ob dieser Jaume zu ihrer Enkelin passt oder nicht. Wissen kann man das zu diesem Zeitpunkt ohnehin noch nicht, die beiden entwickeln sich ja noch, und erwachsen sind sie noch lange nicht, auch wenn sie das natürlich meinen. Sie sind in einem Alter, in dem man glaubt, die ganze Welt stünde einem offen, man wüsste bereits über alles Bescheid und ließe sich von keinem mehr ein X für ein U vormachen. Und gerade weil sie so denken, passiert ihnen das häufiger als sonst jemandem. Die Ärmsten.

Sie selbst war auch erst mit vierzig richtig erwachsen geworden. Erst als Teresa und Leonor schon größer waren, war sie auf die Idee gekommen, die Scheuklappen abzulegen und sich umzuschauen. Erst nach dreizehn langen Ehejahren, in denen sie, wie alle selbstlosen Gattinnen und Mütter, nichts anderes im Blick gehabt hatte als ihren Mann und ihre Kinder, hatte sie festgestellt, dass die Welt sich drehte und sogar so dreist war, dies auch ohne sie zu tun. Und das war schlimm: Wie sie dreizehn Jahre lang so wenig Frau hatte sein können, so wenig Mensch, das ist ihr bis heute unerklärlich. Dolors muss über sich selbst lachen. Damals war sie alt gewesen, nicht heute. Im Grunde war sie von dem Tag an alt gewesen, als Eduard sie fragte, ob sie ihn heiraten wolle, und aus seiner Hosentasche einen Ring mit einem dicken Brillanten zog, einem Solitär, der sie so sehr geblendet hatte, dass sie für lange Zeit wie behext von seinem Anblick war; funkelnde Edelsteine kennen nun mal kein Erbarmen, sie blenden einen dermaßen, dass man nichts anderes mehr sehen kann.

Verlegen hatte Eduard seinen Hut in der Hand gedreht und war bei der Frage: Willst du mich heiraten? – wobei er das letzte Wort vor lauter Nervosität nur noch krächzen konnte – über und über rot geworden, nachdem er zuvor ganz bleich gewesen war, kreidebleich. Belustigt hatte Dolors gedacht, auweia, der kippt mir gleich um, aber das war natürlich noch vor dem Brillanten gewesen. Als in seinen zitternden Händen dann der Ring zum Vorschein kam, war es um Dolors geschehen gewesen, und nach allem, was geschehen war, wollte es eine Menge heißen, dass er ihr einen so wertvollen Diamanten schenkte.

Als sie sich viele Jahre später eingestand, dass der Ring sie geblendet hatte, hätte sie sich am liebsten ihren Kopf gegen die Wand geschlagen – bis sie bei Leonors Heirat feststellte, dass wohl doch nicht der Ring verantwortlich war, denn Leonor hatte von Jofre keinen bekommen und war dennoch genauso blind gewesen. Also musste es etwas anderes sein, das Frauen zu einem bestimmten Zeitpunkt im Leben blendete und sie veranlasste, wie ein dusseliges Huhn Ja zu sagen und blindlings die größte aller Dummheiten zu begehen, selbst wenn es dafür einen guten Grund und jede Rechtfertigung der Welt gab. Und jetzt musste sie mit ihren fünfundachtzig Jahren mit ansehen, wie nun offensichtlich Sandra an der Reihe war. Wer hätte das gedacht, Dolors, manche Dinge ändern sich einfach nie.

Sandra und ihr Verehrer sind nun endlich fort. Vor dreißig Jahren ging Leonor mit ihrem Jofre genauso ein und aus, sie vorneweg und er hinterdrein, mit einem Gesicht wie sieben Tage Regenwetter, ohne »Guten Tag« oder »Auf Wiedersehen« zu sagen. Siehst du nicht, dass er keine Manieren hat und dich an der Nase herumführt?, hatte Dolors sie zu warnen versucht, immer und immer wieder, aber ihre Jüngste war wie mit Dummheit geschlagen.

Sie hatte sich damals so modern gegeben, mit all den Blumen, der »freien« Liebe und dem ganzen Gedöns, doch das Leben war auch in ihrem Fall seinen eigenen Gesetzen gefolgt. Anscheinend müssen wir alle das Gleiche durchmachen, sinniert Dolors nun, während sie sich unter dem linken Auge kratzt, wo es sie auf einmal wieder juckt, du hast da eine Allergie, Mama, hat Leonor ihr erklärt, worauf Dolors nur dachte, das fehlt mir gerade noch zu meinem Glück, eine Allergie, eine dieser Modekrankheiten! Immerhin hat sie keine Depression, die andere Modekrankheit, oder gar Magersucht, woran ihre Sandra leidet. Das gelegentliche Jucken am Auge, das hat sie erst seit dem Schlaganfall. Es ist nur eine kleine Stelle, aber die macht sie ganz kribbelig, sodass sie sich kratzen muss, bis die Haut ganz rot ist. Hinterher schimpft sie der Erstbeste, der nach Hause kommt: Hast du dich etwa schon wieder gekratzt, Oma? Wie oft sollen wir dir noch sagen, dass du es damit nur noch schlimmer machst? Dir ist wirklich nicht zu helfen. Sogar der Schwachkopf von Jofre tadelt sie, dabei hat *der* sie nun wirklich nicht zurechtzuweisen, da es ihm doch selbst an jeglicher Erziehung fehlt, und er kommt und geht ohne ein Wort. Ein Glück, dass Leonor ihren Kindern beigebracht hat, sich anständig zu benehmen.

Immerhin hat sich ihr Schwiegersohn irgendwann die Haare schneiden lassen. Als junger Mann hatte er sie lang getragen, sie manchmal sogar zu einem Pferdeschwanz zusammengebunden. Leonor hatte ihn in dem katholischen Jugendzentrum des Viertels kennengelernt, in das Dolors sie geschickt hatte, als sie merkte, dass die Nonnen ihre Jüngste zu einem verklemmten Fräulein machten. Leonor war schon immer leicht beeinflussbar gewesen und stets mit dem Strom geschwommen, mal hierhin und mal dorthin. Teresa war da ganz anders, sie hatte von jeher klare Leitbilder gehabt, zum Teil zwar recht merkwürdige, aber immerhin. Und sie hatte Eduard die Stirn geboten.

Alles begann damit, dass sie ihm verkündete, sie wolle nicht Sekretärin werden, sondern Literaturwissenschaft studieren. Das war für ihren Vater der erste Schock gewesen. Den zweiten versetzte sie ihm mit ihrem Entschluss, sich dem Widerstand gegen Franco anzuschließen. Selbstredend verstand sie sich gleich mit Jofre. Doch geheiratet hat ihn Leonor, und nicht sie – denn Teresas dritter Schlag in Eduards Nacken war die Mitteilung, sie sei lesbisch. Wenn sie daran zurückdenkt, läuft Dolors noch heute ein Schauder den Rücken hinunter. Teresas Geständnis hatte sie damals wirklich erschüttert, und sie hätte gern darüber geredet und es zu verstehen versucht. Doch Eduard hatte nicht lange gefackelt. Teresa sei keine Frau, allerhöchstens ein unfertiges Stück Mann, hatte er gebrüllt. Die beiden hatten sich so laut angeschrien, dass die Wände wackelten. Leonor war damals noch nicht einmal in der Pubertät gewesen und hatte mit offenem Mund zugehört, ohne auch nur das Geringste zu verstehen. Dolors hatte sie deshalb schnell gepackt und in ihr Zimmer geschoben, um das Gefühlschaos, das in dem armen Kind toben musste, nicht noch größer werden zu lassen, weil es nicht wusste, auf wessen Seite es sich schlagen sollte.

An jenem Tag schrien Eduard und Teresa aufeinander ein wie noch nie zuvor im Leben. Dolors stand nur schweigend dabei, denn ihr Verstand war nach Teresas Offenbarung wie gelähmt gewesen. Ihr Bekenntnis hatte sie allerdings nicht nur erschüttert, sondern auch ihre Neugier geweckt: Wie konnte das sein, dass Teresa in den Männern nur den Kameraden und nicht den Mann sah, so wie sie? Heilige Muttergottes, Teresa lesbisch, die eigene Tochter! Das häusliche Gewitter endete mit einem Blitzschlag, der die Bemühungen vieler Jahre zunichtemachte: Eduard warf Teresa hochkant hinaus.

Aber sie war ja ohnehin kaum noch zu Hause gewesen, und an den Wochenenden schon gar nicht. Zwar nahm Eduard sie jeden Sonntagabend ins Verhör, wo sie sich herumgetrieben habe, doch Teresa schwieg eisern, was ihren Vater stets noch mehr in Rage brachte. Das Kind entgleitet uns, seufzte er anschließend im Schlafzimmer, wenn wir nicht aufpassen, gerät es auf die schiefe Bahn. Jetzt mach aber mal halblang, hatte Dolors eingewandt, so schlimm wird es sicher nicht kommen. Du wirst schon sehen, hatte er nur düster erwidert.

Am Abend von Teresas Erklärung ihrer sexuellen Neigungen hatte Eduard Dolors dann angefaucht: Siehst du, ich hab's dir ja gesagt, dass sie uns entgleitet, wir haben sie verloren, sie ist nicht mehr unsere Tochter. Das waren die letzten Worte gewesen, die er über Teresa verlor. Über Teresa, die eine Viertelstunde vorher die Wohnungstür hinter sich zugeknallt hatte, denn sie hatte natürlich auf Eduards großmütige Erlaubnis gepfiffen, noch eine Nacht zu Hause zu schlafen, da man zu dieser späten Stunde ja niemanden mehr auf die Straße setzen könne. Trotz allem wollte Eduard nämlich noch als barmherzige Seele dastehen, stolz, aber dennoch voller Verständnis für die Not anderer. Es war wirklich nicht zu fassen!

Aber er hatte dabei etwas Entscheidendes vergessen: Teresa war noch stolzer und starrsinniger als er. Genau darum hatte sie ihrem Vater auch das mit ihren sexuellen Vorlieben an den Kopf geworfen, denn sie wollte seinen Stolz verletzen, und sie wusste genau, dass sie ihm damit den Todesstoß versetzen würde. Dolors seufzt. Die beiden waren einfach einer wie der andere gewesen. Eduard war zwar ein Rechter gewesen und Teresa eine Linke, doch ihre politische Gesinnung spielte eigentlich keine Rolle, denn sie waren beide aus dem gleichen Holz geschnitzt, und jedes Mal, wenn Teresa sie besuchen kommt, glaubt sie, wieder Eduard vor sich zu sehen.

Ich habe nicht die geringste Absicht, hier noch zu übernachten, das habe ich absolut nicht nötig, hatte ihre Älteste an jenem Abend mit einem herablassenden Lächeln erklärt, war dann erhobenen Hauptes in ihr Zimmer stolziert und hatte ihre Sachen in eine Sporttasche gepackt, während Dolors sie vergebens zum Bleiben zu überreden versuchte, am helllichten Tag sähen die Dinge ganz anders aus und sie könnten dann ganz sicher noch einmal mit dem Vater darüber reden. Doch Teresa stopfte nur unbeirrbar ihren Schlafanzug, Hosen, Blusen und Unterwäsche in die Tasche, sagte zu ihrer Mutter, ich ruf dich an, bevor ich den Rest hole, gab ihr einen Kuss, streichelte ihre Wange und verschwand dann mit den Worten: Mach dir keine Sorgen, Mama, mach dir um mich bloß keine Sorgen.

In jener Nacht hatte Dolors ihren Mann auf Knien angefleht, er könne das Kind doch nicht auf der Straße stehen lassen. Aber Eduard hatte keine älteste Tochter mehr, er hatte sie verstoßen. Am Ende hatte sich Dolors deshalb vom Boden erhoben, hatte ihre Tränen abgewischt und resolut verkündet: Dann gehe ich eben mit ihr! Und da hatte Eduard ihr den grausamen, abgrundtief bösen Dolchstoß versetzt. Teuflisch hatte er aufgelacht: Du willst ihr hinterherlaufen? Mach dich nicht lächerlich, Dolors. Sie wird dich auf der Stelle heimschicken, weil sie ihren eigenen Weg gehen will.

Damit hatte Eduard leider recht, und so war Dolors geblieben. Nach dieser Szene herrschte zwischen ihnen jedoch Schweigen, ein tage-, wochenlanges Schweigen, das zur Demarkationslinie zwischen der Vergangenheit und der Zukunft wurde, zu einer unüberwindlichen Grenze. Irgendwann hatte Teresa dann noch ihre restlichen Sachen geholt, ich ziehe zu ein paar Freundinnen, Mama, hatte sie ihr erklärt, ich habe Arbeit gefunden und studiere nebenher, mach dir keine Sorgen, sobald ich Telefon habe, gebe ich dir meine Nummer.

Teresa und Eduard waren beide wirklich willensstark. In letzter Zeit denkt Dolors immer öfter, dass sie wohl Eduard statt Antoni gewählt hatte, weil er einen so starken Charakter hatte, nur deshalb, nicht wegen des Geldes. Dass sie ihn heiratete, weil er wie ein Fels in der Brandung war und ihr so eine Stärke verlieh, die sie selbst nicht besaß. Weil er für sie eine schützende Mauer zwischen ihrer Verletzbarkeit und der Welt darstellte. Diese Mauer war mit der Zeit jedoch immer dicker geworden. Und als Teresa ausgezogen war, wurde ihr klar, dass etwas geschehen musste, und zwar schnell, denn die Situation war nicht mehr länger auszuhalten.

Das Bündchen

»Nein, Mònica. Nein, ich hab es ihr noch nicht gesagt … Wenn ich es dir doch sage, Mònica, ich …«

Zwar telefoniert Jofre vom Schlafzimmer aus und spricht sehr leise, aber sie kann ihn dennoch gut verstehen. Taub ist Dolors schließlich nicht. Bloß weiß sie später meistens nicht mehr so genau, wann sie was gehört hat. Aber das ist das geringste Problem, schließlich ist es egal, wann sich etwas zugetragen hat, entscheidend ist, dass es passiert ist.

Schau, du packst einfach alles schnell in diese Tüte, wenn du Sandra nach Hause kommen hörst, und schiebst sie unter deinen Sessel, hatte Leonor zu Dolors gesagt. Und sollte sie dich fragen, was da drin ist, sagst du einfach, das seien Sachen von dir aus deiner Wohnung. Aber ich glaube nicht, dass sie was merkt, auf so was achtet sie eigentlich nicht.

Außer auf ihren Liebsten achtet Sandra auf gar nichts, den Jungen mit der warmen Hand, den sie der Familie nicht vorstellt, weil sie vermutlich Angst hat, dass er euch nicht passt, hätte Dolors Leonor am liebsten geantwortet, aber es ging natürlich nicht. Wolle, Stricknadeln, Schere und die Zeitschrift mit dem Muster kann sie jedenfalls seelenruhig in der Plastiktüte verstecken, ohne befürchten zu müssen, dass ihre Enkelin sie entdeckt.

Letztlich war es doch nicht so schwer gewesen, Leonor ihr Vorhaben zu erklären. Nach langem Hin und Her, was für ein Muster sie nehmen sollte, hatte sie schließlich mit zittriger Hand auf einen Zettel gekrakelt: »Ich möchte Sandra mit einem selbstgestrickten Pullover überraschen. Könntest du mir dafür bitte Wolle und Stricknadeln besorgen?« Den hatte sie ihrer Tochter unauffällig zugesteckt, zusammen mit ihrer Zeitschrift, in der sie die Strickanleitung angemerkt hatte.

Die Wolle ist sehr weich und hat wirklich schöne kräftige Farben: Blau, Gelb und Grün. Leonor hat eine gute Wahl getroffen, das muss man ihrer Jüngsten lassen. Sie hat einen guten Geschmack, und seit sie die jugendliche Phase mit den Schlabberpullovern hinter sich hat, ist sie stets schick gekleidet.

»Ich muss Schluss machen, ich bin nicht allein … Ich dich auch. Küsschen.«

Klick. Jofre hat aufgelegt.

Dolors stockt der Atem. Was hat sie da gerade gehört? Ich dich auch? … Für gewöhnlich ist das die Antwort auf ein »Ich liebe dich«: Millionen von Liebenden aller Altersklassen, Lebensformen und Neigungen reagieren mit genau diesen Worten! Hat Jofre eine Geliebte? Auf jeden Fall hat ihr Schwiegersohn etwas zu verbergen, sonst hätte er nicht so leise gesprochen, diese Mònica muss für ihn also eine überaus interessante Person zu sein …

»Na, wie geht's uns denn heute, Dolors?«

Dolors zuckt zusammen: Jofre hat ihr die Frage geradezu ins Ohr geschrien. Sie hat ihn vor lauter Nachdenken gar nicht ins Wohnzimmer kommen hören. Schnell lächelt sie und hebt den Daumen, wie sie das bei ihren Enkeln gesehen hat. Was ihren Schwiegersohn wohl sehr amüsiert, denn er muss laut darüber lachen.

Schon merkwürdig, denkt Dolors, alle haben die Manie, sie anzuschreien, als wäre sie seit ihrem Schlaganfall nicht nur verstummt, sondern auch schwerhörig geworden, anscheinend besteht für sie da ein direkter Zusammenhang. Dabei hat das eine mit dem anderen nicht das Geringste zu tun! In gewisser Hinsicht ist es aber gut, dass ihre Familie so denkt, denn auf diese Weise bekommt sie unglaublich viele Dinge mit, die sie sonst nie erfahren hätte. Du hast also eine Geliebte, hätte Dolors Jofre jetzt am liebsten auf den Kopf zugesagt. Wer ist diese Mònica? Wahrscheinlich ist sie eine Kollegin vom »Gymi«, wie Jofre die Schule salopp bezeichnet, an der er arbeitet, sodass er mit ihr über Bücher und seinen momentanen Lieblingsphilosophen palavern kann, diesen Nietzsche, über den man jahrzehntelang nicht reden durfte, weil er für alle ein rotes Tuch war, für die einen war er ein Nazi und für die anderen ein Marxist, da sollte sich einer noch auskennen.

Als sie vor dreißig Jahren merkte, dass Leonor dem langhaarigen Burschen unter keinen Umständen den Laufpass geben würde, hatte sie sich eines Tages zu den beiden gesetzt. Leonor war gleich dicht an ihren Jofre herangerückt und hatte seine Hand genommen. Für Philosophie habe ich auch eine Menge übrig, hatte Dolors gesagt und sich eine Zigarette angesteckt, denn früher hatte sie hin und wieder geraucht. Wen findest du gut? Welche Philosophen, meine ich. Um Zeit zu schinden, warf Jofre seine Haare theatralisch nach hinten, während Dolors ihn unverwandt ansah, mit einem dieser inquisitorischen Blicke, mit denen sie solche Hallodris wie ihn leicht aus der Fassung brachte.

Wie vorauszusehen, war dies bei dem Schnösel genauso. Er senkte den Kopf und strich sich mit der freien Hand verlegen durchs Haar, während diese dumme Gans von Leonor ihn mit weit aufgerissenem Mund anhimmelte, sodass Dolors am liebsten gewettert hätte, mach den Mund zu, Kind, sonst kommen Fliegen rein, es ärgerte sie nämlich unheimlich, dass ihre jüngste Tochter sich wie ein Mondkalb benahm. Genau deshalb hatte sie sich auch vorgenommen, die Betonmauer niederzureißen, die Jofre zum Schutz seines Egos um sich errichtet hatte. Denn Dolors wusste nur zu gut, dass er die Weisheit nicht gerade mit Löffeln gegessen hatte.

Damals kannte sie sich mit den Männern längst aus und bedauerte zutiefst, dass diese Spezies nicht vom Aussterben bedroht war. So einen Unsinn hab ich ja schon lange nicht mehr gehört, hatte Teresa gemeint und aus vollem Hals gelacht, als sie das bei einem Weihnachtsessen einmal ihr, ihrer damaligen Freundin und der kleinen Leonor verkündete. Eduard war seinerzeit schon lange tot gewesen. Ich dachte, wenigstens du verstehst mich, Teresa, hatte sie gekränkt erwidert, du kannst auf die Männer doch auch gut verzichten. Also Mama! Du bist ja eine noch größere Feministin als ich!, hatte ihre Älteste erwidert und dann ihrer Liebsten zugezwinkert, wer hätte das von meiner Mutter gedacht, ich sollte sie für die Parteiführung vorschlagen. Worauf Dolors, vor Empörung hochrot, »Das fehlte gerade noch!« gerufen hatte, denn seinerzeit hatte sie nicht nur die Männer – abgesehen von Antoni natürlich –, sondern auch sämtliche Parteien auf dem Kieker gehabt.

Bei der Erinnerung an ihren einstmaligen zügellosen Männerhass muss Dolors nun belustigt den Kopf schütteln, wahrscheinlich war das während der Wechseljahre gewesen, die Geschichte mit den Hormonen ließ schon merkwürdige Gefühle in einem aufwallen, was für ein Glück, dass die nun schon seit Ewigkeiten vorbei sind. Obwohl … es hätte ihr schon gefallen, wenn sie mit Jofre zu jener Zeit das Gleiche hätte tun können wie mit Eduard … aber vielleicht wäre es beim zweiten Mal ja auch nicht so einfach gewesen.

Mist, jetzt hat sie nicht aufgepasst und sich beim Zählen der Maschen vertan. Sie wird die ganze Reihe aufziehen und noch einmal stricken müssen. Aber wie ist das möglich … dem Muster zufolge muss sie doch zwei Maschen rechts stricken, dann eine rechts verschränkt, danach einen Umschlag … ach so, danach sollte keine linke Masche kommen, sondern eine rechte. Wie ärgerlich, sie muss sich mehr konzentrieren. Beim Stricken eines solch komplizierten Musters muss man nun mal besonders aufmerksam sein, aber man sieht jetzt schon, dass der Pullover richtig schön wird, obwohl sie nach dem Bündchen erst ein paar Reihen gestrickt hat. Schon die Maschenprobe am Anfang hat gezeigt, wie wunderbar die Farben zueinanderpassen, dieses helle Blau, das leuchtende Grün, und später kommt auch noch ein kleines bisschen sonniges Gelb dazu, dem Kind wird er bestimmt gefallen. Und wenn sie jeden Tag ein paar Stunden strickt, kann Sandra ihn noch in diesem Winter anziehen, Leonor hat reine Merinowolle gekauft, die schön wärmt. Und die Schultern und den Nabel wird der Pullover dann auch bedecken.

Jofre hat vorhin nichts weiter gesagt und ist ins Bad geschlurft. Jetzt geht die Wohnungstür. Bis zum Abend bekommt Dolors ihn sicher nicht mehr zu Gesicht. Wie üblich hat er sich nicht verabschiedet. So ist er: Er besitzt einfach keinerlei Manieren.

Seinerzeit, bei ihrem Gespräch über die Philosophie, da hätte er besser auch seinen Mund gehalten. Russell und Marx finde ich ganz spannend, hatte er schließlich nach einigem Zögern verkündet. Worauf Dolors, die die Grundzüge der Weltphilosophie in- und auswendig kannte, an ihrer Zigarette zog, kurz die Augen schloss, dann den Rauch ausstieß, ihn durchdringend ansah und meinte: Ganz schön gegensätzliche Philosophien, die die beiden vertreten, findest du nicht? Verwirrt wandte Jofre den Blick ab, nun, so gegensätzlich auch wieder nicht ... obwohl ... vielleicht ja doch, wenn ich's mir recht überlege ... interessant sind sie aber trotzdem. Und wieso?, bohrte Dolors weiter, die auf diesem Gebiet absolut sattelfest war. Nun ... weil ... also ... weil beide ... ähm ... weil beide die Welt verbessern wollten.

Da war er heraus, der Schwachsinn, und Dolors fühlte sich bereits als Siegerin und sah Leonor triumphierend an: Merkst du jetzt, in was für einen Hornochsen du dich verliebt hast? Doch sie hatte sich zu früh gefreut: Leonor hörte nicht auf, den Hornochsen mit offenem Mund anzuschmachten. Entweder hatte sie gar nicht zugehört, oder sie hatte den Stuss, den er verzapfte, geflissentlich überhört. Egal, was Dolors anstellte, um sie zu überzeugen, sie biss bei ihr auf Granit, denn sie wollte den Hornochsen einfach um jeden Preis heiraten.

Und jetzt hat Jofre also diese Ich-dich-auch-Mònica. Dagegen war nichts einzuwenden – solange er deswegen nicht seine Frau vernachlässigte. Solange er sie liebte. Aber hat er sie überhaupt jemals geliebt? Dolors ist sich da gar nicht so sicher.

Das Leben führt einen bald hierhin, bald dorthin, und am Ende setzt es einen dann in einen Sessel und lässt einem als einziges Vergnügen gerade noch das Stricken. Als wollte es einem sagen, bis jetzt warst du immer sehr rührig, jetzt ist es aber an der Zeit, stillzusitzen und nur noch zu beobachten, was deine Mitmenschen so treiben, damit du ein Resümee ziehen kannst, nur für dich, denn deine Worte würde eh kein Mensch beherzigen, selbst wenn du deine Erkenntnisse noch mitteilen könntest; die Jugend hört nun mal nicht auf das, was die Alten sagen, seine Erfahrungen muss nämlich jeder selber machen.

Das ist ja alles schön und gut, nur: Was für ein Gefühl der Ohnmacht! Dolors seufzt. Irgendwie ist es doch jammerschade, dass alles, was sie gesehen, gehört und gelernt hat, niemandem mehr nützen wird. Ein Glück, dass sie jetzt nicht mehr gar so leidet wie sie das in jungen Jahren getan hätte; jetzt kann sie das Leben tatsächlich philosophisch nehmen, dank der Erfahrung, das mit dem »Ich dich auch« schließlich schon einmal selbst erlebt und zwischen einem echten, grundanständigen Kerl und einem Brillanten geschwankt zu haben.

Eigentlich war sie genauso dämlich gewesen wie Leonor, denkt Dolors nun. Sich am Ende für den Brillanten zu entscheiden und deshalb dem Mann ihres Lebens einen Korb zu geben! Und als er sie mit Tränen in den Augen nach dem Warum fragte, da wusste sie nicht einmal, was sie ihm antworten sollte. Schließlich konnte sie ihm ja nicht gestehen, dass der funkelnde Edelstein sie geblendet hatte und weshalb dies geschehen war, konnte ihm auch nicht erklären, dass ihr Schweigen ein ganzes Leben aufwog. Nein, sie musste den Mund halten – und sie erzählte es ihm selbst dann nicht, als sie sich Jahre später wieder trafen: Die Wahrheit sagte sie Antoni nie.

Jetzt liegt der Brillant in einer Schatulle ganz hinten in ihrem Nachttischchen, zusammen mit den wenigen wertvollen Schmuckstücken, die sie noch besitzt. Eduard hatte eine Schwäche dafür, ihr teuren Schmuck zu schenken – und sie war selig, wenn sich ihr eine Gelegenheit bot, ihn anzulegen. Das war allerdings noch zu der Zeit, als sie mit den Scheuklappen der aufopferungsvollen Mütter und mustergültigen Ehefrauen herumlief und innerlich viel älter war als heute, als sie noch eine der Frauen war, die von ihrem Gatten in der Öffentlichkeit als geheimer Schatz vorgeführt wurden, den er allein gefunden hatte und dem sich kein anderer nähern durfte. Über und über geschmückt mit Colliers und Brillanten zeigte sie sich an Eduards Seite, der sie voller Besitzerstolz der Schar von Fabrik- und Bankvorständen vorführte, die ihrerseits ihre mit kostbaren Colliers behängten Gattinnen präsentierten, denn im Grunde ging es bei solchen Abendgesellschaften vorrangig darum, wer die größte Kaufkraft besaß und welcher Frau der viele Schmuck am besten stand. Ob der Schmuck ihre äußeren Vorzüge damals wohl gut zur Geltung brachte? Dolors ist sich bewusst, dass sie keine Schönheit gewesen war, nach der sich die Männer umdrehten, aber sie hatte zu jener Zeit noch die Attraktivität der Jugend besessen und sich geschmackvoll zurechtzumachen gewusst.

Nimmst du ihn, weil er reich ist? Das kann ich nicht glauben, Dolors, so eine bist du doch nicht!, hatte Antoni fassungslos gestammelt. Während Dolors nun die Reihe noch einmal strickt, die sie auftrennen musste, gesteht sie sich ein, dass sie Eduard tatsächlich geheiratet hat, weil er vermögend war. Ja, genauso war es, und es ist ihr egal, ob sie jemanden damit schockiert. Heute sieht sie die Dinge jedenfalls glasklar und versteht endlich, warum sie im Leben dies oder das getan hat: Es ist nur jammerschade, dass man dafür erst fünfundachtzig werden muss und sich bis dahin lange Zeit aufführt wie ein Narr.

Heiliger Strohsack, was ist denn das nun wieder? Ach herrje, die drei Wollknäuel haben sich verheddert. Dolors zieht am blauen Garn, mit dem sie gerade strickt, doch sie verschlimmert die Sache damit nur noch. Bravo, jetzt hab ich auch noch einen Knoten fabriziert, wer weiß, ob ich den wieder aufkriege, klein, wie der ist. Leonor hatte ihr die Maschen für das Vorderteil aufgeschlagen, weil sie sich nicht so lange konzentrieren konnte und sich ständig verzählte. Jetzt gerade braucht Dolors aber nicht zu zählen, weshalb sie versuchen will, den Knoten allein zu lösen. Schließlich sieht sie seit ihrer Augenoperation hervorragend, auf jeden Fall besser als zum Beispiel Jofre, der ohne Brille blind wie ein Maulwurf ist.

Antoni und sie hatten sich in der Fabrik kennengelernt, ihrem Lebensmittelpunkt, wo für Dolors alle wie eine große Familie waren: Die Besitzer der Fabrik waren die Eltern, der Direktor das Kindermädchen und die Arbeiter die herumwuselnden Kleinen. Dolors' Vater hatte die Rolle des Kindermädchens innegehabt, denn er war der Direktor der Fabrik gewesen. Mit dem Nachwuchs der Fabrikanten, das heißt Eduard und seinen jüngeren Geschwistern, hatte sie ihre Kindheit spielend im kleinen Garten neben der Fabrik verbracht. Damals – noch vor dem Tod ihrer Mutter und lange, bevor man sie ins Nonneninternat steckte – konnte sie Eduard nicht ausstehen, sie fand, dass er ein eitler Fatzke war, weil er nie beim Fangen mitspielen wollte, um nicht hinzufallen und sich schmutzig zu machen. Er spielte nur bei ruhigen Spielen mit und lachte zudem nie.

Antoni lernte Dolors erst viel später kennen, als sie bereits ein gebildetes Fräulein war, das etwas von Literatur, Nähen und klassischer Musik verstand und darüber hinaus sogar Französisch sprach. Zu jener Zeit hätte sie wer weiß was dafür geben, studieren zu dürfen, sie war unheimlich wissbegierig gewesen und von allem, was mit Literatur und Philosophie zu tun hatte, geradezu besessen. Natürlich hatte sie ihren Vater angefleht, es ihr zu erlauben, doch der hatte ihr den Wunsch rundweg abgeschlagen mit der Begründung, dass sie eine Frau sei und dafür schon genug gelernt habe. Wenn sie ihre Bildung unbedingt noch vertiefen wolle, solle sie halt Bücher lesen, in denen sei das ganze Wissen der Menschheit zu finden. Und in diesem Punkt hatte ihr Vater tatsächlich recht gehabt: Aus Büchern hatte sie in ihrem Leben wirklich sehr viel gelernt.

Mit den Jahren war Dolors auch klar geworden, dass er ihre Rückkehr aus dem Mädchenpensionat sehnlichst erwartet hatte, weil er nach dem Tod der Mutter eine Frau im Haus brauchte. Statt zur Universität zu gehen, hatte Dolors also das Regiment über die Dienstmädchen übernommen, ja sie hatte eine Zeitlang sogar Gefallen daran gefunden, selbst wenn sie der einen oder anderen helfen musste, den Nachstellungen ihres Vaters zu entkommen. An den Nachmittagen war sie jedoch regelmäßig in die Bücherei der Fabrik gegangen. Mit der Zeit blieb sie immer länger dort, bis in die frühen Abendstunden – und irgendwann lernte sie so dann Antoni kennen.

Die Mütze in der Hand, hatte er sie eines Tages angesprochen: Verzeihen Sie, gnädiges Fräulein, aber sind Sie nicht die Tochter des Fabrikdirektors? Dolors hatte nur genickt, worauf Antoni mit hochrotem Kopf stammelte: Ich … ich habe Sie schon oft hier gesehen, anscheinend … mögen Sie Bücher … Und dann hatte er seinen ganzen Mut zusammengenommen und ihr in die Augen gesehen. Setzen Sie sich doch bitte zu mir, hatte Dolors erwidert, Sie lieben die Bücher auch, nicht wahr?

Danach hatten sie sich über Literatur und Philosophie unterhalten, so wie Jofre es nun vermutlich mit dieser Mònica aus seinem Gymnasium tut – sofern sie wirklich seine Kollegin ist. Antoni kann man natürlich nicht mit diesem Windhund von Jofre vergleichen, denn auch wenn ihr Schwiegersohn inzwischen kurze Haare hat, heißt das noch lange nicht, dass er sich mit den Jahren auch gebessert hat. Lump oder Gentleman bist du von der Wiege an, und in welcher Wiege Jofre gelegen hat, ist spätestens jetzt wohl offensichtlich. Was die Männer betrifft, hat diese Mònica jedenfalls einen wirklich schlechten Geschmack. Und Leonor ebenfalls. Aber ihre Jüngste ist und bleibt nun mal eine dumme Gans, selbst wenn es ganz danach aussieht, als machte sie sich neuerdings ein paar Gedanken. Möglicherweise ist sie ja deshalb auch so abgespannt: Denken macht nun mal müde, und man bekommt davon Falten und Ringe unter den Augen.

Geschafft. Der Knoten ist auf. Jetzt kann sie weitermachen. Sacht streichen ihre runzeligen Hände über das Gestrickte, wie weich die Wolle doch ist … Heute kann sie jedenfalls ziemlich lange stricken, denn Sandra wird erst spät nach Hause kommen, sie hat Nachmittagsunterricht, zumindest hat sie das behauptet, denn vielleicht ist sie in diesem Moment ja auch bei ihrem Romeo, der dafür sorgt, dass ihre Wangen von morgens bis abends rot glühen. Wenn man sechzehn Jahre alt ist und Eltern hat wie Jofre und Leonor, muss man vermutlich eine Menge Lügengeschichten erfinden, denn keiner von beiden hat auch nur das geringste Verständnis: er, weil er trotz Nietzsche, Marx und Russell nicht weiß, was eine Jugendliche in dem Alter wirklich braucht, und sie, weil sie seit neuestem blind und taub oder autistisch oder sonst was in der Art ist, was sie daran hindert, irgendwas von dem zu begreifen, was um sie herum vor sich geht.

Herr im Himmel, was für eine dämliche Tochter hast du mir bloß geschenkt, beklagt sich Dolors in Gedanken. Doch zumindest hat ihre Idee mit dem Pullover dazu geführt, dass Leonor das wahre Problem ihrer Tochter zu Bewusstsein gekommen ist – wenn auch leider nur kurz. Als sie auf Dolors' Bitte hin vor vier Tagen unter einem Vorwand bei Sandra Maß genommen hat, da, und erst da, oh Wunder, hat sie bemerkt, dass ihre Körpermaße wirklich lächerlich sind.

Wie kann es sein, dass du so dünn bist?, hatte sie ihr Kind besorgt gefragt. Ich bin nicht dünn, war Sandras schnippische Antwort gewesen. Bist du doch! Zu gern hätte Dolors da ins gleiche Horn gestoßen und hatte deshalb eifrig genickt, doch wie so üblich beachtete sie in ihrer Ecke keiner. Schau dich doch mal an, Kind, man kann bei dir sämtliche Rippen zählen, isst du denn nichts? Worauf Dolors heftig den Kopf geschüttelt hatte, aber auch dieses Mal merkte es Leonor nicht. Deshalb hatte sie versucht, ihre Aufmerksamkeit mit irgendeinem Laut auf sich zu ziehen, was allerdings vergebens war, schrie Sandra in diesem Moment doch: Natürlich esse ich!, sodass das bisschen Luft, das an Dolors' Stimmbändern vorbeistrich, im Schrei des Mädchens unterging. Von wegen, nichts isst sie!, hätte Dolors zu gern widersprochen, Sandra steckt sich ein Grissini in den Mund und glaubt, damit gefrühstückt zu haben, mittags verdrückt sie gerade mal einen Salat, und abends, bevor ihr nach Hause kommt, löffelt sie einen Magerjoghurt und behauptet dann, schon gegessen zu haben und satt zu sein. Und das ist alles, Leonor, sie isst wie ein Spatz.

Dolors hatte es ihrer Tochter danach aufgeschrieben, obwohl ihr das Schreiben schwerfällt, denn es erfordert von ihr ungeheure Konzentration, und zudem zittert ihre rechte Hand. Sag Sandra aber nicht, dass du das von mir weißt!, stand auf dem Zettel ganz am Schluss. Denn wenn sie das erfährt, wird sie auf Dolors sehr böse sein, und das wäre ihr gar nicht recht, Sandra übersät sie nämlich immer mit Küssen, sie ist unheimlich liebevoll. Was willst du damit sagen, dass sie isst wie ein Spatz?, hatte Leonor sie danach gefragt, worauf Dolors mit aufgeregten Gesten und ein paar kehligen Lauten versuchte, es ihr noch genauer zu erklären, sodass Leonor, die wahrscheinlich nichts davon verstand, schließlich Mitleid mit ihr hatte und meinte, schon gut, Mama, von nun an habe ich ein Auge darauf.

Am Samstag passte sie dann auch tatsächlich auf: Sie stellte ihrer Tochter einen Teller Nudeln hin, den Sandra auch anstandslos verdrückte. Danach tat sie ihr allerdings noch ein Steak auf, was Sandra laut stöhnen ließ: Ich kann nicht mehr. Doch Leonor ließ sich nicht erweichen, und so schrie Sandra los: Mensch, Mama, du hast mir den Teller mit Makkaroni vollgeladen, den ich ratzekahl leergegessen habe, weil ich dachte, mehr gibt's heute nicht. Ich bin pappsatt, echt! Und dann sprang Jofre ihr auch noch bei und rief genervt: Lass sie in Ruhe, Leonor, du kannst sie zum Essen doch nicht zwingen! Ihr Schwiegersohn kritisiert seine Frau gern und lässt an nichts ein gutes Haar. Und so konnte Sandra den Teller mit dem Steak beiseiteschieben, und am Sonntag passierte dann mehr oder weniger das Gleiche. Am Abend sagte Leonor schließlich zu Dolors: Mit Sandra ist alles in Ordnung, Mama, natürlich hat sie Appetit. Sie hat zwar kein Steak gegessen, dafür aber einen ganzen Teller Nudeln und heute Reis. Es besteht kein Grund zur Sorge, sie ist einfach schlank gebaut.

Und damit war die Sache für Leonor erledigt.

Entweder sieht Dolors zu viel, oder sie bildet sich die Dinge nur ein. Oder die anderen sind blind. Leonor ist jedenfalls von allen am meisten mit Blindheit geschlagen, aber das weiß Dolors ja schon lange. Bis heute hat sie nicht gemerkt, dass Jofre sie gnadenlos ausnutzt. Zugegeben, als Dolors jung war, hatte sie auch nicht so genau hingesehen und war ein ebensolches Schaf wie Leonor. Doch nach einer Weile waren ihr die Augen aufgegangen, wohingegen ihre Tochter nicht den Eindruck macht, als nähme sie irgendetwas wahr, ihr steht bloß ständig die Müdigkeit ins Gesicht geschrieben.

Im Flur hängt ein Spiegel, den sie von ihrer Ecke aus gut sehen kann. Leonor und Martí werfen nur einen raschen Blick hinein, wenn sie die Wohnung verlassen, um zu überprüfen, ob alles gut sitzt, ihre Tochter, ob der Lippenstift nicht verschmiert ist, und ihr Enkel, ob sein Hemdkragen anständig liegt. Jofre und Sandra hingegen stehen ständig davor. Sowie sie kann, betrachtet Sandra darin ihre Figur und verzieht dabei angewidert das Gesicht; sie gefällt sich offensichtlich kein bisschen. Und auch Jofre unterzieht sein Äußeres einer strengen Prüfung, wenn er sich sicher ist, dass ihn niemand sieht – Dolors ist niemand, zumal sie so tut, als sähe sie ihn nicht. Zuerst nimmt er seine Haare genau in Augenschein, und das eine geraume Weile, als würde er zählen, wie viele graue er schon hat. Danach tritt er einen Schritt zurück und lächelt wohlgefällig seinem Spiegelbild zu, woran Dolors immer ein diebisches Vergnügen hat: Der Kerl ist das genaue Gegenteil von Sandra, vollkommen selbstverliebt, ein wirklich eitler Fatzke. Nach einem verstohlenen Blick in Richtung Küche beginnt er daraufhin, vor dem Spiegel zu posieren, nimmt drei, vier provokative Posen ein, die Dolors dermaßen komisch erscheinen, dass sie meist schnell ihr blütenweißes Taschentuch zücken muss, um das vergnügliche Glucksen zu ersticken, das sie nicht mehr zurückhalten kann. Ein prüfender Blick von Kopf bis Fuß bildet den Abschluss. Und das Ganze drei-, viermal am Tag, wenn er alleine ist, noch öfter. Das heißt natürlich, wenn er mit ihr, dem Hausschatten, alleine ist, der mysteriösen Frau Niemand, die zu nichts anderem mehr taugt, als mucksmäuschenstill in ihrer Wohnzimmerecke zu sitzen.

Wie sie so dasitzt, kommt Dolors manchmal ihre eigene Großmutter in den Sinn, die das gleiche Schicksal ereilt hatte und die bis zu ihrem Tod auch bei ihrer Tochter lebte, Dolors' Tante. Allerdings war sie wirklich taub gewesen. Von ihren Besuchen bei ihr erinnert sich Dolors an eine zierliche alte Frau, deren Augen aufleuchteten, sobald sie ihre Enkelin sah. In ihren Augen hatte unheimlich viel Zärtlichkeit gelegen, aber auch unendlich große Lebenserfahrung. Vermutlich hatte sie damals ähnliche Gedanken gehabt wie jetzt Dolors. Im Gegensatz zu ihr konnte ihre

Großmutter allerdings noch sprechen, sie hörte nur nichts mehr. Wäre mir das lieber?, fragt sich Dolors nun, schüttelt aber gleich darauf energisch den Kopf. Zwar hat das Taubsein durchaus sein Gutes, da man sich nicht zusammenzureißen braucht, aber Dolors ist von jeher davon besessen, so viel wie möglich mitzubekommen, und das möchte sie nicht missen, selbst wenn sie nun nicht mehr darüber reden kann.

Ich arbeitete in der Fabrik, an einem der Webstühle. Antoni wagte nicht, sich zu der Tochter des Direktors zu setzen, obwohl sie ihn ausdrücklich dazu aufgefordert hatte. Sie musste ihm schließlich drohen, dass sie aufstehen würde, wenn er nicht endlich neben ihr Platz nahm. Danach setzten sie sich in der Bücherei immer an denselben Tisch, tagaus, tagein, monatelang, und sprachen über Literatur, Philosophie, Gott und die Welt. Und Antoni, der die intelligentesten Augen der Welt hatte, sagte zu ihr, Senyoreta Dolors, Sie bringen mich zum Staunen, keine andere ist so wie Sie, normalerweise haben Frauen ja keine Ahnung von diesen Dingen, aber Sie sind unglaublich klug. Damit ist es gar nicht so weit her, hatte Dolors mit hochrotem Kopf erwidert, und überhaupt: Schauen Sie sich selbst doch an, Arbeiter beschäftigen sich für gewöhnlich auch nicht mit solchen Themen. Darauf sah Antoni sie vorwurfsvoll an und entgegnete zögerlich, so als würde er versuchen, sie so wenig wie möglich zu verletzen, wir Arbeiter haben für so etwas nur keine Zeit, und überdies kümmert sich auch niemand darum, uns irgendetwas beizubringen. Mit Müh und Not reicht unsereins der Lohn, um die Familie zu ernähren und den Kindern eine gute Ausbildung zu ermöglichen. Und die Frauen sind noch schlechter dran, denn sie verdienen noch viel weniger. Den alles entscheidenden Stoß krönte Antoni dann noch mit den Worten: Ich selbst habe keine Familie, deshalb kann ich tun und lassen, was ich will, aber auch ich bin, ehrlich gesagt, nach der Arbeit hundemüde.

Im Leben eines jeden gibt es wohl drei, vier Ereignisse, die einen im Innersten berühren und an die man sich genau erinnert, komme, was wolle. Und dies war eines davon in Dolors' Leben. Bis heute steht ihr klar vor Augen, dass ihr Gesicht hochrot vor Scham wurde und sie einen so heftigen Seelenschmerz verspürte, dass er ihr die Luft abschnürte; doch genau dieser Schmerz brachte ihr Innerstes plötzlich zum Leuchten und machte es für alle Farben des Regenbogens und für alle himmlischen Sphärenklänge empfänglich. Ich wollte nicht …, versuchte sie zu stammeln, doch es kam ihr nicht so recht über die Lippen, weil sie mit bangem Herzen feststellen musste, dass es um sie geschehen war und sie sich soeben rettungslos verliebt hatte.

Und genau diese Verliebtheit war letztendlich die Ursache für alles, was ihr eigenes Leben und das der Menschen ihrer nächsten Umgebung entscheidend geprägt hatte. Bei dem Gedanken daran seufzt Dolors auf.

Die Hüften

Also, Hüften hat das Kind ja keine. Obwohl … eigentlich wird genau umgekehrt ein Schuh draus: Sandras Hüften sind das Einzige, was von ihrer Figur zu sehen ist, denn Knochen können ja nicht abnehmen. Dolors wird nicht viel Wolle benötigen.

Sandra hat die Maße einer Puppe, ihr würden sicher die Kleider von diesen großen Puppen passen, die in den Schaufenstern stehen. Natürlich nicht die ihrer heißgeliebten Nancy. Dolors lächelt. Oder gar die von einer Barbie. Ach, was hatte das Kind damals gebettelt, liebstes, liebstes Omilein, schenkst du mir zu Weihnachten eine Barbie? Verwundert war Dolors zu Leonor geeilt, weil sie nicht wusste, was das war. Das ist ja nicht zu fassen, so eine Göre!, hatte ihre Jüngste ärgerlich gerufen, tut mir leid, Mama, ich hab ihr gesagt, dass sie die von uns auf keinen Fall bekommt, und deshalb versucht sie's jetzt bei dir. Was ist denn eine Barbie?, hatte Dolors gefragt. Ach, so eine neumodische Puppe, war Leonors unwirsche Antwort gewesen. Das hatte sie noch mehr erstaunt, sodass sie ihre Tochter einen Moment lang nur sprachlos anstarren konnte, während Leonor schnell über ihre neue Bettwäsche zu reden begann, um weiteren Fragen aus dem Weg zu gehen.

Doch da kannte sie ihre Mutter schlecht: Dolors ließ sich nicht so leicht ablenken. Sie hatte sie allerdings fast zwingen müssen, ihr ihre patzige Reaktion zu erläutern. Seufzend war Leonor schließlich mit der Sprache herausgerückt: Jofre möchte nicht, dass die Kleine damit spielt; sie habe ja auch schon diese andere neumodische Puppe, diese Nancy, wegen der sie selbst schon ganz albern geworden sei. Da blieb Dolors nun wahrlich die Spucke weg: Dass sich ihr Schwiegersohn um so etwas kümmerte, das sprach für ihn, das hätte sie ihm gar nicht zugetraut! Offenbar war Jofre doch kein solcher Unmensch, wie es den Anschein hatte; er sorgte sich wenigstens um die Erziehung seiner Tochter und gab acht, welche Spielsachen sie hatte und welchen Einfluss die auf sie ausübten, Donnerwetter!

Dolors wollte Jofre im Geiste schon einen funkelnden Orden für väterliche Verdienste an die Brust heften, musste dann jedoch den traurigen Tatsachen ins Auge sehen, dass ihr Schwiegersohn nicht nur ein großspuriger Nichtsnutz war, sondern darüber hinaus auch noch sein Fähnchen nach dem Wind hängte. Du weißt doch, Mama, wie Lehrer sind, ihren Argusaugen entgeht nichts, die nehmen den Lebensstil und die Kindererziehung der Kollegen genauestens unter die Lupe, und diese neumodischen Puppen sind ihrer Meinung nach nun mal nicht pädagogisch wertvoll, hatte Leonor erklärt, wobei man deutlich hörte, dass sie insgeheim ganz anderer Meinung war.

Während sie nun das sonnengelbe Garn um ihren Zeigefinger wickelt, mit dem sie laut Anleitung zwei Reihen stricken soll, denkt Dolors, dass genau dies nun womöglich eines der Lieblingsthemen von Jofre und dieser Ich-dich-auch-Mònica ist, über das sie zwischen zwei Unterrichtsstunden heimlich in irgendeiner Ecke debattieren. Mit jedem Menschen hat man nun mal ein bevorzugtes Gesprächsthema. Je nachdem, auf wen man trifft, spricht man mit ihm über dies oder das und stimmt ihm bei manchen Dingen sogar zu; doch sollte man sich dabei nie selbst verleugnen, wie dies solche Chamäleons wie Jofre tun.

Doch ist es natürlich wichtig, gemeinsame Interessen zu finden, die über alles Trennende hinweg verbinden. Martí beispielsweise diskutiert mit Dani gern lebhaft über Musik. Der Freund ihres Enkels ist Musiker, und oft setzen sich die beiden vor den Computer. So wie auch an diesem Nachmittag, an dem sie Danis Musik in Martís Computer füllen wollen, wie Dolors aus ein paar aufgeschnappten Sätzen folgert. Offenbar hat Dani irgendein … wie nannte er es noch gleich? … Ah, ja, Programm mitgebracht, das wahre Wunder vollbringen kann und das, als größtes aller Wunder, Noten in die mysteriöse Kiste steckt, die man auf dem Bildschirm danach hin und her schieben kann. Nur: Was macht dann das Kätzchen, ihr Fèlix? Der läuft doch auch da rum! Viel versteht Dolors ja nicht von Musik, doch stellt sie sich nun vor, wie es vergeblich versucht, mit einem Sprung einen der Notenschlüssel zu erhaschen. Hör auf, der Notenschlüssel ist doch viel zu groß für dich, warum versuchst du nicht, ein Kreuz oder ein b zu fangen, die sind viel kleiner: Ja, das würde sie zu dem kleinen Fèlix sagen, wenn sie jetzt vor dem Computer säße, wie Martí und sein Freund. Aber sie kommt leider nur noch schwer von ihrem Sessel auf und kann deshalb nicht in das kleine Arbeitszimmer schlurfen, wo sich jeder in der Familie irgendwann im Laufe des Tages vor den Computer setzt, um Kontakt aufzunehmen … ach nein, um online zu gehen, sagen sie ja dazu. Sie gehen also online und sprechen dann laut mit irgendwem, der auch irgendwo an einer ähnlichen Maschine sitzen muss. Es ist schon etwas her, dass Martí es ihr erklärte, so kompliziert ist das nicht, Oma, stell dich nicht so an, du bist doch nicht dumm, zu skypen ist genau so, wie wenn man mit jemandem telefoniert, der sich am anderen Ende der Welt befindet, aber es ist viel günstiger.

Als sie noch sprechen konnte und er sie jede Woche in ihrer Wohnung besuchen kam, hatte Dolors ihren Enkel mit jeder Menge Fragen zur Kommunikation per Internet gelöchert. Äußerlich ist Martí Leonor ja sehr ähnlich, aber er ist zweifelsohne klüger. Sein Freund Dani, der ihn seit ein paar Monaten regelmäßig besuchen kommt, ist um einiges älter als er. Er spielt Klavier und komponiert, wenn sie das an dem Tag, als Martí ihn ihr vorstellte, richtig verstanden hat. Kennengelernt haben sie sich an der Universität in einem Kurs für angewandte Informatik, den sowohl Musik- als auch Informatikstudenten besuchten, und dort haben sie wohl auch festgestellt, dass sie gemeinsam eine Menge auf die Beine stellen können, denn seither kommt Dani jede Woche ein paarmal. Wenn sie vor dem Computer sitzen, ist es fast so, als wäre keiner da, selbst Dolors existiert nicht mehr für sie, so sehr sind sie in ihre Arbeit vertieft. Sie hört sie reden, tippen, diskutieren, ein paar Töne anstimmen, und dann wieder reden oder tippen.

Du liebe Güte, wie sich die Dinge ändern. Und was Sandra bloß für lächerlich schmale Hüften hat! Die Reihen haben unheimlich wenige Maschen, ruck, zuck ist wieder eine gestrickt, und das, obwohl das Muster, das sie ausgesucht hat, durchaus nicht einfach ist und sie mit drei Wollknäueln zugange ist. In Dolors' Jugend, ja, da bedeutete es viel, ein paar anständige Hüften zu haben. Natürlich musste man auch wissen, wie man sich damit zu bewegen hatte, aber das beherrschte sie aus dem Effeff. Nur leider konnte sie es vor Antoni kaum zeigen, denn sie trafen sich ja ausschließlich in der Bücherei. Diese Situation war allerdings fast unerträglich, denn seit dem Tag, an dem sie ihr Herz an ihn verloren hatte, sah sie sich außerstande, sich auf irgendwelche Philosophen oder Schriftsteller zu konzentrieren. Sie redeten und redeten, mit roten Köpfen, über Berkeley, den heiligen Augustinus, Hugo und Cervantes, aber eigentlich reichte ihnen das längst nicht mehr. In jeder Liebe gibt es einen Punkt, an dem sie entweder intensiver wird oder definitiv ein Ende findet.

Beiden war schmerzlich bewusst, dass sie nicht wie Freunde oder ein normales Pärchen durch die Straßen flanieren konnten, denn das hätte Dolors' Vater sicher sofort unterbunden. Er war durchaus kein schlechter Vater, ihr Herr Papa, und er wollte für seine Tochter sicher nur das Beste. Doch wie bei Jofres Reaktion auf Sandras Wunsch nach einer Barbie waren damals in den führenden Kreisen bestimmte Dinge schmählich, und eine Liebesbeziehung mit jemandem aus der Unterschicht gehörte sich nicht. Aber du bist doch selbst hinter den Dienstmädchen her!, warf sie ihm einmal vor, doch ihr Vater ließ das nicht gelten: Dies geschieht nicht in aller Öffentlichkeit, sondern in den eigenen vier Wänden, und das geht niemanden etwas an. Und außerdem bin ich ein Mann, fügte er hinzu, und Arbeiter sind zudem ganz anders als wir, und mit dem Denken ist es bei denen sowieso nicht weit her.

Antoni dachte jedoch viel. Fräulein Dolors, ich hatte gedacht, dass …, er schwitzte und tat Dolors leid, na los, sagen Sie, was Sie gedacht haben, Senyor Antoni, ich bin sicher, Ihr Gedanke gefällt mir. Der junge Mann schluckte, gab sich dann aber einen Ruck: Nun, ich habe gedacht … ich habe gedacht, dass ich Ihnen vielleicht irgendwann die Bücher zeigen könnte, die ich zu Hause habe … natürlich nur, wenn es Sie interessieren sollte. Die letzten Worte hatte er bloß noch gehaucht. Natürlich interessiert mich das, hatte Dolors lächelnd entgegnet, durchaus bewusst, soeben zu seinem Liebeswerben Ja gesagt zu haben.

Was wird das nur für ein winziger Pullover, damit wird sie in Windeseile fertig sein … Dolors hält das Stück des Vorderteils, das sie schon gestrickt hat, vor sich hin. Für sich selbst bräuchte sie mindestens die doppelte Breite, das hier würde bei ihr gerade mal für einen Ärmel reichen. Doch Leonor ist ja nicht davon abzubringen, dass ihre Tochter eben nur schmal gebaut sei. Und das bloß, weil das Kind am Samstag einen Teller Nudeln und am Sonntag einen Teller Paella isst. Und an den übrigen Wochentagen, was ist da? Von Montag bis Freitag zählt es wohl nicht, ob sie sich gut ernährt, denn Leonor sieht es nicht, und was man nicht weiß, macht einen bekanntlich ja nicht heiß.

Sandra schwebt derweil mit ihrem Jaume auf Wolke sieben, man sieht's ihr an der Nasenspitze an, dass sie mit ihm ins Paradies der Lüste vorgedrungen ist, dass sie wie jeder junge Mensch in diesem Zustand Kopf, Herz und Körper nicht mehr auseinanderhalten kann und Sinne, Gefühle und Verstand eins sind. Selbstverständlich merken Leonor und Jofre nichts davon: Leonor, weil sie mit ihren Gedanken ganz woanders ist, und Jofre, weil er sowieso nichts anderes als sich selber sieht.

»Hast du gesehen? Es geht doch …«

»Ja, du hattest recht.«

»Sag mal, stört es dich eigentlich nicht, dass diese Katze immer über den Bildschirm läuft?«

»Nein, gar nicht. Und lösch sie bitte nicht, meine Oma hat sie nämlich unheimlich gern.«

Martí und sein Freund haben ihre unverständliche, mit technischen Fachausdrücken gespickte Diskussion beendet, anscheinend haben sie für heute Schluss gemacht, und da hat ihr Enkel wieder an sie gedacht. Dolors ist gerührt, und ihre Augen werden feucht. Es ist eine Sache, wenn man an dich denkt, weil du dir allein nicht mehr zu helfen weißt, und man dich bei sich aufnimmt und für dich sorgt, was auch schon ganz schön viel ist. Doch es ist noch etwas ganz anderes, wenn einer darüber hinaus auch noch so aufmerksam ist wie Martí, der achtgibt, dass ja keiner das Kätzchen verschwinden lässt, mit dem sie gelegentlich spielt, wenn er es ihr erlaubt und wenn der Computer frei ist und wenn ihn auch kein anderer gerade braucht. Martí ist feinfühlend, rücksichtsvoll, einfach wunderbar.

»Du bist wirklich ein Schatz. Danke.«

Dani hat sich bei Martí in einem eigentümlichen Tonfall bedankt. Martís Freund ist wirklich nett. Doch jetzt ist Stille eingekehrt, und Dolors spürt instinktiv, dass da etwas vor sich geht, das sie weder hören noch sehen kann. Kein Tippen oder Debattieren mehr, bloß leise, vage Geräusche, die Dolors nicht so recht zu definieren vermag ... – bis sie ein paar Laute eindeutig identifizieren kann. So eindeutig, dass sie völlig verdattert aufhört zu stricken.

Du lieber Himmel, das kann ja wohl nicht wahr sein! Das Geräusch wiederholt sich, es ist kaum wahrnehmbar, doch sie kennt es genau, Irrtum ausgeschlossen. So hört's sich an, wenn man sich lang und leidenschaftlich küsst. Und eine halbe Ewigkeit später wieder Danis Stimme, und dann die von Martí.

»Es ist das erste Mal, nicht wahr?«

»Ja …«

Da, ja, jetzt raschelt es gewaltig, so als würden sie überstürzt alles zusammenräumen. Und dann kommen sie aus dem Arbeitszimmer, und Dolors merkt, dass ihr noch immer der Mund vor Staunen offen steht. Schnell macht sie ihn zu, beugt sich geschäftig über ihre Handarbeit und lässt die Nadeln klappern. Wortlos und ohne einen Blick sausen die beiden an ihr vorbei, Martí vorneweg, Dani hinterher. Martí wirkt jetzt ganz verändert, er ist vollkommen von seinen Trieben beherrscht, die für ihre Familie so revolutionär wie die von Teresa sind. Dolors schlägt das Herz jetzt bis zum Hals, halten Sie jegliche Aufregung von ihr fern, hatte der Arzt zu Leonor gesagt, als sie sie aus dem Krankenhaus abholte. Worauf ihre Tochter nur antwortete, seien Sie unbesorgt, bei uns passiert nie etwas, da wird sie es ganz ruhig haben. Wenn Leonor sich da mal nicht irrt, hatte Dolors schon damals gedacht, und nun braucht man ja nur die Ohren aufzusperren, denn Martí und Dani sind jetzt im Zimmer ihres Enkels verschwunden, so wie Sandra dies immer öfter mit ihrem Jaume tut, sie kennt die Arbeitszeiten ihrer Eltern nur zu gut und weiß genau, wann sie mit ihm allein zu Hause sein kann.

Nun also Martí. Obwohl das natürlich schon etwas komplizierter ist. Wie wird Leonor es aufnehmen, wenn sie davon erfährt? Und Jofre, der über Homosexuelle immer nur mit Verachtung spricht und sie unverhohlen als Schwuchteln tituliert? Das geht nicht gegen Teresa, dass das klar ist, hatte er erst neulich erklärt, bei Frauen ist Homosexualität etwas ganz anderes, mit ihnen kann man gut reden, sie sind schließlich wie echte Männer, im Gegensatz zu diesen Schwuchteln mit ihrem weibischen Gebaren. Beim Mittagessen hatten sie sich über einen Freund der Familie unterhalten, der sich gerade geoutet hatte; zum Glück weiß Dolors, was das bedeutet, dank Teresa ist sie mit den speziellen Ausdrücken bestens vertraut. Was für ein Gesicht Martí dabei gemacht hatte, daran kann Dolors sich nicht mehr erinnern, sie hat nicht darauf geachtet, denn es war ihr im Leben nicht in den Sinn gekommen, dass er ebenfalls vom anderen Ufer ist. Aber nun steht es ihr plötzlich klar vor Augen: Natürlich, der nette, einfühlsame Junge ist anders als die Männer, die sie kennt, er schaut sie zärtlich an und ist voller Verständnis für sie. Offensichtlich muss man schwul sein, um mich zu verstehen, denkt Dolors mit einem Anflug von Traurigkeit.

Ganz am Anfang waren Teresa und Jofre dicke Freunde, eines Tages hatte jedoch nicht viel gefehlt, und sie hätten einander die Augen ausgekratzt. Das war in ihrer Wohnung gewesen, viele Jahre vor dem Schlaganfall, als sie noch ihr Bett und ihre ganzen Sachen hatte und eine eigene Bibliothek mit ihren geliebten Büchern und einem Schreibtisch, in dem sie all ihre Geheimnisse aufbewahrte. Wir haben nichts angefasst, Mama, wirklich, es ist alles noch an seinem Platz. Sie wird ihrer Jüngsten Glauben schenken müssen, überprüfen kann sie es nicht; es wäre ihr gar nicht recht, wenn ihre Geheimnisse ans Licht kämen, denn die gehören allein ihr und würden ihre Familie mit Sicherheit schockieren, zumindest Leonor. Teresa hingegen wäre wahrscheinlich baff, arme Teresa, sie hat immer daran geglaubt, mithilfe der Politik und des Feminismus die Welt verändern zu können. Dolors bewundert ihre Älteste, denn sie ist eine unheimlich willensstarke Frau, die immer ihrem Herzen folgt, genau das tut, was sie meint, tun zu müssen, und niemals ihre Prinzipien oder einen Freund verraten würde. Doch macht es ihren Gegnern Angst, dass sie die Dinge stets beim Namen nennt, daher hat sie so viele Feinde, und daher wird sie in der Presse und im Fernsehen auch so viel kritisiert. Die Leute ertragen es einfach nicht, wenn jemand Klartext redet.

Auch Jofre gegenüber nahm Teresa an jenem Tag kein Blatt vor den Mund. Mit zunehmendem Alter sei er zum kleinkarierten Spießer mutiert, warf sie ihm an den Kopf, wenn auch mit einem Lachen, doch Jofre nahm es ihr trotzdem übel und erwiderte erzürnt, man müsse sich nun mal in die Gesellschaft einfügen, in der man lebe, und dass nur sie das nicht tue, weil sie ein Mannweib sei. Damals dachte Dolors, ihre Älteste und ihr Schwiegersohn würden handgreiflich werden. Zum Glück waren Martí und Sandra nicht zugegen, die waren seinerzeit noch klein und hätten nichts verstanden. Allerdings war Leonor dabei, die ein erschrockenes Gesicht machte und nicht wusste, wohin sie blicken und was sie tun sollte, sodass sie selbst, Dolors, es war, die zu guter Letzt ein Machtwort sprach: Jetzt ist es aber genug! Wenn ihr euch an die Gurgel springen wollt, geht raus, in meinem Haus wird nicht gestritten! Schlagartig verstummten sie, und da die beiden noch am Leben sind, hatten sie sich damals wohl doch nicht umgebracht. Doch ihre Freundschaft endete mit jenem Tag. Und seither haben sie nur noch das Nötigste miteinander gesprochen.

Jesus, Maria und Josef, wie laut die beiden sind! Was für

ein Glück, dass nur sie zu Hause ist; so zu tun, als würde sie nichts hören, fiele ihr nämlich sehr schwer, zumal Martí der Einzige ist, der sie nicht für taub hält. Wie die beiden stöhnen, Dolors macht es ganz nervös, sodass ihr plötzlich eine Stricknadel runterfällt, doch ist das Klirren auf den Fliesen natürlich nichts im Vergleich zu Martís und Danis Spektakel. Jetzt wird sie sich bücken müssen, um sie aufzuheben, doch dummerweise hat die blöde Nadel die gleiche graue Farbe wie die Fliesen. Dolors beugt sich nach vorn. Genau an dieser Stelle hat es doch unter ihren Füßen geklappert, sie hat es genau gehört. Aber die Nadel ist nirgends zu entdecken. Auweia, jetzt verliert sie beinahe auch noch das Gleichgewicht, so alt zu sein ist manchmal wirklich ein Elend; es wäre ja in Ordnung, wenn sie noch sprechen könnte, denn so innerlich gefestigt wie mit fünfundachtzig ist man nicht mit sechzig und schon gar nicht mit vierzig. Wo ist nur die Nadel hin? Sie muss sich wohl noch ein bisschen mehr hinunterbeugen, mit fünfundachtzig sieht man das Leben endlich so, wie es ist, bloß hat man dann leider nicht mehr die Kraft, ihm die Stirn zu bieten, geschweige denn die Stimme, um andere dazu zu ermuntern …

Herrje! Jetzt ist sie doch vornüber auf die Knie gefallen. Gott sei Dank hat sie sich nicht übermäßig wehgetan, ihre Hände, die nach der Nadel tasteten, haben Schlimmeres verhindert. Möglicherweise bekommt sie ein paar blaue Flecken an den Knien, doch jede andere alte Frau hätte sich dabei den Oberschenkelhals gebrochen. Nur sie nicht, nein, der Arzt im Krankenhaus hatte es ihr ja gesagt, Sie haben ungewöhnlich starke Knochen, Senyora, was gäbe ich drum, in Ihrem Alter noch eine solche Konstitution zu haben, Sie wirken so robust und haben keinerlei Zipperlein, der Arzt war wirklich wundervoll gewesen und hatte sich die allergrößte Mühe gegeben, sie aufzumuntern. Ansonsten behandeln sie ja alle wie ein Kind, außer Martí natürlich, aber der hat jetzt zu tun, und wie!, das ist wirklich ungeheuerlich. Offensichtlich hat er ihren Sturz nicht gehört und wird sie sicher auch nicht hören, bis ihr zügelloses Spiel der Leidenschaft zu Ende ist. Unterdessen bleibt Dolors eben, wo sie ist, denn ans Aufstehen ist ja nicht zu denken … obwohl … vielleicht ja doch? Zumindest könnte sie es probieren. Aber zuerst sollte sie die Stricknadel suchen. Ah, jetzt sieht sie sie, vom Boden aus ist sie viel leichter zu erkennen. Sobald sie sie in den Fingern hat, will sie versuchen, auf die Füße zu kommen. Mit beiden Händen klammert sie sich an den Sessel, mal sehen, leider tut ihr das Bein noch weh von dem Gerinnsel, das sich danach zu ihrem Gehirn aufmachte, wo es in irgendeiner Ader hängen blieb.

Na los, Dolors, spornt sie sich selbst nun an, na los, Dolors, so wie an jenem Tag, als sie zu Antoni ging, dem ersten, dem so viele folgen sollten, sie spielte mit dem Feuer und wusste es genau. Doch eben das macht nun mal die Jugend aus: das Spiel mit dem Feuer, auch auf die Gefahr hin, dass man sich dabei die Finger verbrennt; dass man alles auf eine Karte setzt und sämtliche Sinnesfreuden kostet, damit man später auswählen kann, was man für sein Leben gern behalten will. Ja, so ist das mit der Jugend, und trotzdem war es ganz schön waghalsig, das zu tun, was sie da tat, so kurz nach Kriegsende waren die Zeiten eigentlich nicht danach.

Mit einem Korb machte sie sich auf den Weg, als wollte sie einkaufen gehen. Guten Abend, Senyoreta Dolors, grüßten sie die Frauen der Arbeiter, guten Abend, gab sie zurück, bis schließlich eine mitfühlende Seele meinte, der

Krämer hat schon zu, Senyoreta, dort bekommen Sie heute nichts mehr. Oje, Dolors hatte nicht einen Gedanken daran verschwendet, dass der Laden geschlossen sein könnte, weshalb sie bis in die Haarspitzen errötete und dann das Erstbeste erwiderte, das ihr in den Sinn kam: Ich will gar nicht zum Krämer, ich gehe Kastanien sammeln.

Nehmen Sie den Pfad hinten herum, Senyoreta Dolors, dann sieht Sie niemand, hatte Antoni ihr tags zuvor geraten und sie dabei voll Zärtlichkeit, Lust und Furcht angesehen; ja, warum sollte es nicht gesagt werden, wie sie hatte auch Antoni in seinem Haus vor Angst gezittert, sie setzte ihre Ehre aufs Spiel, er aber sein ganzes Leben und seine Arbeit.

Die Ausrede mit den Maronen hatte ihr wohl die Vorsehung eingegeben, denn an dem Pfad zur Hintertür, die in den Himmel führte, gab es Kastanienbäume zuhauf, und zudem war tatsächlich Kastanienzeit. Entschlossen ging sie ihn entlang und sah sich dabei immer wieder vorsichtig nach allen Seiten um. Keines der Nachbarhäuser besaß auf der Rückseite Türen oder Fenster, nur Antonis Haus hatte eine kleine Tür. Zitternd wie Espenlaub, als ginge es um alles oder nichts, eilte sie darauf zu, klopfte und schlüpfte ins Haus, kaum hatte er ihr geöffnet.

Uff! Dolors muss vor Anstrengung schnaufen, doch sie hat es zurück in ihren Sessel geschafft, und das ganz allein. Bravo, altes Mädchen, gut gemacht. Wenn sie noch bei sich zu Hause wäre, dann hätte sie sich mit dieser Frau, die ihr den Haushalt führte, bestimmt gestritten. Kaum hätte die den Rums vernommen, wäre sie sicher angerannt gekommen, hätte die Hände über dem Kopf zusammengeschlagen und gerufen: Was machen Sie denn, Senyora, sind Sie von allen guten Geistern verlassen? Worauf Dolors sie wahrscheinlich wütend angekeift hätte: Wenn hier eine von allen guten Geistern verlassen ist, dann Sie, Fuensanta!

Wie kann man auch nur Fuensanta heißen. Sie ist die Tochter eines Dienstmädchens aus Andalusien und macht nun mehr oder weniger das Gleiche wie ihre Mutter: Sie kümmert sich um alte Leute und passt auf sie auf. Eines Tages hatte sie sie erwischt, wie sie Teresa am Telefon haarklein berichtete, was sie den lieben langen Tag so tat. Was haben Sie sich dabei gedacht?!, hatte Dolors sie daraufhin stocksauer zur Rede gestellt. Das ist mein Leben, und das geht niemanden etwas an, nicht einmal meine Töchter! Sie sind hier, um zu spülen und zu putzen, und sonst nichts!

An jenem Tag war sie so wütend gewesen, dass sie Fuensanta am liebsten entlassen hätte. Aber das ging ja leider nicht, weil sie von ihren Töchtern bezahlt wurde, sodass Dolors von Teresa eine Erklärung verlangte, als diese sie am Wochenende besuchen kam. Bis dahin hatte Fuensanta schweigend weitergearbeitet, mit Tränen in den Augen, die sie eilends fortwischte, sobald Dolors in ihre Nähe kam, denn dass Dolors' Vorhaltungen ihr zu schaffen machten, war deutlich zu sehen. Ach, Mama, sei doch nicht so, wir machen uns eben Sorgen um dich und wollen deshalb von Fuensanta wissen, wie es dir geht, da ist doch nichts dabei. Du fragst meine Lebensgefährtin oder Jofre doch auch, wie es deinen Töchtern geht, oder nicht? Jofre auf keinen Fall!, hatte Dolors wie aus der Pistole geschossen geantwortet, worauf Teresa lachen musste, und sie sich für einen kurzen Moment wie Komplizinnen fühlten.

Danach war Dolors völlig zerknirscht, die Frau kümmerte sich so nett um sie, und sie hatte sie so schwer gekränkt. Arme Fuensanta. Doch wie um alles in der Welt sollte sie sie um Verzeihung bitten, ohne es laut aussprechen zu müssen? Wie sollte sie das je über die Lippen bringen, ausgerechnet Fuensanta gegenüber, die das moderne Gegenstück zu einem der mit Haube und Schürze gekleideten Dienstmädchen ihrer Jugend war? Das kam Dolors wie ein unüberwindbares Hindernis vor, und so grübelte sie den ganzen restlichen Sonntag darüber nach, wie sie sich ohne Worte entschuldigen konnte. Am Sonntagabend rauchte ihr der Kopf, aber sie hatte noch immer keine Lösung gefunden.

Das Spektakel ist vorbei. Jetzt reden sie sehr leise, beteuern einander vermutlich ihre Liebe, ach, solche Schwüre, die der Wind davonträgt, und die sich dann in nichts auflösen, zum Glück scheint dieser Dani ein wirklich netter Kerl zu sein. Dennoch macht Dolors sich Sorgen, denn er ist erheblich älter als ihr Enkel. Hoffentlich führt er Martí nicht an der Nase herum oder wird seiner bald überdrüssig; Gott möge verhüten, dass ihr Liebling binnen kurzem den ersten Korb bekommt!

In ihrem Korb lag eine Handvoll Kastanien, die sie auf dem Pfad zu seinem Häuschen aufgelesen hatte, und Antoni stand da und starrte fasziniert hinein. Möchten Sie welche? Sollen wir sie im Herd rösten?, hatte Dolors ihn hastig gefragt. Nein, nein!, wehrte er erschrocken ab. Er war sorgfältig rasiert und tadellos gekleidet, treten Sie bitte näher, mein Haus ist leider nicht so komfortabel wie das Ihre, erklärte er nervös, aber das sehen Sie ja selbst. Doch ich habe Bücher, kommen Sie, und Dolors folgte ihm durch einen kleinen, nur mit einer flackernden Glühbirne erhellten Flur. Ich habe zwei Zimmer, sagte er schließlich, eins, in dem ich schlafe, und eins für meine Bücher, kommen Sie, treten Sie ein.

Im Bücherzimmer gab es so viele Bücher, dass Dolors ein entzückter Schrei entfuhr. Antoni schwoll vor Stolz sichtlich die Brust, als er ihr seine wohlgeordnete Sammlung zeigte, die Regale habe ich selbst mit Abfallholz aus der Fabrik gezimmert, Ihr Herr Papa hat es mir großzügig überlassen. Dolors spürte, wie die Regale ihren Blick, ihr Herz und ihre Seele in ihren Bann zogen, wo haben Sie bloß all die Bücher her? Sie sollten verbrannt werden, da habe ich sie gerettet, erklärte Antoni lächelnd, wissen Sie, das sind allesamt verbotene Bücher, die zeige ich sonst niemandem. Eine arglose innere Stimme veranlasste Dolors zu der Frage: Wieso sollten die denn verbrannt werden? Worauf Antoni erneut lächelte, diesmal jedoch mit Nachsicht, weil es dem Franco-Regime zufolge Bücher gibt, die einen angeblich sittlich und moralisch verderben oder die von Dingen handeln, die man nicht wissen soll. Es schien, als zögerte er einen Moment, dann seufzte er und blickte sie an. Ich vertraue Ihnen noch ein viel größeres Geheimnis an: Die Bücher hier haben früher alle in der Bücherei der Fabrik gestanden. Da riss Dolors vor Staunen die Augen auf, stellte den Korb mit den Kastanien auf dem Boden ab und trat zu den Regalen.

Die Bücherei war im Grunde nur eine im Anbau der Fabrik gelegene größere Kammer, in der einige Bücherregale und ein paar Tische standen, an denen man lesen konnte. Sie hätten dem früheren Direktor gehört, der die Fabrik vor dem Krieg geleitet habe, erklärte Antoni, einem sehr gebildeten Mann. Er fiel im Krieg, und in seinem Testament stand dann geschrieben, dass er sie mitsamt den Büchern den Arbeitern hinterlasse, denn in den Büchern liege die Kultur und in der Kultur die Freiheit. Ich dachte, Sie wüssten das längst, schloss Antoni, als er ihr Erstaunen sah.

Nein, davon hat mir keiner je was erzählt, hatte Dolors entgegnet und dachte im Geheimen, dass ihr Vater wohl genug damit zu tun hatte, den Dienstmädchen nachzustellen, um auch noch Interesse für Bücher zu zeigen.

An diesem Abend tauchte Dolors ein in ein Meer von Literatur und blätterte in Büchern katalanischer Autoren, die ins Exil fliehen mussten oder nicht in ihrer Sprache schreiben durften, sie entdeckte Hume, Kant, Wilde, Freud und Lorca … Sie bemerkte nicht einmal, dass Antoni sie erst lächelnd beobachtete und dann alleine ließ. Nach einer Weile kam er zurück und sagte zu ihr: Senyoreta Dolors, Sie sind schon eine gute Stunde hier, womöglich lässt Ihr Vater Sie bereits suchen. Voller Entsetzen war sie aufgesprungen, du lieber Gott, sie musste schleunigst gehen, doch vorher fragte sie begierig: Darf ich wiederkommen? Gleich morgen, wenn Sie wollen, antwortete Antoni erfreut. Morgen, wiederholte sie, und dann tat sie etwas, von dem sie bis heute nicht versteht, wie sie dazu in Anbetracht der damaligen Umstände den Mut aufbrachte: Zum Abschied küsste sie Antoni sanft auf die Wange.

Noch heute, hier in ihrem Sessel, das Strickzeug in den Händen, muss Dolors sich über sich selbst wundern: Dass sie sich das getraut hat! Das war wirklich tollkühn von ihr gewesen, und das bloß zwei, drei Büchern wegen. Doch Literatur, Philosophie, all die Geisteswissenschaften hatten sie immer magnetisch angezogen, was Eduard unglaublich ärgerte. Er schimpfte mit ihr, weil sie seiner Meinung nach zu viel las; dass sie las und nicht an seinen Lippen hing und für ihn da war, wie er das gern gehabt hätte, das erboste ihn. Das war damals, zu der Zeit, als sie nur Augen für ihre Töchter und ihren Ehemann hatte, als sie älter war als jetzt, später hörte das natürlich auf, und Dolors konnte ihm endlich antworten, er könne sie mal kreuzweise, sie denke nicht im Traum daran, mit dem Lesen aufzuhören, das sei ihr das Allerliebste auf der Welt. Und Eduard war platt.

Wie sehr unterschied sich doch der Eduard der letzten Jahre von dem, den sie in ihrer Jugend kennengelernt hatte. Sie erinnert sich, wie sie ihren Vater an vielen Sonntagen im Winter zu den langweiligen Abendgesellschaften der Fabrikbesitzer begleiten und sich dafür in Schale werfen musste. Was haben Sie bloß für eine hübsche Tochter, bemerkte ihre künftige Schwiegermutter zu ihrem Vater und wandte sich dann an sie. Bist du denn schon verlobt, mein schönes Kind? Nein, Senyora, erwiderte Dolors, doch dachte sie insgeheim, dass sie mehr verlobt war als irgendjemand sonst, auch wenn man das mit Antoni vielleicht nicht unbedingt so nennen konnte, denn tatsächlich handelte es sich bei ihm ja nicht um einen Verlobten im herkömmlichen Sinne. Die Dame des Hauses ging darum auch sogleich zum Angriff über, ah, Eduard, komm her, rief sie den jungen Mann, und Eduard kam, um sie zu begrüßen, er gab ihr lasch die Hand und verbeugte sich leicht vor ihr. Warum plaudert ihr nicht ein wenig über eure Angelegenheiten?, meinte seine Mutter, und noch während sie von dannen rauschte, fragte sich Dolors, was wohl ihre Angelegenheiten mit Eduard sein mochten, sie kannten sich kaum und hatten beide eigentlich überhaupt nichts gemein, im Gegenteil, der blasse, ernst dreinblickende Mann machte sie sogar eher ein wenig beklommen.

Und so saßen sie stumm nebeneinander auf zwei Stühlen an der Stirnseite des Saals, in dem das Fabrikantenehepaar mitsamt seiner Verwandtschaft darauf lauerte, was sie und

Eduard taten, ob sie sich anlächelten oder seine Hand die ihre streifte. Mit Schrecken erinnert sich Dolors daran, dass sie nicht wusste, worüber sie mit ihm reden sollte, und so wie's aussah, ging es ihm mit ihr nicht anders. Schließlich versuchte sie es auf gut Glück. Lesen Sie gern?, fragte sie ihn. Augenblicklich wurde Eduard noch ein bisschen blasser. Hin und wieder lese ich, ja, erwiderte er, aber eigentlich spiele ich viel lieber Tennis, Sie nicht auch? Dolors hatte schon einige Male auf dem Tennisplatz gestanden und sah nun, dass sie die Unterhaltung in diese Richtung lenken musste, denn über Literatur zu sprechen war mit diesem Fabrikantensohn nicht drin. So begann sie, mit ihm über die Spielregeln und berühmte Tennisspieler zu plaudern, denn darüber wusste Eduard alles, sodass er schließlich in einen endlosen, lebhaften Monolog verfiel, dem Dolors zu lauschen vorgab. Schaut, wie sie ihn ansieht, raunten die Verwandten daraufhin, offensichtlich macht er Eindruck auf sie, und wie eloquent er redet … Erst viel später verstand Dolors, warum Eduard bei ihr so viel redete. Weil seine Mutter weder ihn noch sonst jemanden jemals zu Wort kommen ließ. Immer war sie die Königin, immer hatte sie etwas zu erzählen oder zu kommentieren.

Bei Antoni hingegen erübrigten sich die Worte. Als Dolors das nächste Mal mit ihrem Korb und der gleichen Handvoll Kastanien, die sie am Tag zuvor gesammelt hatte, sein Haus betrat, fragte er, ob sie nicht ein Glas Wasser wolle. Oder vielleicht Milch? Das wollte etwas heißen: Bei ihr daheim gab es die immer, aber im Haus eines Arbeiters war Milch so kurz nach dem Krieg ein unerhörter Luxus. Ich habe auch Wein, fügte er hastig hinzu, eine ganze Flasche, möchten Sie ihn probieren? Später sollte er ihr gestehen, dass er ihr den Vorschlag mit dem Wein bloß gemacht hatte, weil er so verlegen war. Doch Dolors hatte es gefallen, dass er ihr Wein anbot. Ja gern, hatte sie geantwortet, worauf es Antoni beinahe die Sprache verschlug. Verzeihen Sie … ähm, ich dachte …, stammelte er völlig verwirrt, ich dachte eigentlich, dass Sie nicht trinken. Ich trinke sonst nie, aber heute habe ich Lust dazu, erwiderte sie mit einem Lächeln. Einige Augenblicke lang starrte er sie an und ging dann die Flasche holen. Noch ein Spiel mit dem lodernden Feuer: Dolors trank nie Alkohol, sie wusste nicht, wie Wein schmeckte und was mit ihr geschehen konnte, wenn sie das trank, was ihr Vater zu den Mahlzeiten genoss.

Jetzt muss Dolors wieder lachen, ja sie kann gar nicht mehr aufhören damit und lässt das Strickzeug deshalb kurz sinken. Schon nach zwei Schlucken war ihr der Wein zu Kopf gestiegen. Sie erinnert sich noch ganz genau an seinen Geschmack, er schmeckte wie reiner Alkohol, jedenfalls fand sie ihn schrecklich und gab Antoni das Glas zurück, es tut mir leid, aber … Keine Sorge, beruhigte er sie, den trinke ich irgendwann später, und ging dann damit in die Küche, um das Glas mit einem Teller abzudecken. Heutzutage hebt ja niemand mehr Reste auf, doch damals wurde einfach alles aufbewahrt; wenn es eigentlich kein Brot gibt, ist schon ein Krümel ein großer Schatz.

Allem Anschein nach kommen Martí und sein Freund jetzt aus dem Zimmer. Kommen sie zu ihr ins Wohnzimmer, oder geht Dani nach Hause? Dolors hört, wie die Wohnungstür auf- und zugeht. Martí ist jetzt also allein. Von ihrem Sessel aus kann sie ihn nicht sehen. Sie kann sich aber gut vorstellen, wie er dasteht, mit dem Rücken gegen die Wand oder die Tür gelehnt, auf Wolke sieben schwebend, der Wolke, die entsteht, nachdem man sich zum ersten Mal in die Arme desjenigen gestürzt hat, der tausend Glocken im Innersten zum Klingen bringt, einer Wolke aus einander widersprechenden, verwirrenden Gefühlen und Gewissensqualen. Auch sie hatte so dagestanden, nicht gegen Antonis, sondern ihre eigene Haustür gelehnt, minutenlang, bevor sie eingetreten war.

Was geht Martí jetzt wohl durch den Kopf? Was mag er fühlen? Was stellt er sich vor? Etliche Minuten hat er sich nicht von der Stelle gerührt, dann ist er langsam durch den Flur ins Wohnzimmer gekommen. Scheinbar ganz in ihre Strickarbeit vertieft, sieht Dolors ihn nicht an, weil sie einfach nicht weiß, wie. Als er plötzlich mitten im Zimmer stehen bleibt, schielt sie verstohlen zu ihm hin – und prompt rutscht eine Masche von der Nadel. Sie muss sie schnell wieder auffangen, bevor noch weitere fallen und sie mehrere Reihen aufziehen muss, doch dummerweise beginnt da auf einmal die allergische Stelle unter dem Auge zu jucken, sodass sie das Strickzeug sinken lassen muss, um sich zu kratzen.

Martí steht noch immer drei Schritte von ihr entfernt, und Dolors zerreißt es das Herz. Offensichtlich ist dem Jungen gerade erst bewusst geworden, dass sie die ganze Zeit in ihrem Sessel saß, bis zu diesem Moment hat er darüber wohl nicht nachgedacht. Unfähig, noch länger so zu tun, als hätte sie ihn nicht bemerkt, schaut Dolors ihn schließlich an. Martí ist kreidebleich und bebt vor Angst. So hat sie ihn noch nie gesehen, ihn, der immer so selbstsicher wirkt. Wahrscheinlich fragt er sich gerade, ob er, nach dem, was geschehen ist, die Liebe seiner Großmutter bis in alle Ewigkeit verloren hat.

Weißt du, wie viel Uhr es ist? Wo bist du gewesen? Kastanien sammeln, hatte Dolors trocken erklärt. Auch sie hatte innerlich vor Angst gebebt, sie jedoch mit einem fröhlichen Lachen überspielt. Kastanien sammeln warst du also? Der Vater machte ein ungläubiges Gesicht, weshalb ihm Dolors schnell den Korb mit ihren vier, fünf oder zehn Kastanien zeigte. Ich hab noch nicht so viele gefunden, aber ich gehe morgen wieder hin, vielleicht gibt's dann schon mehr. Das war glattweg gelogen, es hatten schon viele Kastanien auf dem Boden gelegen, doch sie wusste, dass sich ihr Vater nicht bei den Arbeitern erkundigen würde, ob schon viele heruntergefallen waren. Um diese Uhrzeit hat ein Fräulein wie du nicht mehr allein draußen herumzuspazieren, was sollen denn die Leute denken! Dolors stellte den Korb ab und schlüpfte aus ihrem Mantel. Ach, Papa, so spät ist es doch noch gar nicht, jetzt übertreib mal nicht, ich kümmere mich auch gleich ums Abendessen. Augenblicklich erhellte sich seine Miene, und während sie in die Küche ging, um zu sehen, wie weit die Köchin mit dem Essen war, wurde ihr klar, was ihren Vater in Wirklichkeit erzürnte: Er verdächtigte sie nicht, gegen die herrschende Moral verstoßen zu haben, sondern ihm behagte nicht, dass sie nicht zu Hause war, wenn es dunkel wurde und er von der Arbeit kam.

Als sie sich eine Viertelstunde später zu Tisch setzten, hatte sie ihre Selbstsicherheit zurückgewonnen. Sanft streichelte sie ihrem Vater über die Hand und verkündete in aller Seelenruhe: Sei unbesorgt, liebster Papa, dein Abendessen wird immer pünktlich auf dem Tisch stehen. Aber weißt du, draußen auf den Feldern ist es um diese Uhrzeit einfach so herrlich! Es macht dir doch sicher nichts aus, wenn ich das ab und zu genießen will, nicht wahr, Papa? Die Abenddämmerung hat eine so lyrische Stimmung! Ganz unschuldig schaute sie ihn dabei an und dachte insgeheim, du liebe Zeit, Dolors, so schamlos hast du ja noch nie gelogen.

Lügen oder nicht lügen, das war von jeher die große Frage. Mal das eine, mal das andere, denkt Dolors, während sie Martí mustert. Wenn dir eine alte Frau einen Rat geben darf: Es kommt ganz auf die Situation an. Sei aufrichtig, solange deine offenen Worte niemanden verletzen. Wenn du damit aber jemandem wehtun würdest, kannst du ihn mit einer Lüge vielleicht schonen; ich selbst habe mich in meinem Leben etlicher Lügen bedient und bereue keine einzige davon. Und meine Intuition sagt mir, dass es das Beste wäre, wenn du die Geschichte mit Dani vorerst vor deinen Eltern verbirgst. Sie sind nicht darauf vorbereitet, das zu verstehen. Doch Dolors weiß schon, was er sagen wird, ich *muss* es ihnen erzählen, Oma, ich kann das nicht vor ihnen verheimlichen, ich … und so weiter und so fort. Die jungen Leute von heute haben die fixe Idee, nicht mit einer Lüge leben zu können, und merken dabei nicht, dass sie selbst unablässig belogen werden. Politiker und Werbeleute füllen ihre Köpfe mit großen Versprechungen, die sich an dem Tag als hohle Phrasen erweisen, an dem der Sturm das Meer des Wohlstands aufpeitschen wird, auf dem dann nur noch die Erwachsenen mit ihren Jachten voller Erfahrung segeln können, einer Erfahrung, von der die Jugend in naher Zukunft nicht einmal träumen kann. Arme Kinder, denkt Dolors – und tut das Einzige, was sie noch kann: Sie lächelt ihren Enkel herzlich an, damit er begreift, dass sie auf seiner Seite ist und ihn versteht.

Für Martí geht mit ihrem Lächeln die Sonne auf, denn er lächelt erleichtert zurück. Doch hat natürlich alles seinen

Preis. Dolors stopft Strickzeug, Wolle und Zeitschrift in die Tüte und weist dann mit dem Kopf zum Arbeitszimmer. Martí begreift sofort und tritt an ihren Sessel, um ihr beim Aufstehen zu helfen: Seine Oma will mit dem Bildschirmkätzchen spielen.

Sosehr sie auch grübelt und sich zu erinnern versucht, es will ihr einfach nicht einfallen, wer den anderen zuerst berührte. Nachdem er das Glas Wein in die Küche getragen hatte, war Antoni wieder zu ihr in den schmalen, unheimlich kahlen Flur gekommen. Bei ihr zu Hause hingen unzählige kostbare Gemälde an den Wänden, und überall standen wertvolle Möbel, wie etwa die alte Pendeluhr, die beharrlich jede Viertelstunde schlug. In Antonis feuchtem, dunklem Häuschen gab es nichts von alledem, und dennoch hatte es sich für Dolors in einen Palast verwandelt – wegen der Bücher und wegen Antoni, dem Wichtigsten für sie auf Erden.

Was sie jedoch nicht vergessen hat, ist, dass sie sich stumm und mit klopfendem Herzen gegenübergestanden hatten und sie auf einmal seine Hand in der ihren spürte, auch wenn sie nicht mehr weiß, wer zuerst die des anderen suchte. Und sie erinnert sich, dass sie ein heftiges Verlangen danach verspürte, ihm nah, ganz nah zu sein, und dass auch er sich auf sie zubewegte. Ganz klar steht ihr jedoch vor allem eins vor Augen: dass in dem Moment, als ihre Lippen sich berührten, sie beide ein elektrischer Schlag durchzuckte, der sie für immer vereinte.

»Komm, Oma, noch ein paar Schritte, gut so … deinem Bein geht es ja schon wieder richtig gut …«

Martí meint das Bein, in dem sich der Thrombus gebildet hatte. Während er sie am Arm umsichtig zum Computer führt, verliert ihr Enkel indes kein Wort über seine Liebe, spricht nur von dem Kätzchen, das nach dem Betätigen einer Taste über den Bildschirm stolziert. Ach, wie niedlich es doch ist, Dolors setzt sich hastig hin, so hastig, wie es ihr das verflixte Bein erlaubt, und greift nach der Maus.

»Oma, Oma … von deiner virtuellen Katze bist du ja wie besessen.«

Martí lacht und lässt sie dann allein. Sie weiß, dass sie nun eine Weile bei ihrem Fèlix sitzen bleiben kann. Hoffentlich vertut sie sich heute nicht so mit den Tasten wie beim letzten Mal, als sie wer weiß worauf gedrückt hatte und plötzlich nur noch lauter Zahlen und Buchstaben auf dem Bildschirm zu sehen waren, die das Kätzchen verscheucht hatten und nicht mehr verschwanden. Martí muss in der Küche gewesen sein, jedenfalls nicht in Sichtweite, und Dolors hatte sich immer mehr aufgeregt.

Es ist nämlich inzwischen leider so, dass sie es immer weniger ertragen kann, wenn etwas nicht so klappt, wie sie das will. Je älter sie geworden ist, umso wütender macht sie das, im Vergleich zu früher muss sie unausstehlich geworden sein. Vielleicht hat Gott ihr ja den Schlaganfall geschickt, damit sie ein für alle Mal Ruhe gibt und ihre Launen nicht mehr an Fuensanta und Leonor auslassen kann. Gegen Teresa ist sie indessen nie ausfällig geworden, wahrscheinlich, weil sie eine so starke Persönlichkeit ist, aber sicher auch, weil sie sich mit ihr gut versteht, obwohl sie beide kein Blatt vor den Mund nehmen – und obwohl Dolors sich gegen unzählige Moralpredigten wehren musste, als die sexuellen Vorlieben ihrer Tochter bei Tanten, Onkeln und Großeltern die Runde machten, die sie allesamt dabei unterstützen wollten, die verlorene Tochter auf den rechten

Pfad zurückzuführen. Das war wirklich eine schreckliche Zeit gewesen. Was hätte Dolors damals drum gegeben, wenn ihre Älteste ihre Gefühle nicht so unverblümt zum Ausdruck gebracht hätte. Warum hält sie nicht einfach den Mund?, hatte sie voll Zorn gedacht. Da gibt es doch nichts zu erklären, kein Mensch spricht darüber, wer oder was ihm im Bett gefällt! Doch jetzt ist sie froh, dass alles so kam, wie es kam. Als Teresa ihre Neigungen lauthals verkündete, erstarrten die Verwandten väterlicherseits vor Schreck, sie, die seit jeher auf ihren untadeligen Ruf und schickliches Benehmen bedacht waren, auch damals schon, zu Zeiten der Fabrik, beim Sonntagnachmittagskaffee.

Noch etwas Schokolade, Dolors?, fragte Eduards Mutter, die anscheinend unmöglich länger schweigen konnte. Nein, danke, gnädige Frau, erwiderte sie artig, und das immer wieder, nein, danke, gnädige Frau, obwohl sie für ihr Leben gern noch ein Tässchen getrunken hätte, die Schokolade war einfach zu köstlich, und es waren nur wenige Gäste zugegen, sodass sie ruhig noch ein bisschen hätte trinken können. Da tat Eduard etwas wirklich Überraschendes: Kommen Sie, flüsterte er ihr zu und zog sie, von den Verwandten unbemerkt, die einem der Monologe der Hausherrin lauschten, in die Küche. Das Mädchen mit Häubchen und Schürze, das immer den Nachmittagskaffee servierte, lächelte nervös, als es sie eintreten sah. Cinta, schenk meiner Freundin bitte noch etwas Schokolade ein. Wortlos nahm die beschürzte Cinta eines der Tässchen aus kostbarem Porzellan und wollte es schon füllen, als Eduard dazwischenfuhr, nein, nein, in so ein kleines Tässchen geht doch nicht viel rein, hol eine große Tasse, und dann: Hier, bitte, Senyoreta Dolors, kosten Sie.

Und genau diesem verrückten Einfall hatte er es zu verdanken, dass er ihr Herz erweichte und sie auf einmal so etwas wie Sympathie für diesen jungen Mann aus gutem Hause empfand. Er war wie einer dieser Könige, die mit dem Protokoll brechen, um sich bei einem Spaziergang dem Volk zu nähern, weshalb er – als er merkte, dass Dolors eine Schwäche für Schokolade hatte – bei der Eroberung ihres Herzens auch genau an diesem Punkt ansetzte. Fortan schenkte er ihr häufig Pralinen, denen sie nicht widerstehen konnte, und wenn sie sich das Konfekt zu Gemüte führte, schaute er ihr zu und sagte lachend, sie mache ein ganz verklärtes Gesicht.

Eduard und sie verband die Schokolade.

Mit Antoni waren es die Bücher.

Dolors versteht Martís Gefühle in diesem Moment sehr gut, sofern es zwischen zwei Männern die gleiche Art von Liebe gibt wie zwischen Mann und Frau. Aber ist die Liebe nicht sowieso stets die gleiche, wer immer auch die Menschen sind, die sie erleben? Auch wenn die Menschen immer andere sind, die Liebe ändert sich selbst nicht und lässt sich mal bei dem einen, mal beim anderen häuslich nieder. Doch ganz gleich, wie die Zuneigung entstanden ist, die Martí und Dani verbindet: Dolors erkennt den Silberstreifen am Horizont, was sie erfreut und sogar das Kätzchen vergessen lässt. Sie schließt die Augen und erinnert sich daran, wie wenige Jahre nach dem Bürgerkrieg, in einer Welt voller Elend und in dem trostlosen Häuschen eines armen Arbeiters, der gleiche Silberstreifen am Horizont für Antoni und sie aufschien. Sein Kuss begann als banges Locken und wurde bald immer verlangender, versetzte Dolors in einen Rausch, der nie enden durfte. Die Nonnen hatten sie gewarnt, Mann und Frau dürften sich nicht berühren, da sonst schlimme Dinge geschähen, doch sie merkte nichts von diesen prophezeiten schlimmen Dingen, denn es war einfach nur wunderbar und fühlte sich an, als ob sie im Himmel wäre und dort für immer bleiben dürfte, denn dieser Kuss durfte nie enden, nie, nie ...

»Ich bin nicht sicher, was ich fühle, Oma. Ich bin einfach völlig durcheinander. Offenbar habe ich irgendein Gen von Tante Teresa geerbt.«

Überraschend und doch ganz ruhig ist Martí damit herausgerückt, als er nachschauen kommt, wie es mit dem Kätzchen läuft. Dolors öffnet die Augen und stellt fest, dass wieder nur Zahlen und Buchstaben auf dem Bildschirm flimmern.

»Warum hast du mir nicht Bescheid gesagt, Oma? Ich weiß ja, dass du nicht sprechen kannst, aber du hättest doch auf den Tisch klopfen können, wie sonst, wenn du Hilfe brauchst ... Komm, gib mir mal die Maus ... Hier, da hast du deine Katze wieder. Möchtest du noch weiterspielen, oder willst du dich lieber wieder in deinen Sessel setzen?«

Mit Gebärden bedeutet ihm Dolors, dass sie gern noch eine Weile vorm Computer bleiben möchte. Sie wundert sich schon darüber, wie sehr sich alles verändert hat, wie diese neue Informatikwelt Mensch und Tier im Griff hat, zumindest die Katzen ...

Damals gab es noch keine Computer. Und doch hat sie damals das Beste erfahren, was ihr im Leben passiert ist. Jener innige erste Kuss eröffnete ihr eine neue Welt, eine Welt voller neuer Gefühle, die sie mit solcher Leidenschaft auskostete, wie sie das nie für möglich gehalten hätte.

Die Taille

Für die Taille Maschen abzunehmen ist immer heikel, denn wenn man sich nicht genau an die Maße hält, ist alle Mühe umsonst gewesen. Einfacher wäre es, ihn gerade hochzustricken, doch ein bisschen Taille ist ihrer Strickzeitschrift zufolge gerade sehr modern, und für Sechzehnjährige ist so etwas wichtig. Bei der Wespentaille der Kleinen kann sie jedenfalls bald damit anfangen. Aber kann das wirklich stimmen?

Dolors streicht über das flauschige Vorderteil und misst mit dem Maßband noch mal nach, beim Zählen der Maschen muss ihr ein Fehler unterlaufen sein, das sind doch nie im Leben die Maße einer Sechzehnjährigen, so schmal gebaut sie von Natur aus auch sein mochte. Das ist doch unmöglich! Sie zieht den Zettel aus der Tüte, auf dem Leonor Sandras genaue Maße notiert hat, und studiert ihn noch einmal genau. Doch, ja, genau so steht es da … Dolors schüttelt unwillig den Kopf. Bevor sie weiterstrickt, muss sie auf jeden Fall mit Leonor darüber sprechen, ob sie sich beim Messen nicht doch vertan hat, denn Sandra ist ja schon mager, aber gleich so? In Dolors' Jugend waren nur die Kinder der Armen so klapperdürr, die, die nichts zu beißen hatten. Wenn die Maße stimmen, dann ist Sandra jedenfalls eindeutig unterernährt oder, wie man heute dazu sagt, magersüchtig. Aber egal, ob unterernährt oder magersüchtig: Im Grunde genommen läuft's auf das Gleiche hinaus. Der einzige Unterschied ist, dass die einen nichts zu essen haben, während die anderen nichts essen wollen. Die kriegsversehrten Unglücksgestalten, die einen in der Nachkriegszeit voller Verzweiflung um einen Kanten Brot anbettelten, hätten es garantiert für ein Märchen gehalten, wenn einer ihnen erzählt hätte, dass nur ein halbes Jahrhundert später junge Mädchen und Frauen, deren Familien genug Geld hatten, um jeden Tag richtig schlemmen zu können, mit vor der Brust verschränkten Armen verkündeten: »Ich esse keine Suppe! Nein! Nein, meine Suppe ess' ich nicht!«

Ja, früher … früher, da war alles anders, ganz anders. Als die Zeit des Kastaniensammelns zu Ende ging, musste sie sich eine andere Ausrede einfallen lassen, etwa dass sie, der schneidenden Kälte zum Trotz, Gefallen an Spaziergängen an der frischen Luft gefunden habe. Antoni und sie sahen sich einmal pro Woche. Wenn sie irgendwie ein heimliches Treffen einrichten konnte, klemmte sie ein Taschentuch in den Rahmen eines Fensters, das von seinem Häuschen aus zu sehen war. Ein weißes Taschentuch bedeutete heute, ein blaues morgen, und war es rot, so hieß das, hab Geduld, ich komm zu dir, sobald ich kann.

Dolors lebte damals in einer Art grenzenlosem Liebesrausch, der alle Unterweisungen der Nonnen im Internat ad absurdum führte. Am ersten Tag war es nur ein Kuss gewesen, dieser Kuss, der am Anfang von allem stand, was nie, nie enden durfte. Mit hochrotem Kopf und bis zum Hals klopfendem Herzen war Dolors danach aus dem bescheidenen Häuschen gelaufen, ohne Antoni auch nur Auf Wiedersehen gesagt zu haben, da sie weder wusste, ob, noch, wie sie ihm das sagen sollte.

Am zweiten Tag kam der erste Kuss, kaum dass die Tür ins Schloss gefallen war, ohne ein Wort, ohne Vorankündigung, einfach so. Antoni hatte sie nur merkwürdig angesehen und sie dann auf der Stelle an die Hintertür gelehnt, von oben bis unten mit Küssen bedeckt, bis sie nicht mehr wusste, wie ihr geschah, und sie am liebsten ihren ganzen Körper seinen Küssen dargeboten hätte. Und da nahm er sie in seine starken Arme und trug sie zu seinem warmen Bett. Und danach war alles einfach himmlisch – bis es auf einmal höllisch schmerzte und ihr die Warnung der Nonnen durch den Sinn fuhr und sie dachte, dass die ja doch recht gehabt hatten. Schluchzend und mit Tränen in den Augen machte sie sich von ihm los, schlüpfte hastig in ihre Kleider und rannte davon, ohne hören zu wollen, was er ihr hinterherrief: Dolors! Beim ersten Mal ist das normal, Dolors, das wird nicht wieder vorkommen, keine Angst! Dolors, beruhige dich doch, mein Schatz!

Gerade ist Leonor nach Hause gekommen. Jetzt wird sie ihr das mit Sandras Taille sagen, natürlich mit Gebärden, anders kann sie sich ja nicht verständlich machen. Doch als ihre Tochter das Wohnzimmer betritt, merkt sie, dass Leonor völlig verheulte Augen hat. Tatsächlich, ihre Jüngste weint. Dolors erschrickt. Ihre Tochter mag zwar eine zimperliche dumme Gans sein, aber eine Heulsuse ist sie nicht, und wenn ihr jetzt Tränen in den Augen stehen, dann hat das einen triftigen Grund. Schnell legt Dolors ihr Strickzeug beiseite und schaut ihre Jüngste dann fragend an – worauf Leonor in heftiges Schluchzen ausbricht. Nicht wissend, was sie tun soll, versucht Dolors, sich aus ihrem Sessel zu erheben, um sie in den Arm zu nehmen, doch als Leonor das sieht, hält sie sie zurück, setzt sich neben ihre Mutter auf einen Stuhl und schluckt ein paarmal.

»Ich … ich bin befördert worden. Ich … ich bin jetzt Abteilungsleiterin.«

Aufschluchzend schlägt sie die Hände vors Gesicht. Dolors versteht nun wirklich nur noch Bahnhof. Weint Leonor etwa vor Freude? Danach sieht es eigentlich nicht aus … Leonor wischt sich die Tränen ab und senkt den Kopf.

»Ich habe etwas Furchtbares getan, Mama. Etwas wirklich Furchtbares. Nur deshalb bin ich befördert worden.«

Jesus, Maria und Josef, was hat sie angestellt? Hat sie gestohlen? Jemanden umgebracht? Schwerfällig steht Leonor auf und geht zum Couchtisch, und während sie ein Papiertaschentuch aus der Kleenex-Packung zieht, rückt sie schluchzend und stammelnd mit der Sprache raus.

»Mein Chef … mein Chef ist schon eine ganze Zeitlang … hinter mir her … und er ist gleichzeitig auch der Inhaber der Firma, weißt du … Ich bin ihm aus dem Weg gegangen … aber … aber eines Tages hat er mir zu verstehen gegeben, dass … dass er mich auf die Straße setzen würde, wenn ich ihm nicht zu Willen wäre … Du kannst dir ja vorstellen, um was es dabei geht … Ja, ja, ich weiß, ich hätte mich nicht darauf einlassen dürfen … aber ich habe mir ausgemalt, wie ich Jofre meine Entlassung hätte erklären müssen … und er ist doch so eifersüchtig, dass er sicher Krach geschlagen hätte … und ich wollte ihm keine Unannehmlichkeiten bereiten … Und außerdem ist es in meinem Alter unheimlich schwer, noch eine neue Stelle zu finden, und du weißt ja, ich bin nicht so intelligent wie Jofre, ich hätte bestimmt nichts gefunden.«

Dolors ist perplex – und das nicht wegen der diversen »Gefälligkeiten«, die ihre Tochter dem Firmenchef erwiesen haben muss, sondern wegen der Bewunderung und dem blinden Vertrauen, die Leonor ihrem Ehemann nach wie vor entgegenbringt, diesem Chauvi von Jofre, der es nicht nur mit der Ich-dich-auch-Mònica treibt, sondern gleichzeitig auch noch alles dafür tut, dass das ohnehin schon geringe Selbstwertgefühl ihrer Jüngsten von Tag zu Tag kleiner wird. Und was hat er damit erreicht? Dass sie sich nun von ihrem Chef erpressen lässt, der glaubt, wie ein Grundherr von seinen Leibeigenen Liebesdienste einfordern zu können. Jetzt ärgert es Dolors wirklich furchtbar, dass sie nicht mehr sprechen kann, denn sie würde ihrer Tochter nur zu gern ein paar liebevolle Klapse auf den Hinterkopf geben und ihr einen Vortrag halten, so einen richtigen mütterlichen Vortrag, dass sie zwar eine Zimperliese, aber dennoch tausendmal mehr wert als dieser nichtsnutzige Dummkopf von Jofre sei. Schau dich im Spiegel an, würde sie sie auffordern, so wie dein Mann oder Sandra das immer tun, und renn nicht daran vorbei, als hättest du Angst vor deinem eigenen Spiegelbild. Schau dich in aller Ruhe an und mach dir klar, dass du sehr attraktiv sein kannst, wenn du nur willst, trotz deines Alters, wegen dem man dich angeblich nirgendwo mehr nimmt. Kopf hoch, Leonor, beweise dir selbst und allen anderen, dass du Format hast.

Aber all das kann sie ihr nicht stecken, sie kann nur schweigend zuhören.

»Es geht schon eine ganze Weile … Wenn er mich nur in sein Büro ruft, fange ich schon an zu zittern. Er gibt seiner Sekretärin Bescheid, dass uns niemand stören darf, und dann verschafft er sich auf dem Sofa Erleichterung. Es ist so ekelhaft, Mama … Ich schaue hoch an die Decke, versuche, an etwas anderes zu denken, und hoffe, dass es bald vorbei ist. Ich weiß wirklich nicht, was er an mir findet …« Leonor hält kurz inne, um sich die Nase zu putzen, und fährt dann etwas ruhiger fort: »Heute hat er sich zum ersten Mal nicht an mich rangemacht. Er hat mich in sein Büro gerufen und mir mit einem breiten Grinsen verkündet, dass er meinen Abteilungsleiter entlassen habe und ich fortan dessen Posten übernehmen soll. Ich habe mich natürlich höflich bedankt, ihm dann aber gleich gesagt, dass ich keine Führungsposition haben will. Er hat das allerdings nicht gelten lassen. Deshalb habe ich noch einmal deutlicher Nein gesagt – und da hörte er zu grinsen auf und meinte, er dulde keinen Widerspruch, das sei ein Befehl. Wortlos habe ich mich umgedreht und bin gegangen, und da hat er mir noch nachgerufen: So können wir zusammen auf Geschäftsreise gehen, Schatz, du wirst schon sehen, wir werden eine Menge Spaß haben.«

Während Leonor schniefend ein weiteres Papiertaschentuch aus der Box zieht, schüttelt Dolors ungläubig den Kopf. Was soll sie nur tun? Sie verspürt wieder das Bedürfnis, ihre Tochter ins Gebet zu nehmen, und überlegt kurz, ob sie es auf einen Zettel aufschreiben soll, trotz der Schwierigkeiten, die ihr ihre zittrige rechte Hand bereitet. Doch dann verwirft sie den Gedanken wieder, denn schriftlich kann sie es nicht so präzise ausdrücken, was sie ihr sagen will, und Leonor wird es nicht so verstehen, wie sie's verstehen soll. Mit ihrer Jüngsten muss man Klartext reden, sie ist nicht wie Teresa, die auch das versteht, was zwischen den Zeilen steht oder einem vom Gesicht ablesen kann, wie's einem geht. Leonor nimmt alles wortwörtlich, nein, schriftlich kann sie ihr wirklich nichts erklären. Wie sollte sie ihr klarmachen, dass alles, was ihr zustößt, im Grunde ihre eigene Schuld ist? Weil sie, statt in ihrer Jugend ihren Willen zu stählen, unter die Fittiche eines Mannes geschlüpft ist, der das Bedürfnis hat, sie niederzuhalten, um sich daneben selbst groß zu fühlen, um sich als Mann bestätigt zu fühlen oder als Platzhirsch, denn so verhält sich doch eher ein Tier, auch wenn er allen vormacht, er sei der ideale Ehemann und Vater, kultiviert, intelligent und ein großer Anhänger von Nietzsche. Wie sollte sie ihrer Tochter beibringen, dass sie mit Sicherheit einen anderen Weg gefunden hätte, auf die Annäherungen ihres Chefs zu reagieren, wäre die Lage zu Hause eine andere? Bestimmt hätte sie ihrem Vorgesetzten dann einen deftigen Medienskandal bereitet, einen dieser Skandale, zu denen Martí immer so genüsslich seine Kommentare abgibt. Der Junge liest ja sämtliche Zeitungen und macht sich einen Spaß daraus, seinem Vater zu widersprechen und ihn einen recycelten Hippie zu nennen, im Scherz natürlich, doch Jofre kann das überhaupt nicht vertragen, o nein, für ihn ist die heutige Jugend nicht so vom Streben nach Wahrheit erfüllt wie er und all die Leute seiner Generation.

Doch egal, ob nach Wahrheit strebend oder nicht, sind alle Generationen doch bei den gleichen Zärtlichkeiten und Liebesschwüren erbebt. Und alle haben in dem einen oder anderen Moment auch an die große, einzig wahre Liebe geglaubt. Als Eduard Dolors den Hof zu machen begann, da war es schon eine ganze Weile her, dass Antoni ihr zum ersten Mal den Himmel auf Erden versprochen hatte.

Der Himmel auf Erden bedeutete in seinem Fall natürlich die ewige Liebe und sonst nichts, denn mehr konnte Antoni ihr nicht bieten.

Nach jenem ersten Mal hatte es eine Weile gedauert, bis sie wieder zu ihm gegangen war, denn in ihrem Innersten hatten die widersprüchlichsten Gefühle getobt. Der berüchtigte unförmige Wurm, vor dem die Nonnen sie gewarnt hatten, hatte ihr eher Angst eingejagt, als dass er ihr gefallen hätte, er hatte sich als furchtbar dralles, hartes Ding erwiesen, das kampfeslustig in sie eindrang und sie durchbohrte, und ihr zudem ziemlich wehtat, sodass es auf einen Schlag mit der ganzen Romantik vorbei war. Schön dumm waren wir damals vor dem ersten Mal gewesen, denkt Dolors jetzt, doch im Gegensatz zu Leonor hat sie immerhin die Entschuldigung, dass die Zeiten andere waren und sie damals auch noch sehr jung war.

Jetzt würde Dolors ihrer Jüngsten nur zu gern das von der Ich-dich-auch-Mònica erzählen, damit sie erkennt, dass ihr Göttergatte in Wirklichkeit gar nicht so ist, wie sie immer meint. Doch nun ist sie ausnahmsweise einmal froh über den Schlaganfall, der sie verstummen ließ, denn ihr wird klar, dass der Bekehrungsversuch wahrscheinlich gründlich in die Hosen gegangen wäre. Sie hätte Leonor sicher nicht von ihrer abgöttischen Verehrung abgebracht, weil sie ihr nicht geglaubt hätte; im Konflikt zwischen ihrer Mutter und ihrem Ehemann hat sie sich immer auf Jofres Seite geschlagen, und sicher hätte sie auch diesmal gedacht, dass Dolors ihr nur wieder ihren Halbgott madig machen will. Und dann hätte sie ihn direkt darauf angesprochen, und es wäre alles noch viel schlimmer gekommen, als es ohnehin schon war. Mit anderen Worten, ein dreifaches Hoch auf den Schlaganfall, ausnahmsweise einmal, der das verhindert hat. Nur: Schön wär's doch, wenn Leonor ihm auf die Schliche kommt, und das möglichst bald.

In jener Nacht, nachdem sie ihre Jungfräulichkeit verloren hatte, tat sie kein Auge zu. Ein Herrentaschentuch zwischen den Beinen, falls es noch weiter bluten sollte, lag sie schlaflos im Bett und grübelte. Beim ersten Mal ist das normal, hatte Antoni gesagt, als sie sich hastig angezogen hatte. War es für ihn das etwa nicht gewesen? Hatte er vor ihr schon mit einer anderen seine Erfahrungen gemacht? In jenen nächtlichen Stunden überkam sie immer stärker ein Gefühl der Eifersucht, das den Schrecken und die Lähmung überdeckte, den die ja eigentlich ersehnte körperliche Vereinigung bei ihr hinterlassen hatte. Jedes neue, intensiv erlebte Gefühl lässt das vorherige in Vergessenheit geraten, sagt sich Dolors und seufzt, so ist das Leben nun mal.

In diesem Moment hört sie, wie die Wohnungstür aufgeschlossen wird, und Leonor wischt sich hastig die Tränen ab.

»Kein Wort, Mama. Bitte, tu mir den Gefallen!«

Leonor merkt nicht, was für einen Unsinn sie da von sich gegeben hat, wie ein aufgescheuchtes Huhn sieht sie sich im Zimmer um, so als wollte sie sich irgendwo verstecken. Im Flur hören sie Martí einen aktuellen Hit summen, er ist gut aufgelegt. Dolors rettet die Situation, indem sie den Zettel mit Sandras Maßen aus der Tüte zieht und ihre Tochter zu sich winkt.

Als Martí hereinkommt, gibt sich Leonor gerade alle Mühe zu verstehen, was Dolors ihr mit Gesten sagen will: dass das von ihr notierte Taillenmaß nicht stimmen kann. Dankbar ergreift Leonor die Gelegenheit: Sie setzt die

Brille auf und beugt sich über das Papier, sodass Martí ihre rotgeweinten Augen nicht sehen kann. Scheinbar zerstreut begrüßt sie ihn mit einem knappen Hallo, ohne aufzublicken, doch kaum ist ihr Sohn im Arbeitszimmer verschwunden, läuft sie schnurstracks ins Bad, nachdem sie Dolors zuvor versichert hat, dass dies tatsächlich Sandras Taillenweite ist.

Es ist echt schade, dass du in letzter Zeit immer so schlecht gelaunt bist. Dabei hast du so intelligente Augen, hatte Teresa ihr bei einem ihrer letzten Gespräche vor dem Schlaganfall gesagt, nachdem Dolors sich wieder einmal mit Fuensanta gestritten hatte. Mama, du darfst ihr das Leben nicht so schwer machen. Siehst du nicht, wie sehr sie das bedrückt?, hatte Teresa ihr ins Gewissen zu reden versucht. Aber ich brauche keine Aufpasserin!, hatte Dolors gereizt geantwortet und war aus dem Zimmer gerauscht, um sich im Bad einzuschließen. Doch Teresa ließ nicht locker, sie folgte ihr, und durch die Badezimmertür sagte sie ihr das mit den intelligenten Augen. Und was ist, wenn dir was passiert, Mama? Du musst doch verstehen, dass Menschen in deinem Alter jemanden brauchen, der sich um sie kümmert, und wenn es nur ein klitzekleines bisschen ist. Schließlich bist du keine Zwanzigjährige mehr, oder? Ich brauche keine Hilfe!, hatte Dolors halsstarrig gerufen, worauf sich Teresa voller Ironie korrigierte: Oh, entschuldige, ich wusste nicht, dass ich gerade mit einer Fünfjährigen rede.

Intelligente Augen, so ein Unsinn: Nichtsdestotrotz hatte Dolors sich geschmeichelt gefühlt. Wollte ihre Tochter ihr damit durch die Blume sagen, dass sie sie für äußerst klug hielt? Doch sicher verwechselte Teresa Intelligenz mit Erfahrung, denn erstere wird einem doch schon in die Wiege gelegt und in ihrer Sturm-und-Drang-Zeit war Dolors ein wirklich dummes Schaf. Aber vielleicht war Intelligenz ja auch wirklich mit Erfahrung gleichzusetzen, wer weiß.

Nach der großen Tasse Schokolade in der Küche hatte Eduard sich zwar alle Mühe gegeben, nicht in lautes Gelächter auszubrechen, doch vergeblich. Dolors, Sie sollten sich mal im Spiegel sehen: Sie haben einen Schnurrbart!, prustete er schließlich los. Kurzerhand leckte sich Dolors mit der Zunge die Lippen ab, doch als ihr einfiel, in wessen Haus sie sich befand, griff sie schnell nach dem Tuch, das das Dienstmädchen ihr reichte. Während sie sich den Mund damit abtupfte, fiel ihr Blick zufällig auf Eduard – und sie erstarrte. Eduard betrachtete sie mit einem Blick, den sie nur zu gut kannte: So sah Antoni sie immer an, wenn sie neben ihm lag. Bei ihm gefiel ihr das sehr, Eduards Augen lösten jedoch tiefe Beklemmung bei ihr aus. Und wenn er lächelte, blieb sein Lächeln für sie leer.

In Antonis Lächeln hingegen sah sie den Mond, den Mond, der golden in das Zimmer fiel, in dem sie in jenem Winter viele Male gemeinsam über den Wolken schwebten, auch wenn sein Bett nicht mit feinstem Leinen bezogen war, den Mond, der dafür sorgte, dass ihre Liebe zu Antoni sie in einen einzigen Rausch der Leidenschaft versetzte.

Nach zwei Wochen war sie zu ihm zurückgekehrt. Eines Tages war sie ihm zufällig in einem Laden begegnet. Obwohl ihr das Herz bis zum Hals schlug, hatte sie ihn keines Blickes gewürdigt und sich gleich ausgiebig mit der Krämerin unterhalten. Da war Antoni von Gram gebeugt und mit müden Schritten aus dem Laden geschlichen – und ihr brach es das Herz, sodass sie ihn am nächsten Tag besuchen ging.

Woher weißt du so genau, was beim ersten Mal passiert?, hatte sie ihn zur Rede gestellt und ihm dabei fest in die Augen gesehen. Weil die einzige Frau, mit der ich vor dir zusammen war, ebenfalls noch Jungfrau war, hatte Antoni ihr aufrichtig geantwortet, sodass Dolors einen heftigen Stich in der Herzgegend verspürte, was Antoni nicht entging. Geboren und aufgewachsen bin ich in Sarrià, wo meine Eltern in einem Herrenhaus Bedienstete waren, begann er zu erzählen. Dort habe ich mit sechzehn was mit einem zwanzigjährigen Dienstmädchen angefangen. Für sie war ich vermutlich bloß ein unverschämtes Jüngelchen, dennoch gab sie sich mir hin, denn ich war der einzige junge Mann im Haus. Das Ganze dauerte etwa ein Jahr, bis die Fabrik der Familie Bankrott machte und der gnädige Herr an einem Herzinfarkt starb. Die Hausherrin, der ich es im Übrigen zu verdanken habe, dass ich in die Schule gehen konnte und lesen lernte, musste alles verkaufen und das Personal entlassen. Das Dienstmädchen, das irgendwo anders eine Anstellung fand, hatte mich schnell vergessen. Genauso wie ich sie. Sie hat mir nichts bedeutet.

Danach trat ein beredtes Schweigen zwischen ihnen ein, eines dieser Schweigen, das zwei zu versöhnen vermag, die aneinandergeraten waren. Dolors schämte sich, obwohl sie nicht genau wusste, weshalb. Schließlich gab sie ihrem Herzen einen Stoß und fragte das Erstbeste, das ihr in den Sinn kam: Und was ist mit deinen Eltern passiert? Oh, die leben jetzt mit der gnädigen Frau in einer kleinen Wohnung in der Innenstadt von Barcelona. Die Zeiten ändern sich … und die Beziehungen zwischen den Menschen auch, hatte Antoni lächelnd geantwortet und ihr seine Hand hingestreckt, in die Dolors dann ganz scheu die ihre legte.

Und da zog Antoni sie an sich und flüsterte leise, hab keine Angst, während der zarte Atemhauch, der ihren Hals liebkoste, sie erbeben ließ. An jenem Tag wurde ihre Beziehung noch tiefer, sie öffneten eine neue Tür, die ihnen bis dahin verschlossen war.

In diesem Moment kommt Leonor zurück. Das Innere der Augen ist noch immer rot, doch die dunklen Augenschatten hat sie mit viel zu viel hellem Make-up überschminkt, sodass sie nun fast wirkt, als wäre sie in den Schminktopf gefallen. Was haben wir Frauen es doch einfach, denkt Dolors, mit einer dicken Schicht Creme können wir wunderbar kaschieren, dass wir geweint haben. Bei Männern ist das viel vertrackter, würden sie das tun, hielte man sie für Transvestiten. Aber Männer weinen ja nicht. Obwohl … sie weinen schon, aber nur im Geheimen.

Nicht einen Blick hat Leonor ihrer Mutter zugeworfen, während sie stocksteif an ihr vorbei ins Arbeitszimmer gegangen ist. Kopfschüttelnd sieht Dolors ihr nach und beugt sich dann wieder über ihre Handarbeit, wahrscheinlich schämt sich Leonor zu Tode und fragt sich, warum sie ihr das mit ihrem Chef erzählt hat, der glaubt, wie ein Grundherr im Mittelalter von seinen Leibeigenen Liebesdienste einfordern zu dürfen. So wie das auch Dolors' Vater mit den Dienstmädchen praktiziert hatte.

Oft hatte ihr Vater sie angeekelt, manches Mal hatte er ihr allerdings auch leidgetan. Während ihrer Internatszeit hatte er sich mit einer entfernten Kusine über den Tod seiner Frau hinwegzutrösten versucht, kurz vor der Hochzeit löste sie die Verlobung jedoch, weil sie sich in einen anderen verliebt hatte. Und im Umfeld der Fabrik und des Klubs, zu dem nur Männern der Zutritt gestattet war, gab es leider keine Frauen seiner Gesellschaftsschicht, die der Gedanke hätte betören können, einen nicht mehr ganz taufrischen Witwer zu heiraten, der nicht einmal sonderlich reich war. Am Ende blieben ihm deshalb nur die Dienstmädchen, gefällige, furchtsame und gelegentlich eine, die Hals über Kopf die Flucht ergriff.

Zum Glück haben es die Männer heutzutage leichter, denkt Dolors nun. Wenn alle jungen Frauen so freizügig sind wie Sandra, dürften sie keine Probleme haben, ihre Triebe zu befriedigen. Und heutzutage macht eine Frau das auch völlig anders als früher, heutzutage verliebt sie sich gleich. Dass sie sich womöglich jemandem hingegeben hat, der es nicht verdiente, das bemerkt sie erst später. Aber mehr als auf seinen Körper sollte man eigentlich auf seine Seele aufpassen, denn im Grunde hat der Körper eigentlich gar keine so große Bedeutung, sinniert Dolors und lässt ihr Strickzeug sinken. Ob das mit der Taille wirklich richtig ist? Mehr Maschen wird sie jedenfalls nicht mehr abnehmen.

Sie holt das Zentimetermaß aus ihrer Tüte und misst die Breite des Vorderteils zum wiederholten Mal nach. Ach, Sandra, das kann man schon gar nicht mal mehr Figur nennen, dein Körper ist so dünn wie ein Spargel, und so hast du dich bereits einem Mann hingegeben. Stell dir vor, Liebes, ich war beim ersten Mal sechsundzwanzig, das heißt zehn Jahre älter als du!

Mit sechsundzwanzig Jahren hatte Dolors schon eine geraume Weile geglaubt, dass sie für alle Zeiten ledig bleiben und in dem großen Haus bei ihrem Vater leben würde, bis er nicht mehr die Manneskraft besäße, die Dienstmädchen in Angst und Schrecken zu versetzen. Wie viele Male hatten vor allem die jüngeren Mädchen in ihrem Zimmer geschlafen, um dem gnädigen Herrn nicht zu Willen sein zu müssen. Und alle hatten sie als ihre Retterin verehrt, vor allem Mireia, das kleine, zerbrechlich wirkende, kluge Bauernmädchen, das ihr irgendwann ihre Liebe für einen der Arbeiter gestanden hatte, den sie schließlich dank Dolors' Fürsprache auch zum Mann bekam.

Bis ein Jahr vor ihrer Hochzeit mit siebenundzwanzig Jahren hatte Dolors keinen einzigen Verehrer gehabt, und auf einmal waren es gleich zwei. Eduard mit seinen Pralinen und Antoni mit seinen Büchern. Eduard bedeutete ihr zunächst nichts. Die Sache mit der Schokolade machte ihn jedoch sympathisch, denn jedem, der ihr Schokolade schenkte, war Dolors zugetan, erst recht, wenn es so gute war, denn nach dem Krieg war Schokolade fast nicht zu bekommen. Und so war Eduard nach und nach zu einem Freund geworden, ja sie scherzte sogar mit ihm und sagte, ich hätte ehrlich nie gedacht, dass du so amüsant sein kannst; als ich dich zum ersten Mal traf, sah es aus, als könntest du nicht lachen, so zugeknöpft warst du da. Und zu guter Letzt fing sie sogar an, die Sonntagnachmittage im Hause seiner Eltern zu mögen.

Außerdem gab es da noch etwas anderes. Etwas, dem sie sich nicht entziehen konnte: Die Geschichte mit Antoni und dem Dienstmädchen aus Sarrià lastete schwer auf ihrer Seele. Sicher, sie wusste, dass das Schnee von gestern war und Antoni sie liebte, doch sie war davon wie besessen. Es wollte ihr nicht aus dem Kopf, und ständig stellte sie sich vor, wie Antoni mit der anderen im Bett das Gleiche tat wie mit ihr, und dann bekam sie augenblicklich so schlechte Laune, dass sie am liebsten dem Erstbesten die Augen ausgekratzt hätte.

Deshalb waren die Sonntagnachmittage mit Eduard für sie so etwas wie eine kleine Rache für den unerhörten Schmerz, der sie nicht zur Ruhe kommen ließ. Es verschaffte ihr eine unheimliche Genugtuung, wenn sie nach dem Liebesakt beim Gespräch über Bücher, Philosophie oder Alltägliches wie nebenbei fallen lassen konnte, dass sie sich am Sonntag hervorragend amüsiert hatte, denn noch während sie das sagte, bemerkte sie, dass der Stachel der Eifersucht auch Antoni durchbohrte, derselbe, der ihr Herz malträtierte, und so schien der eigene Schmerz für eine Weile nachzulassen.

Dolors muss nun laut lachen. Auf was für eine naive Art und Weise hatte sie sich an Antoni dafür gerächt, dass er nicht mehr unerfahren war. Genauso naiv, wie zu glauben, dass die Männer im Allgemeinen nur mit der Frau ihres Lebens Erfahrungen sammeln wollten. Du liebe Güte, ausgerechnet die Männer. Dolors lacht erneut laut auf.

»Ich würde zu gern wissen, worüber Oma gerade lacht.«

»Wahrscheinlich ist ihr wieder irgendwas Schönes von früher in den Sinn gekommen. Wir sollten sie dabei nicht stören.«

Wahrscheinlich hat Leonor schnell das mit ihren Erinnerungen gesagt, damit Martí nicht auf den Gedanken kommt, seine Oma wirklich nach dem Grund zu fragen, denn bestimmt glaubt sie, Dolors lache über sie und das, was sie ihr gebeichtet hat. Und dem war nun wirklich nicht so! Sobald ihre Tochter ins Wohnzimmer kommt, wird sie das richtigstellen und ihr erklären, dass sie über etwas ganz anderes gelacht hat, nachher wird sie es gleich aufschreiben. Das fehlt gerade noch, dass die arme Leonor denkt, ihre eigene Mutter mache sich über den skrupellosen Machtmissbrauch ihres Chefs lustig! Leonor hat noch nicht genügend Jahre auf dem Buckel, um sich von so etwas nicht verletzen zu lassen. Dolors hingegen mit ihren fünfundachtzig Lenzen hat inzwischen ein dickes Fell, wenn man so alt ist wie sie, verletzen einen nur noch Dinge, die mit den Kindern und Enkeln zu tun haben, Männer sind längst nicht mehr so wichtig. Sie selbst würde inzwischen wer weiß was mitmachen, ohne sich davon erschüttern zu lassen. Nur: Wer will sich schon mit einer Fünfundachtzigjährigen vergnügen? Und da muss Dolors noch einmal laut lachen, du liebe Güte, altes Mädchen, was für einen Unsinn du da denkst, dir ist wirklich nicht mehr zu helfen.

Der Winter 1946 war ein warmer Winter – zumindest in einer Hinsicht. In diesem Winter schenkte Dolors ihre Jugend und ihr Herz ihrem Geliebten, dem einzigen Mann, den sie in ihrem Leben leidenschaftlich geliebt hat, und die Abende mit ihm waren süß, innig und verboten. Die Kastanienzeit war vorbei, doch hatte sie einen anderen Vorwand gefunden: Wenn sie einmal pro Woche abends spazieren ging, dann, um in der freien Natur frische Luft zu schöpfen. Du wirst dir noch eine Erkältung holen, Kind, ermahnte der Vater sie besorgt, wenn nicht gar eine Lungenentzündung, merkst du nicht, dass es schneidend kalt ist? Ach, nun sei doch nicht so, Papa, umschmeichelte sie ihn und gab ihm zum Abschied einen Kuss, mach dir um dein Töchterchen nicht immer so viele Sorgen, ich ziehe mich warm an, schau, ich trage Stiefel, Mantel und Handschuhe, mir wird bestimmt nicht kalt. Und dass sie nicht fror, stimmte. Allerdings nicht, weil sie eine Stunde über Felder und Wiesen marschierte, sondern weil sie in dieser Zeit in den Armen eines Mannes lag, der für sie wie ein

Bollerofen war und sie in einem warmen Bett, wenn auch nicht in einem warmen Haus empfing, denn nur die Küche hatte einen Herd, aber es gab haufenweise Decken und darunter ein Geheimnis, das die Glut ihrer Leidenschaft zum Lodern brachte.

Mit dem Frühling kam dann das Tennisspiel mit Eduard. Überraschend war er eines späten Nachmittags bei ihr zu Hause erschienen. Doch dieses Mal hatte er keine Schokolade dabei, sondern zwei Schläger und fragte sie nervös, ob sie nicht mit ihm Tennis spielen wolle. Dolors wusste nicht, was sie ihm antworten sollte, sie hatte nicht die geringste Lust dazu, doch die Einladung abzulehnen, wäre nicht schicklich gewesen, zumal sie mit Sicherheit auf das Betreiben von Eduards Mutter und ihrem Vater zurückging. Ganz nach alter Manier versuchten die beiden, Schicksal zu spielen: Sie mögen sich, nicht wahr, dann lassen Sie uns alles tun, um sie vor den Altar zu bringen, die beiden sind dafür längst alt genug, und zudem sollten sie ja auch noch Nachwuchs bekommen! Was für eine fixe Idee, das mit den Kindern, aber beide Familien sahen sich schon um ihre Enkel gebracht. Mit sechsundzwanzig Jahren noch nicht einmal verlobt zu sein, bedeutete zur damaligen Zeit, als alte Jungfer zu enden, und sie war die einzige Tochter ihres Herrn Papas und Eduard der Erbe eines beträchtlichen Vermögens.

Du liebe Güte, wie sich die Zeiten ändern, man braucht sich bloß Sandra anzusehen, die irgendwann zwischen einem dann erwachsenen Jaume und all den Männern wählen wird, die sie in den nächsten Jahren bestimmt noch kennenlernt. In Dolors' Jugend heiratete man den Ersten, der einen mit Gedichten oder Schokolade beglückte, heute hingegen haben junge Frauen mit sechsundzwanzig wahrscheinlich schon derart viele Männer gehabt, dass sie zweifeln, mit welchem sie tatsächlich zusammenbleiben sollen, oder zu dem Schluss kommen, keinen davon zu heiraten und so ein bisschen allen zu gehören. Die Unschuld aber schon mit sechzehn Jahren zu verlieren, das ist etwas, das für Dolors bisher ins Reich der Fabel gehört hat, da sie im gleichen Alter zu bestimmten Themen ja nicht einmal Fragen stellen durfte. Und zu ihrer Zeit durfte man natürlich auch nur antworten, wenn man etwas gefragt worden war, und auch dann bloß mit einem höflichen Satz, der stets mit einem respektvollen »Senyor« oder »Senyora« enden musste. Das und noch vieles mehr hatten ihnen die Nonnen damals gründlich eingeschärft, auch, dass ihr ganzes Streben darauf gerichtet sein müsse, eine kultivierte Dame zu werden. Doch Vorsicht: Der Mann, den sie einmal heiraten würden, würde eine Frau mit Abitur zwar sehr zu schätzen wissen, doch zeigen dürften sie ihm nie, dass sie mehr wussten als er. Ihre Aufgabe sei es später, das Regiment über die Dienstmädchen zu führen, was sie sonst noch zu tun und zu lassen hatten, würde ihnen dann schon ihr künftiger Ehemann erklären. Weil sie einen wachen Geist hatte, hätte Dolors liebend gern ihre Mutter gefragt, ob das alles stimmte, was die Nonnen ihnen da erzählten, aber ihre Mutter war damals schon gestorben. Ihr blieb also nichts anderes übrig, als sich alles anzuhören und sich dann selbst eine Meinung zu bilden.

Als der Krieg ausbrach, fehlte ihr noch ein Jahr bis zum Abitur, und da es zunächst nicht so ernst zu werden schien, blieb sie im Internat. Die Reifeprüfung bestand sie mit einer guten Note und kehrte dann nach Hause zurück, im

Kopf nichts als ihre Philosophie und den festen Vorsatz, den Vater zu bitten, sie zur Universität gehen zu lassen, so wie ein paar wenige Glückliche unter ihren Freundinnen. Kommt nicht in Frage, erklärte ihr Vater damals, eine Frau braucht nicht mehr zu wissen, sodass Dolors schon fast zu glauben begann, dass die Nonnen recht hatten. Weil sie jedoch nicht lockerließ, wurde der Vater schließlich ärgerlich: Es ist Krieg, alles ist aus und vorbei, siehst du das nicht?

Sie sah es nicht, Dolors hatte nur Augen für ihre Philosophie und war ganz beseelt von ihren Denkern, die sich nach dem Warum der menschlichen Existenz fragten und ungewöhnliche Ideen vertraten, die seinerzeit aber nur bis zu einem gewissen Punkt zulässig waren. So wie die Sache mit dem Arm, den man ungestraft nur bis kurz vor dem Ellbogen entblößen durfte. Da man sich letztlich immer nach dem Verbotenen sehnt, hatten sie und ihre Mitschülerinnen eines Nachts im Internat das maßlose Verlangen verspürt, die Ellbogen der anderen zu sehen, und dabei entdeckt, dass sie alle einen mehr oder weniger gleich schmutzigen Ellbogen hatten. Ob das auch so mit ihrer geliebten Philosophie war? Jedenfalls war sie besessen von der Idee, zu erkunden, ob die Gedankengebäude der verbotenen Philosophen ebenfalls mit einer dicken Dreckkruste bedeckt waren oder ob sie sich weich und geschmeidig anfühlten.

Voller Ungeduld wartete sie deshalb auf das Ende des Krieges, mit nur wenig zu essen und noch weniger zu tun, während ihr Vater an der Front war und eine Kolonne irgendwo auf dem Land befehligte. Mehr schlecht als recht brachte sie sich mit Nähen durch, denn die Milizen hatten alles beschlagnahmt. So gingen zwei Jahre ins Land, während denen ihr zwar nicht die Kugeln um die Ohren pfiffen und sie auch keinen Bombenangriff erlebte, sie aber doch allerhand mit ansehen musste, sodass sie seither Gedächtnislücken hat, weil sie bestimmte Dinge verdrängen muss, die sich direkt vor ihren Augen abgespielt hatten.

Und danach … danach fegte ein unbarmherziger Wind übers Land, verschloss den Überlebenden die Ohren, zwang sie, mit gesenktem Blick den Boden nach Brotkrumen abzusuchen, was ihnen die Sicht nahm auf alles, was sich vor ihrer Nase abspielte. Ihr Vater kehrte zurück und übernahm die Fabrik von Eduards Eltern am Stadtrand, denn die einstige Fabrik lag in Schutt und Asche.

Nachdem Angst und Hunger vorbei waren und es schien, dass das Leben wieder seinen geordneten Gang ging, versuchte Dolors es dann noch einmal. Ich wollte studieren, Papa, weißt du noch? Doch der Vater war müde und stellte noch nicht einmal den Dienstmädchen nach, weil ihm schlichtweg die Kraft dazu fehlte. So ein Unsinn, Dolors, meinte er nur. Es verletzte sie ziemlich, auch wenn sie verstand, dass ihr Wunsch unter den gegebenen Umständen ein wenig aberwitzig anmutete, doch die Zeit zog ungenutzt ins Land, und das Studium rückte immer mehr in weite Ferne. Ich rede keinen Unsinn, widersprach sie deshalb vehement, du hast gesagt, wir würden nach dem Krieg noch mal darüber reden, und der Krieg ist nun aus, seit einem Jahr schon, Papa. Doch er ließ sich durch nichts erweichen und erklärte ihr dann das mit der Bücherei, wohin sie gehen könne, wann sie wolle.

Sandra redet immer davon, dass sie Schauspielerin werden will. Anscheinend gibt es eine weiterführende Schule, ein Institut oder so etwas Ähnliches dafür, doch bis zum Abitur hat sie noch zwei Jahre, und so, wie sie derzeit in den Wolken schwebt, fällt ihr das Lernen gerade nicht besonders leicht. Früher, in Dolors' Jugend, da waren Schauspielerinnen noch ein Menschenschlag für sich und mussten dafür keine Schule besuchen. Man war dafür geboren oder eben nicht. Und Schauspielerin wurde nicht irgendwer, nein, Schauspielerinnen waren allesamt Huren und nicht Frauen wie Dolors aus gutem Hause. Wenn eine Schauspielerin war, nahmen alle an, dass sie ein freies, um nicht zu sagen anrüchiges, skandalöses Leben führte.

Wie schnell sich Menschen doch entrüsten; sobald irgendwas von der herrschenden Norm abweicht, bietet es Anlass zum Skandal. Man hat dich ins Haus eines Arbeiters gehen sehen. Es war eine lapidare Feststellung, die ihr Vater da von seinem Lehnstuhl aus verkündete. Sie traf Dolors völlig unvorbereitet, als sie eines Tages mit dem Dienstmädchen vom Einkaufen nach Hause kam. Seine Stimme hatte keinen drohenden Unterton gehabt, doch das war auch nicht nötig, seine Worte erzielten auch so die beabsichtigte Wirkung, die Luft im Zimmer wurde dick und machte ihr das Atmen schwer. Dolors stand wie versteinert da und wusste nicht, was sie darauf sagen sollte. Da hob ihr Vater, der bis zu diesem Moment zu Boden geschaut hatte, den Kopf und sah sie an, und in seinen Augen lag verletzter Vaterstolz.

Und etwas Ähnliches muss nun wohl auch Jofre fühlen, wenn Sandra davon spricht, Schauspielerin werden zu wollen. Zwar ist es durchaus möglich, dass sich ihr Berufswunsch noch einmal ändert, aber sie redet nun bereits seit zwei oder drei Monaten davon. Normalerweise wird über solch ernste Themen bei Tisch gesprochen, das Schweigegebot aus Dolors' Jugend gilt ja nicht mehr, und deshalb hatte Sandras Vater, der große Philosoph des Widerstands, neulich Abend den Kopf gehoben, sie fest angesehen und gesagt: Laientheater kannst du so viel spielen, wie du willst. Aber um es im Leben zu etwas zu bringen, braucht man eine anständige Ausbildung. Schauspiel ist eine genauso respektable Ausbildung wie jede andere auch!, hatte Sandra ihn daraufhin angefaucht. Danach war eine furchtbare Stille eingetreten. Nur Martí aß seelenruhig weiter, während Leonor wie ein schreckensstarres Kaninchen in die Runde schaute und Dolors aufmerksam ihre Suppe musterte. Und Jofre? Nun, Jofre spielte mit seiner Brille, wie immer, wenn er überlegt, und schließlich wurde sein Blick ganz weich, und er schaute sie zärtlich an: Du hast vom Leben keine Ahnung, Kind. Ich war genau wie du, mein Kleines, doch zum Glück habe ich etwas Ordentliches studiert, sonst wäre aus mir nichts geworden. Da konnte Dolors nicht mehr länger so tun, als würde sie nichts hören, neugierig sah sie von ihrer Suppe auf und wartete auf Sandras Antwort, die wie aus der Pistole geschossen kam: Aber, Papa, was redest du denn da? Du bist doch nie Schauspieler gewesen. Worauf Dolors so gern zu ihr gesagt hätte: Ach, Sandra, da täuschst du dich aber gewaltig: Dein Vater hat sein Leben lang nichts anderes getan, als allen etwas vorzumachen.

Ihrem eigenen Vater kam damals die Rolle des Scharfrichters zu. Im Gegenlicht konnte sie seine Augen nicht erkennen, und die geschlossenen Gardinen hinter ihm verliehen der Szenerie etwas unheimlich Düsteres. Das Schweigen lastete schwer auf dem Raum, bis Dolors tief

Luft holte und all ihren Mut zusammennahm. Was willst du damit sagen?, fragte sie mit dünnem Stimmchen. Dass du weder spazieren noch Kastanien sammeln gehst, sondern zu ihm, einem Arbeiter! Und es ist schon in aller Munde!

Es ist schon in aller Munde: Das war der Schlüsselsatz, alles andere war nicht so wichtig. Damit war die Katze aus dem Sack. Dolors streckte die Waffen und wappnete sich für die bevorstehende Auseinandersetzung. Ich liebe ihn, Papa, sagte sie. Du weißt doch gar nicht, was das ist, knurrte der Vater wütend, was weißt du schon vom Leben, du bist vom rechten Weg abgekommen, Dolors. Ich bin sechsundzwanzig Jahre alt, erwiderte sie, als ob sie das gegen jeglichen Vorwurf schützen könnte. Ihr Vater kochte vor Wut: Und wenn du vierzig wärst, das ist mir gleich! Du bist die Tochter des Direktors und hast dich dementsprechend zu benehmen, du kannst dich nicht mit einem Arbeiter einlassen, habe ich dich nicht gelehrt, dass sie anders sind als wir, habe ich dir nichts über das Leben beigebracht?! Nein, lag es Dolors auf der Zunge, doch sie schwieg erneut. Und was ist mit Eduard? Eduard? Was soll mit Eduard sein?, fragte Dolors mit aufrichtiger Verwunderung. Hast du Eduard nicht die Ehe versprochen? Nein, hab ich nicht, wie kommst du darauf?, entgegnete Dolors zornig. Ach, und wieso dann all die Sonntagnachmittage bei seinen Eltern, das Tennisspielen und so weiter? So benimmt man sich, wenn man verlobt ist, man vergnügt sich nicht mit irgendeinem Dahergelaufenen. Es ist wirklich nicht zu fassen, Kind, was, glaubst du, wird Eduard sagen, wenn er erfährt, dass du keine Jungfrau mehr bist?

Verliebt sich heutzutage ein Mann in eine Frau, die mit

sechsundzwanzig noch Jungfrau ist, kommt er mit Sicherheit auf komische Gedanken und sagt sich, dass es nicht sein kann, dass sie noch nichts von den Freuden des Lebens weiß. Sandra ist mit ihren sechzehn Jahren jedenfalls keine Jungfrau mehr, und nach den Geräuschen zu urteilen, wie sie sich beim ersten Mal mit diesem Jaume amüsiert hat, war auch nicht er es, der sie entjungfert hat. Du lieber Himmel, wie haben die Zeiten sich geändert.

Doch es gibt Dinge, die ändern sich nie. Gefühle etwa. Vielleicht waren sie früher unschuldiger, naiver, doch es waren genau die gleichen. Ich bin nicht mit Eduard verlobt, wir sind nur Freunde und sonst nichts. Da hatte sich ihr Vater noch mehr aufgeregt: Freunde?! Du kannst doch nicht die Freundin eines Mannes sein und dich gleichzeitig mit einem anderen vergnügen! Und überhaupt: Du hast dich niemandem hinzugeben, bevor du nicht verheiratet bist, und erst recht nicht einem Arbeiter. Ihr Vater holte Luft und schüttelte dann den Kopf, wie besiegt, ach, Kind, du hast nicht nur dich selbst vom Weg abgebracht, sondern auch mich zum Gespött aller Leute gemacht.

Ah, die Wohnungstür! Sandra kommt zurück. Während Dolors hastig ihr Strickzeug in die Tüte packt, zieht Sandra den Mantel aus und verbringt dann wie immer eine geraume Weile vor dem Spiegel. Dolors kann sie von ihrem Sessel aus gut beobachten, sie betrachtet ihr Profil und dann ihren Hintern. Dabei zieht sie den nicht vorhandenen Bauch ein, sodass ihre Rippen hervortreten. Dolors würde jetzt am liebsten ihre Tochter herbeirufen, Leonor, schau dir jetzt mal deine Tochter an und behaupte, sie sei gut genährt! Deine Tochter ist doch bloß noch eine Viertel Portion, das Kind besteht ja fast nur noch aus Haut und

Knochen, natürlich hat sie so eine Taille, wie es auf dem Zettel steht, Herrschaftszeiten, Leonor, wie ist es möglich, dass du das nicht bemerkst!

Bei den Eltern fällt der Groschen leider immer zuletzt, bevor später dann die Ehemänner und Ehefrauen die Rolle des Spätzünders übernehmen. Ich werde Antoni heiraten, Papa, verkündete Dolors mit einem geradezu törichten Mut, den ihr ihre tiefen Gefühle verliehen. Da brach der Vater in höhnisches Gelächter aus, ein Gelächter, das sie zutiefst verletzte und mit dem Ausruf endete: Das will ich nicht noch mal hören, Dolors! Und ich sag dir eins: Wenn du nicht am Hungertuch nagen willst, tust du gut daran, Eduard und nicht Antoni zu heiraten. Noch einmal sprach der Mut der Liebe aus ihr: Antoni ist kein Hungerleider, und mir macht es nichts aus, wie eine Arbeiterin zu leben! Das hat mir ja gerade noch gefehlt, am Ende habe ich noch eine streikende Tochter!, wetterte da ihr Vater, erhob sich von seinem Sessel und kam langsam auf Dolors zu, um ihr das Ende dieses ersten Akts zu verkünden: Er ist fort, dein Antoni, sicher ist er längst über alle Berge. Gestern habe ich ihn gefeuert.

Jofre ist endlich nach Hause gekommen. Nun sind alle daheim. Gerade ist Leonor aus dem Arbeitszimmer gekommen, und Dolors hat sie kurz zu sich gewunken und eifrig auf die Tüte unter ihrem Sessel gezeigt, damit sie weiß, dass alles gut versteckt ist. Leonor hat daraufhin gelächelt, ihre Augen wirken nun nicht mehr verweint, sondern nur so, als wäre sie ein bisschen erkältet. Ihre Jüngste mag ja eine lange Leitung haben, aber auch sie weiß, wie man anderen etwas vormacht, sieh mal einer an.

Vor ihrem Vater hatte Dolors nicht geweint, danach in

ihrem Zimmer hatte sie dann aber Rotz und Wasser geheult, bis Mireia irgendwann in der Nacht sachte an die Tür klopfte und ihr leise flüsternd von Antoni ausrichtete, dass sie sich nicht beunruhigen solle. Es geht ihm gut, Senyoreta Dolors, und wenn Sie wollen, könnten Sie ihn morgen Nachmittag bei den Felsen am Meer treffen.

Es ist gleich Zeit zum Abendessen. Dolors erhebt sich mühsam aus ihrem Sessel und humpelt zum Telefon, wo Zettel sowie Kugelschreiber liegen. »Leonor, ich habe vorhin nicht über dich gelacht. Mir ist etwas von früher eingefallen. Was du gerade mitmachst, finde ich sehr schlimm.« Sie liest es noch mal, streicht »schlimm« und ersetzt es durch »traurig«. Dann bringt sie den Zettel in die Küche, wo Leonor gerade das Abendessen vorbereitet, und drückt ihn ihrer Tochter in die Hand.

»Ich weiß, Mama, ich weiß …«

Unter Tränen lächelnd zerreißt Leonor den Zettel und wirft ihn in den Müll, und dann gibt sie ihrer gebrechlichen Mutter einen Kuss auf die Stirn und sagt, Dolors solle schon mal ins Esszimmer gehen, das Abendessen sei gleich so weit.

Die Felsen lagen am Ende eines endlosen Sandstrands etwas außerhalb von Barcelona. Im Sommer spielten die Kinder in den zahlreichen Höhlen und Nischen Verstecken. Von der Fabrik aus brauchte Dolors eine gute Dreiviertelstunde. Das Meer war ziemlich ruhig, und weit und breit war niemand zu sehen. Mireia hatte ihr den Weg gezeigt und sollte Wache halten – keine Sorge, Senyoreta, im Falle eines Falles warne ich Sie –, während Dolors vorsichtig hinauf zu der Höhle kletterte, wo Antoni auf sie wartete und sie sich umarmen konnten. Und dort oben, erst unter Tränen und dann mit hoffnungsfrohen Augen, beschlossen sie zu heiraten und miteinander weit fortzugehen, dorthin, wo niemand etwas gegen ihre Liebe einzuwenden hatte.

Ach Gottchen, was waren wir doch naiv, denkt Dolors seufzend und setzt sich vor ihren Teller.

Eine Masche pro Reihe

Eine Woche war Antoni bei Verwandten untergekommen, die ihn selbstverständlich aufnahmen, als sie hörten, dass Antoni gefeuert worden war, weil er sich in die Tochter seines Fabrikdirektors verliebt hatte. Sie wollten ihnen auch gern bei der Arbeits- und Wohnungssuche helfen – so schwierig ist das sicher nicht, Antoni ist ein aufgeweckter Bursche, er ist geschickt und kann alles Mögliche arbeiten, meinten sie –, doch Antoni wollte es alleine schaffen und Dolors erst nachholen, wenn er ihr auch ein anständiges Leben bieten konnte.

Schon bald fand er tatsächlich Arbeit auf dem Bau, allerdings weit weg von Barcelona, sodass er in einer feuchten Baracke direkt neben der Baustelle hausen musste. Das ist nur für den Anfang, mein Schatz, tröstete er Dolors, du wirst sehen, ich krieg das hin, wir müssen unsere Hochzeit bloß noch ein Weilchen verschieben.

Bis zu den Armausschnitten muss sie nun insgesamt acht Maschen zunehmen, und das über acht Reihen, jeweils zu Beginn. Reicht das wirklich? Wahrscheinlich schon, genau wird sie es allerdings erst wissen, wenn sie das Gestrickte nachmessen und mit den Maßen auf dem Zettel vergleichen kann.

Bei Dolors zu Hause herrschte fortan eisiges Schweigen. Ihr Vater strafte sie mit Nichtachtung, und das Dienstpersonal schlich nur umher und wagte nicht zu mucksen. Auch auf der Straße grüßte sie keiner mehr, und in den Geschäften verstummten die Gespräche, doch kaum schloss sie hinter sich die Ladentür, begann wieder das Getuschel. Selbst Eduard war auf einmal wie vom Erdboden verschluckt, und natürlich blieben auch die Kaffeeeinladungen am Sonntagnachmittag aus, denn ihr Vater hatte sich mit den Fabrikanten gestritten und fürchtete, selbst entlassen zu werden, nun, da der Bund zwischen Eduard und Dolors nicht zustande kam, weil die Tochter des Direktors erwiesenermaßen nicht so sittsam war, wie man das von einer jungen Frau ihres Standes erwarten durfte.

In dieser Zeit wurden die Felsen am Strand zu ihrer romantischen Fluchtburg, wenngleich jedes Mal mehr Zeit zwischen den Treffen verstrich, denn Antoni hatte nur einen freien Tag im Monat, und seine Baustelle lag so weit weg, dass er fast den ganzen Tag unterwegs war. Dolors' Stimmung war folglich düster und das Leben fad und schal. Nicht nur, dass kein Mensch mehr mit ihr sprach, sie sehnte sich auch unheimlich nach dem Geliebten, und zudem hatte sie wegen ihres Vaters ein furchtbar schlechtes Gewissen, weil er das Gespött der Leute erdulden musste und ihm wegen ihres nicht standesgemäßen Liebesverhältnisses vielleicht noch der Rausschmiss drohte.

Drei Monate ging das so. Drei harte Monate, die nur von den drei Tagen erhellt wurden, an denen sie Antoni in der Felsenhöhle in die Arme fiel, während Mireia unten am Strand mit Argusaugen Wache hielt. In diesen wenigen Stunden vergaß Dolors alles um sich herum und fühlte immer stärker, dass sie diesen Mann brauchte wie die Luft zum Atmen.

»Du solltest langsam dein Strickzeug wegpacken, Mama, Sandra kommt gleich heim.«

In den letzten Tagen hat Leonor sich etwas beruhigt, allem Anschein nach macht sie sich nicht mehr ganz so viele Sorgen wie zuvor. Erst in der vergangenen Woche hat sie Jofre von ihrer Beförderung zur Abteilungsleiterin erzählt, und jetzt packt sie seelenruhig ihren Koffer, um ihren durchtriebenen Chef auf seiner Geschäftsreise nach Deutschland zu begleiten. Hat sie sich mit den Gegebenheiten abgefunden, weil sie keine andere Wahl hat?

Ausgerechnet dich haben sie zur Abteilungsleiterin gemacht? Jofre war aus dem Staunen nicht mehr herausgekommen. Allerdings; wieso auch nicht?, hatte Leonor gekränkt gezischt, sodass Martí, der vor dem Fernseher saß und mit halbem Ohr zugehört hatte, schnell einhakte, damit es zwischen seinen Eltern nicht zum Streit kam: Das ist phantastisch, Mama! Endlich hat mal einer gemerkt, was du alles drauf hast. Das machst du sicher hervorragend. Völlig geplättet starrten Leonor, Jofre und sogar Dolors ihn eine ganze Weile lang an, bis Leonor ihrem Sohn schließlich ein dankbares Lächeln schenkte. Erfuhr ihre Tochter etwa gerade zum ersten Mal, dass jemand an sie glaubte?, fragte sich da Dolors. War sie selbst vielleicht mit ihrer Jüngsten immer zu hart ins Gericht gegangen? Womöglich hatte sie ihr gar unbewusst die Flügel gestutzt, sodass sie gar nicht herausfinden konnte, wer sie selbst war, womöglich war sie mit einem Minderwertigkeitskomplex aufgewachsen. Bei einem Fabrikdirektor als Vater und einer Mutter, die Philosophie an der Fernuniversität studierte, wäre das kein

Wunder. Erstmals in ihrem Leben hat Dolors sich da eingestanden, dass sie Leonor vermutlich keine gute Mutter gewesen war, weil sie sich viel mehr um Teresa gekümmert hatte, denn Teresa war der Fremdkörper in der Familie gewesen, während Leonor problemlos und normal heranzuwachsen schien. Diese Erkenntnis zu verdauen hat Dolors einige Tage Kopfzerbrechen bereitet.

Mutter zu werden ändert alles.

Als Dolors merkte, was los war, und sie es nicht mehr länger leugnen konnte, dass sie schwanger war, packte sie das blanke Entsetzen. Erst da wurde ihr nämlich so richtig klar, was für eine Riesendummheit sie die ganze Zeit über begangen hatte – damals gab es ja noch keine Verhütungsmittel, im Gegensatz zu der Zeit, als Leonor Jofre kennenlernte und täglich diese Pillen schluckte. Ach, hätte es die bloß schon zu ihrer Zeit gegeben, seufzt Dolors nun und lässt kurz ihr Strickzeug sinken, wie anders wäre ihr Leben dann verlaufen. Damals malte sie sich aus, wie sie mit dem Kind in Antonis Baubaracke hausen müsste, das arme Kind, unter solch widrigen Umständen zur Welt zu kommen, eine elende Baracke war kein Ort für ein Kind, ihr Kind. Doch was tun?

Und dann ging auf einmal alles sehr schnell: Zwei Tage vor ihrem nächsten Wiedersehen mit Antoni, als sie schon glaubte, ihm mitteilen zu müssen, dass sie zu ihm in die Baracke ziehen werde, erschien Eduard mit dem Ring. Drei Monate der gesellschaftlichen Ächtung waren vorüber, und nach dem angespannten Schweigen rückte nun anscheinend alles wieder an seinen angestammten Platz, so als wäre nie etwas geschehen, so als wäre ein Deus ex Machina mit einer Schaufel erschienen und hätte angesichts des Abgrunds, der sich in ihrem Leben aufgetan hatte, gesagt, na los, lasst uns die unselige Vergangenheit begraben, wenn sich alle ins Zeug legen, ist schon bald nichts mehr davon zu sehen. Und als der Abgrund dann vermeintlich zugedeckt war, da erschien Eduard, um ein paar Blumen darauf zu pflanzen, die alles noch mehr kaschieren würden – nur ahnten sie alle nicht, dass längst unterirdische Stollen gegraben waren und Dolors nichts, aber auch gar nichts von dem bereute, was sie getan hatte. Und vor allem wussten sie nicht, dass sie es auch weiterhin tat.

Sie haben Besuch, Senyoreta Dolors. Senyor Eduard ist da, kündigte Mireia den Besucher an, und ihr Blick sprach Bände und sagte Dolors Dinge, die ein Dienstmädchen nicht laut aussprechen durfte, wie etwa, dass sie Eduard absolut nicht leiden konnte. Die Türglocke hatte zum ersten Mal seit langer Zeit geklingelt und unversehens die Grabesstille im Haus des Direktors durchbrochen. In den vergangenen drei Monaten hatte es niemand gewagt, sie zu besuchen, niemand wollte der Erste sein, der den Bann brach, weshalb man sein Anliegen dem Herrn Direktor durch die beiden Dienstmädchen ausrichten ließ, die man dafür eigens auf der Straße abpasste.

Doch nun machte Eduard Dolors persönlich seine Aufwartung, und das rechnete sie ihm an diesem Frühlingsmorgen hoch an. Er hatte sich feingemacht, und Mireia führte ihn ins Wohnzimmer, nicht so ein Wohnzimmer wie das, in dem Dolors jetzt sitzt und strickt, sondern ein richtiger Salon, mit schweren Samtvorhängen, Plüschsesseln und Leuchtern. Dolors wappnete sich mit Geduld, war sie doch fest davon überzeugt, dass Eduard gekommen war, um ihr Vorhaltungen zu machen. Guten Tag, Eduard, empfing sie ihn und blieb verblüfft stehen, als sie merkte, wie nervös er bei ihrem Anblick war. Doch er blieb stumm wie ein Fisch, und so ergriff Dolors nach einer Weile erneut das Wort: Sag, wieso bist du hier? Und da geschah etwas, das alles verändern sollte: Wortlos zog Eduard ein Päckchen aus seiner Hosentasche und überreichte es ihr mit zitternder Hand. Völlig verwirrt packte Dolors es aus, stieß auf ein Schächtelchen, und als sie es öffnete, war es um sie geschehen: Der Brillant blendete sie in dem Moment, in dem Eduard zu ihr sagte: Bitte heirate mich, Dolors.

Manchmal passieren eigenartige Dinge. Ob Leonor dank ihrer neuen Position als Abteilungsleiterin tatsächlich selbstbewusster wird? Nachdem sie es ihrem Mann verkündet hatte, setzte sie sich zu ihrer Mutter, als sie einen Moment lang allein waren, und meinte: Ich dachte ja eigentlich, ich wäre für so einen Posten nicht geeignet, aber meine Kollegen sind alle froh, dass ich ihre Chefin geworden bin, und haben ein paar Flaschen Sekt geköpft, um mit mir auf meine Beförderung anzustoßen. Weißt du, der alte war nämlich ein Despot, der uns alle nach seiner Pfeife tanzen ließ. Das hat mich echt sprachlos gemacht, Mama, ich hätte nie gedacht, dass … Leonor wusste nicht, ob sie es sagen sollte, doch am Ende platzte es dann doch voller Stolz aus ihr heraus: Ich hätte nie gedacht, dass sie mich so schätzen.

Die Schikanen des Direktors hatte sie mit keiner Silbe mehr erwähnt. Dolors kennt das: Manchmal beeindruckt einen etwas so sehr, dass man sogar das Allerwichtigste darüber vergisst. So verschlug auch der Brillant Dolors vollkommen die Sprache, während Eduard eilends beteuerte, ja, ich weiß, was passiert ist, ich weiß, dass du mit einem anderen Mann zusammen warst, noch dazu mit einem Arbeiter, aber ich will dich dennoch heiraten, weil ich dich liebe. Er log, und Dolors wusste das genau, es musste irgendeinen triftigen Grund für seinen Antrag geben … Sie bekam weiche Knie, weshalb sie sich schnell setzte, und stieß dann hervor: Ich kann dich nicht heiraten, Eduard, ich bin schwanger. Wir haben uns heimlich getroffen und … nun ja.

Kruzitürken! Hättet ihr nicht aufpassen können?!, brach es unflätig aus ihm heraus, doch als Dolors ihm den Ring zurückgeben wollte, hob er abwehrend die Hand. Aufgebracht begann er, im Salon auf und ab zu laufen, auf einmal blieb er jedoch stehen und sah sie fest an: Wir könnten uns mit einer Hochzeit gegenseitig einen Gefallen tun. Dolors begann die Sache zu interessieren. Was für einen Gefallen meinst du? Nervös rieb sich Eduard die Hände, bevor er schließlich mit der Sprache herausrückte: Meine Mutter hat gedacht, du würdest mich vielleicht von einem Dienstmädchen ablenken, das sie auf die Straße gesetzt hat. Ich kam nur schwer darüber hinweg, weil sie mir sehr gefallen hat. Man hat sie entlassen, weil … nun, weil sie von mir schwanger war.

Zum Glück hat Leonor sie gewarnt, dass Sandra gleich nach Hause kommt, gerade eben hat sie die Wohnungstür aufgeschlossen. Allerdings ruft sie nicht mit der von ihr gewohnten Fröhlichkeit »Hallo!«, nein, heute schweigt sie, es muss etwas passiert sein, aber nur Dolors fällt es auf, die anderen sind alle mit ihren eigenen Angelegenheiten beschäftigt und merken nicht, dass die Kleine ohne ein Wort in ihr Zimmer geht. Im Flur hat sie noch nicht einmal in den Spiegel geschaut. Entweder hat sie ihre Prüfung vermasselt, auf die sie sich so gründlich vorbereitet hat, oder sie hat sich mit ihrem Jaume verkracht.

Meine Mutter wusste nicht, was sie tun sollte, damit ich mir das Dienstmädchen … Cinta … ein für alle Mal aus dem Kopf schlage. Ah, Cinta, die mit der Schokolade!, platzte es da aus Dolors heraus. Ja, die mit der Schokolade, Eduard schaute zu Boden und wurde rot, das war ein Vorwand, um zu ihr in die Küche gehen zu können … Es tut mir leid, Dolors. Damals hatte Cinta es zwar noch nicht gebeichtet, meine Mutter wusste jedoch, dass ich in sie verliebt war, und beschloss deshalb, dich und deinen Vater zum Nachmittagskaffee einzuladen.

Wir dachten währenddessen also beide an jemand anderen, bemerkte Dolors mit einem amüsierten Lächeln. Nichtsdestotrotz kamen mir eure Besuche sehr zupass, denn auf diese Weise konnte ich nach außen hin so tun, als hätte ich sie vergessen und würde dir jetzt den Hof machen, sodass meine Mutter beruhigt war. Vor vier Monaten aber, als man es Cinta dann ansah und sie gehen musste, da habe ich mich wirklich für dich zu interessieren begonnen, Dolors. Ja, aber nur, weil du deine Triebe befriedigen willst, du Trottel, dachte Dolors, sagte jedoch kein Wort, was war diese Liebesgeschichte im Vergleich zu ihrer doch erbärmlich. Tja, und dann haben wir das von dir vernommen und für meine Mutter ist eine Welt zusammengebrochen, weil wir nun nicht mehr heiraten konnten. Du weißt ja, wie Mütter so sind …

Und was ist aus Cinta geworden?, wollte Dolors wissen, als Eduard schließlich schwieg. Da senkte er den Blick, mein Vater hat ihr Geld gegeben und eine Wohnung besorgt, und zu mir hat er gesagt, ich solle mich um sie kümmern, letztlich sei es ja mein Kind. Recht hat er!, rutschte es Dolors heraus, doch Eduard fuhr schon fort: Verliebt war ich schon längst nicht mehr in sie, aber das mit dem Kind war natürlich etwas anderes. Aber Cinta … sie fühlte sich nicht imstande … Kurzum: Sie hat abgetrieben und wäre dabei beinahe selbst ums Leben gekommen, zum Glück hat eine Nachbarin sie gefunden und schnell einen Arzt gerufen. Danach ist sie in ihr Dorf zurückgekehrt, und seither habe ich sie nicht mehr gesehen. Aber sie bedeutet mir ohnehin nichts mehr, schloss Eduard und hob endlich wieder den Kopf, um ihr treuherzig in die Augen zu sehen. Und das ist die ganze Geschichte, Dolors. Und wie kommt es, dass davon keiner weiß, das von mir aber überall herumgetratscht wird?, traute sich Dolors nun laut zu fragen, doch fiel es ihr im gleichen Augenblick wie Schuppen von den Augen: Weil du ein Mann bist!, gab sie sich selbst die Antwort.

Mein Gott, wie naiv ich damals doch war, denkt Dolors nun, es ist doch seit jeher so: Wenn Männer eine Frau verführen, ist das nur ein bedauerlicher Ausrutscher, nicht der Rede wert. Und heutzutage ist das sicher nicht anders: Leonors Gebieter, upps, eigentlich wollte sie ja sagen, der Gebieter über Leonors Firma, sieht das bestimmt auch so.

Aber nun schau sich mal einer an, wie sie ihren Koffer packt, sie sieht gar nicht mehr so abgespannt aus. Hat sie etwa Gefallen daran gefunden, die Affäre dieses schmierigen Kerls zu sein, der auf dem Bürosofa über sie steigt? Hallo, gute Frau, Erde an Leonor, es kann doch nicht angehen, dass du dich auch noch darüber freust, dass dieser Scheißkerl sich an dir vergeht!

Als seine Frau ihm gestern mitteilte, dass sie verreise, war Jofre noch verblüffter gewesen als über die Nachricht von ihrer Beförderung. Eine Geschäftsreise? *Du* gehst auf eine Geschäftsreise? Als wäre Leonor nicht in der Lage, ohne ihn in einen Zug oder ein Flugzeug zu steigen! Bravo, so gefällst du mir, Mama, schau dich ein bisschen in der Welt um, lobte da Martí seine Mutter wieder, denn sensibel, wie er ist, merkt er, was zwischen den beiden gerade passiert und dass sie seine Unterstützung braucht, er merkt, dass sein Vater bis jetzt der große Jofre war und seine Mutter eine Null. Zum ersten Mal in seinem Leben sieht Jofre nun nämlich seinen ach so bequemen Modus Vivendi in Gefahr. Du kannst uns doch nicht im Stich lassen, Leonor!, brüllte er wütend. Dolors konnte nicht glauben, was sie da hörte, doch Leonors Reaktion verstand sie noch viel weniger. Einmal mehr kuschte sie nämlich vor ihrem allmächtigen Gatten und schwieg, weil sie nicht wusste, wie sie diesen Schwachsinn parieren sollte, sie wirkte wie eine verschreckte Maus, die in der Falle saß und nicht einmal das Stück Käse verspeisen konnte.

Und wieder rettete Martí die Situation, diesmal mit einer gehörigen Portion Ironie: Du hast recht, Papa, wir sind echt arm dran, wenn Mama auf Reisen geht. Wir werden verhungern und verdursten, weil wir keine Ahnung haben, wie man die Mikrowelle bedient oder sich ein Rührei macht. Das saß: Jofre wagte es nicht länger, aufzumucken, was Leonor staunend zur Kenntnis nahm, während Dolors sich schnell wieder über ihr Strickzeug beugte, damit ja keiner mitbekam, wie sehr sie sich darüber freute. Und wann gibt es Abendessen?, brummte Jofre schließlich nur, bevor er sich hinter seiner Zeitung verschanzte.

Philosoph des Widerstands, ha, dass ich nicht lache! Dolors erinnert sich genau daran, mit welchen Worten Leonor ihr den langhaarigen Hallodri vorgestellt hatte: Ihr werdet gut miteinander auskommen, weißt du, meine Mutter versteht auch was von Philosophie. Damals hatte Dolors sich sehr darüber gewundert, dass ihre Tochter sie so wenig kannte, denn ihre Philosophie hatte nichts, aber auch gar nichts mit der von Leonors Freund gemein, eigentlich standen sie sogar in radikalem Gegensatz zueinander.

Teresa, die damals noch daran glaubte, die Welt verändern zu können, hatte sich zunächst noch gut mit ihm verstanden, sich aber bald mit ihm überworfen. Wenn ihre Älteste sie nun bei Leonor besucht, ist Jofre nicht zu Hause. Normalerweise kommt sie am Sonntagvormittag, um ihr zu erzählen, dass die Politik in Madrid immer komplizierter wird und die Flugzeuge nach Barcelona immer voller sind, und sie überbringt ihr auch Grüße von Eli, mit der sie nun schon seit vielen Jahren zusammen ist. Gut siehst du aus, Mama, sagte sie beim letzten Mal zu ihr, und Dolors zeigte ihr daraufhin stolz, wie weit sie mit dem Pullover war. Wenn du mit Sandras fertig bist, strickst du mir dann auch einen? Weißt du, in Madrid ist es im Winter immer furchtbar kalt. Du musst ihn allerdings breiter machen, ich habe ein bisschen mehr auf den Rippen als meine Nichte, sagte Teresa schmunzelnd und drehte sich einmal um die eigene Achse. Daraufhin mussten beide kichern. Sie vermissen ihre Reibereien, denn seit Dolors nicht mehr sprechen kann, können sie sich nichts mehr an den Kopf werfen so wie früher – was wirklich jammerschade ist.

Ich hatte mich so auf einen Stammhalter gefreut. Aber dem ist nun ja leicht abzuhelfen, oder? Völlig überrascht über die Veränderung in Eduards Tonfall hatte Dolors aufgehorcht: Was willst du damit sagen? Nun ja … dein Antoni könnte uns ja sein Haus überlassen haben, damit wir uns dort treffen … Ich meine, dass du nicht mit ihm … sondern mit mir … und dann habe ich dich geschwängert … und deshalb heirate ich dich jetzt. Was hältst du davon?

Wie, was sie davon hielt?! Du lieber Himmel, das war völlig absurd! Natürlich dürftest du ihn dann nicht mehr länger treffen, fuhr Eduard fort, und ich hätte dich und den Sohn, den ich mir so sehr gewünscht habe. Um mit keiner unserer beiden Familien Scherereien zu haben, sollten wir auch gleich heiraten. Dolors war wie vom Donner gerührt. Und es stört dich nicht, fragte sie schließlich, dass ich einen anderen liebe und von ihm schwanger bin? Eduard schwieg einen Augenblick. Na ja, stören tut es mich schon, Dolors, aber Gefühle können sich ändern, und du wirst schon noch lernen, mich zu lieben, das braucht einfach nur etwas Zeit.

Erst später erfuhr Dolors den tatsächlichen Grund, warum Eduard um ihre Hand anhielt: Cinta hatte überall verbreitet, was der Sohn der Fabrikanten ihr angetan hatte, woraufhin keine anständige Frau – das heißt keine Frau aus besseren Kreisen – mehr etwas von ihm wissen wollte. Deshalb war ihm nur Dolors geblieben, die ebenfalls der schändlichen Versuchung erlegen war. Und obendrein konnte er es noch so arrangieren, dass es nach außen hin so aussah, als hätte sie ihre Unschuld in Eduards Armen verloren.

Dolors erinnert sich, dass sie seinen Antrag damals schon widerlich fand, obwohl sie von all dem noch nichts wusste; sie fand es einfach widerlich, dass er sie heiraten wollte, obwohl er genau wusste, dass sie ihn nicht liebte. Sie wollte schon aufstehen und Eduard hinauskomplimentieren, als ihr auf einmal wieder das Kind in den Sinn kam und die Feuchtigkeit in Antonis Baracke. Nachdenklich öffnete sie noch einmal das Schächtelchen, schaute den Brillanten an – und da war es um sie geschehen: Der funkelnde Solitär siegte über die widrigen Lebensumstände und alle aus der Armut und dem Elend resultierenden Krankheiten, die ihr Kind erleiden müsste, wenn sie Eduard einen Korb gab. Sie hob den Kopf. Und wenn es ein Mädchen wird, was dann? Daran hatte Eduard nicht gedacht, man sah ihm an, dass er fest davon überzeugt war, einen Stammhalter zu bekommen. Völlig verwirrt schwieg er einen Moment und sagte schließlich: Wenn es ein Mädchen wird, dann ist sie sicher genauso klug wie du.

Oma, sag, kommt es … kommt es dir nicht auch so vor, dass Papa ein ziemlicher Chauvi ist und Mama nach seiner Pfeife tanzen lässt? Nach Jofres höhnischer Reaktion auf die Beförderung seiner Frau war Martí in der vergangenen Woche noch abends in ihr Zimmer gekommen und hatte sich an ihr Bett gesetzt. Dolors hatte natürlich eifrig genickt, ihr Enkel war wirklich klug. Ich wusste, dass du genauso denkst, sagte Martí erleichtert und fuhr dann etwas mutiger fort, und denkst du nicht auch, dass der Posten der Abteilungsleiterin ihr kümmerliches Selbstbewusstsein stärkt? Dolors nickte wieder, diesmal jedoch eher zögerlich, denn sie war sich alles andere als sicher, ob dem wirklich so war. Doch Martí wusste nichts von den Nachstellungen des Chefs und Leonors Drangsal, und so war er natürlich enttäuscht. Ich sehe, du bist nicht davon überzeugt, dass meine Mutter den Anforderungen gewachsen ist, sagte er seufzend und stand auf, na ja, wir werden sehen … ich hoffe, du irrst dich, gute Nacht, Oma. Das hoffe ich auch, hatte Dolors da nur gedacht, als ihr Enkel schon leise die Tür schloss.

Das alles ist schon recht surreal. Sur-re-a-lis-mus, Richtung vornehmlich in der Literatur und modernen Kunst, die das Unbewusste, Träume, Visionen und Ähnliches als Ausgangsbasis künstlerischen Schaffens sieht. Und noch einmal: Sur-re-a-lis-mus, Richtung vornehmlich in der Literatur und modernen Kunst, die … Ein ums andere Mal hatte sie es vor sich hingesagt, unaufhörlich, und war dabei in der Wohnung auf und ab gegangen, denn so prägte sie sich die Dinge am besten ein. Sei endlich still, du Nervensäge!, hatte Eduard gewettert, doch Dolors hatte nur ungerührt erwidert: Kommt nicht infrage, ich höre mich gern wieder und wieder dasselbe sagen. Und dank der vielen Wiederholungen kann sie es bis heute aus dem Gedächtnis wiedergeben. Dolors muss nun lachen, das Leben weniger theoretisch und dafür ein bisschen surrealer zu begreifen hätte ihr damals sicher gutgetan, so wie jetzt, wenn sie Leonor fröhlich ihren Koffer packen sieht. Ihre Tochter summt vor sich hin, also ehrlich, letzte Woche hat sie noch Rotz und Wasser geheult, und jetzt freut sie sich sogar auf die Geschäftsreise mit diesem Widerling von Chef. Da soll sich noch einer auskennen.

Ah, aber da kommt eine, bei der es genau andersrum ist: Bis gestern noch überglücklich, hat sie nun verweinte, rote Augen: Sandra. Doch bevor sie ihr noch einen mitleidvollen Blick zuwerfen kann, wandern Dolors' Augen unwillkürlich hinab zu Sandras Top, zu dem Stück unterhalb der Armausschnitte, ja, ja, jede Masche eine Reihe, und das acht Mal, das müsste passen. Dolors muss lächeln, dass das jetzt Vorrang gehabt hat, daran ist wohl ihre unbändige Stricklust schuld …

»Ah, hallo Sandra, ich habe gar nicht gehört, dass du nach Hause gekommen bist.« Mit einem eleganten Kleid über dem Arm ist Leonor aus ihrem Schlafzimmer gekommen. »Aber … aber was ist denn los …?«

Da bricht Sandra wieder in Tränen aus und wirft sich ihrer Mutter an den Hals. »Nichts, gar nichts …«

»Wenn nichts los wäre, würdest du nicht so heulen, Sandreta«, sagt Martí liebevoll, der besorgt den Kopf aus dem Arbeitszimmer herausgestreckt hat. »Bist du in deiner Prüfung durchgerasselt? Ist es das?«

Leonor streichelt ihrer Tochter über den Kopf, die schüttelt jedoch nur heulend den Kopf. Dann ist es also der Freund, folgert Dolors sofort, sie haben Schluss gemacht: Armes Kind, das ist die erste bittere Lektion in deinem Leben, nicht wahr?

»Also, was ist dann los? Komm, Sandra, beruhige dich …«

Leonor macht sich von ihrer Tochter los, um für sie ein Taschentuch aus der Kleenex-Schachtel auf dem Couchtisch zu holen, wie sie das erst in der vergangenen Woche für sich selbst getan hat. Sandra putzt sich die Nase und holt Luft.

»Mein Freund, Mama … er hat mich sitzenlassen! Er … er geht jetzt mit einer anderen … Ich gefalle ihm nicht mehr, sagt er!«, schluchzt sie und beginnt wieder, herzzerreißend zu weinen.

So einfach hat er sich's gemacht. Typisch Mann! Dolors schüttelt voller Mitleid für ihre Enkelin den Kopf. Leonor hingegen sieht ihre Tochter nun mit saurer Miene an.

»Du hattest einen Freund? Seit wann? Davon hast du mir überhaupt nichts erzählt, mein Fräulein!«

»Ich wollte ihn dir vorstellen, Mama«, sagt Sandra hastig und verschluckt sich dabei fast. »Nächste Woche wollte ich ihn zum Essen einladen.«

»Ach ja?«

Jetzt ist Leonor total vergrätzt, das hat gerade noch gefehlt.

»Wenn du mit mir darüber gesprochen hättest, hätte ich dir sicher raten können, wie man einen Mann glücklich und zufrieden macht. Wozu hab ich all die Erfahrung? Ich bin deine Mutter und seit dreißig Jahren mit deinem Vater zusammen! Haben wir dich nicht frei und ohne Tabus erzogen? Dass du deinen Freund vor uns verheimlichst, nicht zu fassen!«

Wütend lässt Leonor ihre schluchzende Tochter einfach stehen, packt das Kleid, das sie drei Minuten vorher achtlos aufs Sofa geworfen hat, und rauscht aus dem Raum wie eine beleidigte Königin. Also ehrlich, Kind, schimpft Dolors in Gedanken mit ihr, da hast du aber einen ganz schönen Schwachsinn verzapft. Und Sandra hast du noch dazu zutiefst verletzt. Mein Gott, du musst wirklich unheimlich dämlich sein, dass du deine sensible Tochter so zur Schnecke machst!

Arme Sandra, der Kleinen hat es die Sprache verschlagen, ihre Tränen sind durch den Schock nahezu versiegt. Ihr erster Impuls ist, der Mutter nachzulaufen, doch diese hat schon die Tür ihres Schlafzimmers hinter sich zugeschlagen, es ist offensichtlich, dass sie nicht gestört werden will. Da schaut Sandra zu ihrer Großmutter, denn sicher ist ihr gerade erst wieder eingefallen, dass diese in ihrem Sessel sitzt, weshalb Dolors das Einzige tut, was sie noch tun kann: Sie lächelt ihre Enkelin voller Mitgefühl an. Das löst ein wenig Sandras Anspannung, gerade genug, dass sie sich ihr anvertraut.

»Meinst du, dass ich's ihr gleich am Anfang hätte erzählen sollen, Oma? Mit so einer Reaktion habe ich echt nicht gerechnet … Es ist bestimmt meine Schuld, wie soll ich das bloß wieder in Ordnung bringen? Ich will nicht, dass meine Mutter sauer auf mich ist. Ich fühle mich richtig mies, aber … ich weiß nicht, ich bin gar nicht auf den Gedanken gekommen, ihr …«

Natürlich nicht, denkt Dolors. Es gibt Dinge, die man mit sich selbst ausmacht, und Dinge, die man mit seinen Freunden bespricht, aber doch nicht mit den Eltern! Denn Eltern sind nun mal keine Freunde, auch wenn viele Elternpaare glauben, sie müssten die Freunde ihrer Kinder sein, Freunde haben die aber schon genug, und zudem wollen sie sich die ganz allein aussuchen. Was sie brauchen, das sind richtige Eltern, Menschen, die ihnen ein leuchtendes Vorbild sind und sie unterstützen und so akzeptieren, wie sie sind. Leonor hingegen will nur ein Abbild ihrer selbst heranziehen. Hat sie das etwa auch getan?, fragt sich Dolors nun und erforscht ihr Gewissen, aber nein, nein, so hat sie sich ihren Töchtern gegenüber nie verhalten, Leonor ist so geworden, wie sie ist, weil es so Gottes Wille war, Punktum! Ach, was bist du doch kompliziert, mein Kind.

Glücklicherweise hat Martí eine andere Einstellung zu dem Ganzen. Dolors' Enkel ist einfach ein Juwel. Eben ist er aus dem Arbeitszimmer gekommen und zieht Sandra jetzt aufs Sofa, wo er ihr einen Arm um die Schultern legt.

»Ach, Sandreta, du findest bestimmt bald einen anderen, mach dir da mal keine Sorgen. Der Kerl weiß doch gar nicht, was ihm entgeht. Der hat gar nicht gesehen, was in dir steckt, du bist so viel mehr wert als er, der verdient dich doch überhaupt nicht! Stimmt's, Oma?«

Dolors nickt eifrig, und Sandra lächelt ihren großen Bruder dankbar und voller Bewunderung an. Martí ist so energisch und wirkt immer so selbstsicher ... Ach, es ist immer das Gleiche: In so einen wie Martí müsste sich Sandra verlieben, er liebt sie aufrichtig und achtet sie. Doch der Mann, der sie am Ende um den Verstand bringen wird, wird sie nie so lieben, da macht sich Dolors nichts vor; zwar wird er so tun als ob, und es vielleicht sogar selbst glauben, doch in Wirklichkeit wird er sie behandeln wie Jofre Leonor. Es ist wirklich immer das Gleiche.

Was ist passiert, Dolors? Antoni war verzweifelt, ich kann nicht glauben, was du da sagst, es kann doch nicht sein, dass du dich von einem Ring hast blenden lassen, von diesem Ring da – Dolors trug ihn demonstrativ am Finger –, so bist du doch nicht, Dolors, da steckt doch etwas anderes dahinter!

In ihrer Not war Dolors gleich aufgebraust: Nein, da ist nichts, es ist nur aus und vorbei, leb wohl, adieu. Bis heute kann sie sich nicht recht erklären, wie sie ihm gegenüber so frostig sein konnte. Wahrscheinlich, weil sich mit einem Kind unter dem Herzen nicht länger alles nur um einen selber dreht und man seine eigenen Wünsche beiseiteschiebt. Sie konnte Antoni jedenfalls nicht die Wahrheit sagen, denn wie hätte er wohl reagiert? Womöglich hätte er es in aller Welt ausposaunt oder sie sogar gezwungen, zu ihm in seine Baracke zu ziehen, dachte sie damals voll Furcht, ein Arbeiter schämt sich sicher nicht, vor der Hochzeit ein Kind gezeugt zu haben, die richtige Reihenfolge halten nur die Leute aus besseren Kreisen ein, die sich diesen Luxus erlauben können.

Antonis Lächeln erstarb auf seinen Lippen, kaum dass sie gesagt hatte: Es ist aus, ich habe mich mit Eduard verlobt, wir heiraten nächsten Monat. Doch als sie kehrtmachte, lief er ihr wie ein Hündchen hinterher, den ganzen Strand entlang, es reicht, verschwinde, verschwinde aus meinem Leben, fuhr sie ihn schließlich an. Aber warum? Sag mir, warum? Was ist denn passiert? Antoni ließ alle Vorsicht außer Acht und lief ihr weiter nach, kam immer näher. Da wandte sich Dolors noch einmal um und zeigte auf den Ring: Ich glaube, mit ihm werde ich ein besseres Leben haben als mit dir. Zuerst entgegnete Antoni nichts, er war zur Salzsäule erstarrt. Mit jenem Satz hatte sie ihm das Herz gebrochen, und Dolors war sich dessen durchaus bewusst, weil ihres zugleich in tausend Stücke brach, weil Antoni und sie das Gleiche fühlten. Sie war kurz davor, sich umzudrehen und ihre Verlobung mit Eduard rückgängig zu machen, den Ring ins Meer zu werfen, Antoni anzuflehen, er möge ihr verzeihen – doch sie tat es nicht. Stoisch spielte sie ihre Rolle weiter, ließ ihn einfach stehen und vergoss nicht eine einzige Träne, bis sie in ihrem Zimmer war, im Ohr noch Antonis letzte Worte, die er ihr hinterhergerufen hatte: Ich werde nie aufhören, dich zu lieben.

Ich habe es für dich getan, Teresa. Für dich, die du dich so wenig mit dem Mann verstanden hast, der nach außen hin vorgab, dein Vater zu sein. Zwar hatte Eduard sich bemüht, sie nicht anders zu behandeln als Leonor, das muss sie ehrlich zugeben. Doch es gelang ihm nicht, die beiden gleich zu lieben, und als Teresa ihm dann ihre sexuellen und politischen Grundsätze verkündete, da warf Eduard Dolors vorwurfsvolle Blicke zu, die alles sagten: Da siehst du, nach wem sie kommt, die Revoluzzerin.

Was konnte Antoni für den Charakter ihrer Ältesten? Nichts, aber auch gar nichts. Antoni war weder homosexuell noch einer, der für die Verbesserung der wirtschaftlichen und sozialen Verhältnisse seines Standes auf die Barrikaden gegangen war. Doch Eduard wollte damit sagen, dass er nicht zu den besseren Kreisen gehörte und seine Tochter darum abnorme Ansichten vertrat und sich so selbst zum schwarzen Schaf gestempelt hatte. Dolors bot ihm zwar mit einem gleichfalls missfälligen Blick die Stirn und flehte ihn die ganze Nacht an, Teresa nicht zu verstoßen, ohne Antonis Namen auch nur mit einer Silbe zu erwähnen, doch der Schachzug führte nur zu einem Matt.

Was für Tragödien, denkt Dolors nun, und wie lange es doch dauert, bis die Erinnerung daran nicht mehr schmerzt. Wie sagt man so schön? Die Zeit heilt alle Wunden, doch muss man anscheinend erst fünfundachtzig werden, bis man in aller Deutlichkeit erkennt, dass man, blickt man auf seinen Lebensweg zurück, besser nicht alles so wichtig genommen hätte.

Dolors sieht nun wieder zum Sofa hinüber, wo Martí seine leise weinende Schwester liebevoll an sich drückt. Als sich sein Blick mit dem der Großmutter kreuzt, zwinkert er ihr verschmitzt zu und verdreht die Augen. Martí ist nicht nur nett, sondern für sein Alter auch schon unheimlich weise, denkt Dolors voll Rührung, wenn es doch nur mehr Menschen gäbe, die so sind wie er, er hat mehr Verstand und Herz als Leonor und Jofre zusammen, bestimmt, weil er vom anderen Ufer ist, denn bei einem Mann ist eine solche Sensibilität ansonsten schwer zu finden – Antoni natürlich ausgenommen.

»Worüber freust du dich, Oma?«

Kaum hat Martí sie das gefragt, hebt Sandra den Kopf, sodass Dolors nun lächelnd mit ihren runzligen Händen auf sie beide deutet. Das entlockt auch endlich Sandra ein Lächeln, und sie küsst ihren Bruder auf die Wange.

»Ach, Martí, wenn die anderen Jungs doch nur so wären wie du. Hat die ein Glück, die dich mal abkriegt!«

Nun ist der Blick, den Großmutter und Enkel wechseln, noch vielsagender als der zuvor, weshalb sich Dolors schnell am allergischen Auge kratzt. Es juckt sie zwar schon seit Tagen nicht mehr, aber in dieser für Martí und sie so unangenehmen Lage fällt ihr nichts anderes ein, um den Blick abzuwenden, da sie sich vor Sandra ja nicht über ihre Strickarbeit beugen kann.

Auch Mireias Blicke waren ihr höchst unangenehm gewesen. Zwar konnte sie Antoni aus ihrem Leben verstoßen, nicht aber aus ihrem Kopf und Herzen. Eduards Familie hatte beschlossen, daran zu glauben, dass sich die künftige Schwiegertochter heimlich mit Eduard getroffen hatte, denn unter den gegebenen Umständen war dies für alle das Beste. Zudem machte es in der Öffentlichkeit einen guten Eindruck, dass der Sohn der Fabrikbesitzer und die Tochter des Direktors ihre Sünden bereuten und ihr Seelenheil in einer Ehe *comme il faut* suchten, wie die Schwiegermutter meinte, die stets mit französischen Floskeln zu glänzen versuchte. Doch die Wunde in Dolors' Herzen brauchte lange, um zu heilen. Sehr lange. Jahre. Sie dachte ständig an Antoni, und unmittelbar nach Teresas Geburt war sie kurz davor, das Kind zu packen und mit ihm seinen leiblichen Vater suchen zu gehen. Schließlich ließ sie es sein, denn sie fühlte sich sehr schwach und sorgte sich natürlich um die Zukunft des Neugeborenen. Wir Frauen besitzen einfach einen übermäßigen Mutterinstinkt, denkt Dolors nun mit einem Seufzer, würden wir mehr wie normale Menschen und weniger wie Mütter handeln, sähe alles anders aus; zwar würden wir vielleicht mehr Dummheiten machen, doch wären wir sicher auch um einiges glücklicher.

Sieh mich nicht so anklagend an, Mireia, hatte sie eines Tages zu ihrem Dienstmädchen gesagt, als sie ihre Blicke nicht mehr länger ertragen konnte, dass ich Eduard nehme, hat seinen guten Grund: Ich bin schwanger. Mireia machte große Augen, doch Dolors fuhr schon fort, froh, wenigstens ihr die Wahrheit sagen zu können: Ja, es ist von Antoni. Aber Eduard hat sich erboten, mich zu heiraten und so zu tun, als wäre er der Vater. Antoni haust in einer feuchten Baracke, Eduard hingegen wohnt in einem großen herrschaftlichen Haus, mir ist das egal, doch für die Zukunft meines Kindes ist das nicht einerlei. Mireia schwieg noch immer, als Dolors jedoch aufschaute und sie ängstlich ansah, bemerkte sie, dass Mireias Augen nun einen ganz milden Ausdruck hatten und sie leise weinte. Verzeihen Sie, Senyoreta Dolors, bitte, verzeihen Sie mir, murmelte das Dienstmädchen. Da reichte Dolors ihr ein Taschentuch und beschwor sie: Tu mir den Gefallen und lass uns nicht mehr darüber reden. Und was tat Mireia? Sie nickte, riss ihr das Taschentuch aus den Händen und putzte sich damit laut und ausgiebig die Nase. Ja, so war sie, feinfühlig und diskret, in bestimmten Dingen aber einfach derb. Bauer oder Edelmann bist du von der Wiege an, dachte Dolors damals, seine Herkunft kann man wohl nicht verleugnen.

Heutzutage scheinen allerdings alle von Bauern abzustammen, denn neuerdings legt keiner mehr Wert auf gute Manieren. Wo soll das nur hinführen?, hatte sie Teresa gefragt, wenn sie sich wieder einmal über Fuensanta beklagte. Teresa hatte darauf nur gelacht, also ehrlich, Mama, so schlimm ist es auch wieder nicht, Fuensanta ist doch nicht ungehobelt. Nein, natürlich nicht, hatte Dolors erwidert, aber sie ist auch nicht so wie wir. Das war ihr so herausgerutscht, gütiger Himmel, wie hatte sie so etwas nur sagen können, anscheinend wird man von seiner Erziehung doch stärker geprägt, als man glaubt, wie konnte sie nach all dem, was mit Antoni gewesen war, so etwas auch nur denken! Also wirklich, Mama, was ist denn das für ein Standesdünkel?!, brauste Teresa folglich auch gleich auf. So habe ich das doch nicht gemeint, ich wollte sagen, dass … Ja, ja, du hast ja recht, hatte sie sich schließlich aus der Affäre gezogen und insgeheim gedacht, dass sie im Grunde an Fuensanta nur eines störte: dass ihre Töchter sie eingestellt hatten, um auf sie aufzupassen – was Leonor und Teresa natürlich vehement abstritten.

Es kommt der Moment, in dem man nicht mehr tun und lassen kann, wozu man Lust hast, weil einem dazu das Recht abgesprochen wird, da man alt ist und sich alle um einen sorgen. Sicher gibt es in ihrem Alter eine Menge Leute, die es sich wünschen, dass alles für sie erledigt wird, doch Dolors hat noch nie gern Hilfe angenommen. Deshalb hatte sie auch die schiere Verzweiflung gepackt, als ihr klar wurde, dass sie nach dem Schlaganfall definitiv nicht mehr alleine leben konnte. Die Einzige, die ahnte, was in ihr vorging, war Teresa gewesen, als sie sah, wie ihrer Mutter im Krankenhaus unaufhörlich bittere Tränen über die Wangen liefen und ihr Kopfkissen durchnässten. Das bekommen wir schon hin, Mama, mit Gesten kannst du dich doch sehr gut verständlich machen, hatte Leonor sie zu trösten versucht, doch deshalb hatte sie gar nicht geweint, und da sagte Teresa: Du hast Panik davor, wieder mit jemandem zusammenleben zu müssen, stimmt's, Mama? Mach dir deshalb keine Sorgen, es wird sich niemand allzu sehr in dein Leben einmischen, nicht wahr, Leonor?, die darauf nur erwiderte: Natürlich nicht.

Natürlich nicht: Und eigentlich stimmt das auch, sie hat es bei Leonor besser als bei sich zu Hause mit Fuensanta als Aufpasserin, auch wenn sie das nicht gern zugibt. Denn sie hat von ihrem Sessel aus eine neue Welt entdeckt, eine Welt voller Überraschungen, wie sie das in ihrer eigenen Familie nie vermutet hätte. Hier macht jeder, was er will. Und jeder hat vor den anderen etwas zu verbergen.

Wenn man sein Geheimnis aber lüftet, kann man nicht sicher sein, dass man Verständnis findet. Sandra ist jedoch wie Leonor, sie muss jedem erzählen, was sie bewegt, auch wenn sie das mit ihrem Jaume ganz schön lange geheim gehalten hat. Von nun an wird Sandra allerdings kein Vertrauen mehr zu ihrer Mutter haben und sich bedeckt halten, denn es steht ihr ins Gesicht geschrieben, dass Leonors Reaktion sie völlig verstört hat. Mit ihrem Anfall mütterlicher Fürsorge hat Leonor das genaue Gegenteil von dem erreicht, was sie eigentlich bezweckte.

Stattdessen ist es jedoch gut möglich, dass künftig Martí der Vertraute seiner Schwester ist. Voll Freude merkt Dolors, dass die Geschwister einander gerade das erste Mal seit langem wirklich wahrgenommen haben. Nun, da die Kinderstreitereien hinter ihnen liegen und sie die Phase der Geistesverwirrung überwunden haben, in der aus Jungen Männer und aus Mädchen Frauen werden, nun spürt Dolors, dass Sandra und Martí sich gefunden haben. Und zwar für immer.

Das Leben mit Eduard war nicht leicht. Ihn zu heiraten

und es augenblicklich zu bereuen war eins. Zum Glück wohnten sie weit entfernt von den Schwiegereltern; es hätte Dolors gerade noch gefehlt, ständig von der Schwiegermutter überwacht zu werden, sie hatte sich schon genug eingemischt in ihr Leben. Da Eduard jedoch eigenständig eine weitere Fabrik aus dem Familienbesitz leiten sollte, zogen sie nach der Hochzeit mit Mireia in eine Wohnung im Stadtzentrum, und Eduard fuhr jeden Tag mit einem brandneuen Auto die halbe Stunde zur Fabrik. Mireia nahm Dolors mit ins Eixample-Viertel, weil sie die Einzige war, die ihr wirklich nahestand, auch wenn sie ein Häubchen und eine Schürze trug. Sie ist die beste Freundin, die ich je gehabt habe, sagt sich Dolors nun voll Dankbarkeit, sie, Teresa und Martí – das sind die Menschen, die mich wirklich verstehen.

»Ach komm, Kleine. Davon geht die Welt nicht unter, das haben wir alle mal durchgemacht.«

Leonor ist gerade durch das Wohnzimmer gekommen, hat Sandra, die sich noch immer an Martí kuschelt, einen Kuss gegeben und ihr ganz leise diese Worte zugeraunt. Es ist ihre Art, ihrer Tochter zu zeigen, dass ihr das Gesagte leidtut. Und Sandra lächelt ihr zu. Wie hübsch die Kleine in dem Pullover aussehen wird, denkt Dolors, hoffentlich bekomme ich ihn noch in diesem Winter fertig, es sind genau ihre Farben, und sie harmonieren einfach wunderbar miteinander.

Früher, ja früher da hat sie unheimlich viel gestrickt. Bevor sie die Scheuklappen abnahm, suchte sie nach allen möglichen Zerstreuungen, die sie von dem ablenken sollten, was um sie herum geschah, sie wollte an nichts anderes denken als an ihre beiden Kinder und ihre Verpflichtungen als gnädige Frau, denn sie musste den Abstand zwischen sich und Antoni – der in ihrer Vorstellung noch immer in seiner feuchten Baracke hauste, vielleicht aber auch mit Frau und Kindern in einem anständigen Haus lebte – Tag für Tag ein Stück vergrößern. Weg, weg, verschwinde!, schalt Dolors in Gedanken, in dem verzweifelten Versuch, an etwas anderes zu denken, wenn er ihr in den Sinn kam. Dennoch weinte sie viele Nächte lang und fragte sich immer wieder, warum habe ich das bloß getan, warum? Nur wenn sie Teresa ansah, die ihm zum Glück kein bisschen ähnelte, konnte sie sich etwas damit trösten, dass es keine größere Liebe gab als die einer Mutter zu ihrem Kind. Du hast keine Ahnung, was ich für dich alles geopfert habe, Teresa, sagt sie heute noch manchmal in Gedanken zu ihr. Und Teresa sagt dann lachend: Ab und an siehst du mich so seltsam an, Mama, seh ich irgendwie komisch aus?

Schau, wie komisch die Affen sind, meinte sie eines Tages im Zoo zu Sandra, als ihre Enkelin noch klein war. Doch statt die Tiere mit offenem Mund anzustarren, wie all die anderen Kinder das taten, begann Sandra, die Äffchen zu imitieren, und ahmte ihre Laute schließlich so perfekt nach, dass die Kinder um sie herum sich zu Sandra umdrehten und nun sie bewundernd anstarrten. Ganz ernsthaft hatte sie die Rolle eines Affen gespielt. Schon mit vier oder fünf Jahren war sie eine Schauspielerin, schon damals spielte sie Theater.

Jetzt spielt sie allerdings kein Theater. Jetzt weint sie wirklich. Arme Sandra, das einzige Drama, das du nicht selbst inszenieren kannst, ist das Drama des Lebens.

Die Armausschnitte

Viermal hat Dolors das Gestrickte nun schon auftrennen müssen. Na ja, das erste Mal, das ging auf ihre Kappe, weil sie die Anzahl der Maschen, die sie abnehmen muss, nicht richtig berechnet hat. Aber die drei anderen Male, da hat sie sich vertan, weil man sich unmöglich aufs Stricken konzentrieren kann, wenn um einen herum alle verrücktspielen. Wenn sie nicht eh schon sprachlos wäre, hätte es ihr bei dem, was an diesem Wochenende passiert ist, garantiert die Sprache verschlagen. Als Außenstehende könnte sie ja vielleicht noch lachen, da sie aber Leonors Mutter und Sandras und Martís Großmutter ist, tut es ihr furchtbar leid, dass das Familienidyll derart ins Wanken geraten ist und ein unglückliches Ende abzusehen ist, denn in dieser Familie wird es bald einen mächtigen Knall geben, lange kann das nicht mehr gut gehen.

Über ihr Strickzeug gebeugt, nimmt Dolors eine Masche nach der anderen ab und versucht, sich dabei nicht zu verzählen, denn wenn sie es nicht richtig macht, werden die Armausschnitte viel zu groß und das Vorderteil viel zu schmal. Eine zu Beginn der Hinreihe, eine am Ende direkt vor der Randmasche, sehr gut, war das wirklich erst an diesem Wochenende? Dafür garantieren kann sie nicht, sie weiß in letzter Zeit nicht mehr so genau, wann was passiert ist, ob vor ein paar Tagen, gestern oder erst vor ein paar Stunden, was sie jedoch ganz sicher weiß, ist, dass noch keiner bislang das Geheimnis der anderen kennt und sie mit Leonor allein in der Wohnung ist. Mit Leonor, die vergnügt trällert, Leonor, die sich in dieses Scheusal von Chef verliebt zu haben scheint, das ist wirklich unglaublich, Kind, wie kannst du nur?! Ach herrje, du passt schon wieder nicht auf, Dolors, nur eine Masche und nicht drei, los, trenn die Reihe noch mal auf ... sonst wird es Frühling, bis du den Pullover fertig hast, und dann kann ihn die arme Sandra erst im nächsten Winter anziehen, also konzentrier dich, Dolors, und hör auf, an den ganzen Unsinn zu denken.

Doch das ist leichter gesagt als getan. Angesichts dessen, was in dieser Wohnung in letzter Zeit so vor sich geht, könnte man glatt Eintritt dafür verlangen. Dolors hätte nie gedacht, dass es in einer vermeintlich normalen Familie wie der von Leonor so viele Überraschungen geben könnte. Aber irgendwann gerät jeder mal ins Staunen, irgendwann sagt man sich, nicht zu fassen, was mir da gerade passiert. Dolors! Sie hörte es sehr wohl, doch weil es unheimlich viele Frauen mit diesem Namen gab, achtete sie nicht weiter darauf, zumal ihr Kind zum Riesenrad wollte, von dem aus die Aussicht auf Barcelona wunderschön war. In der Fabrik lief es zu jener Zeit nicht gut, sodass Eduard nicht einmal am Sonntag mit seinen Töchtern in den Vergnügungspark gehen konnte, weshalb Dolors das übernahm. An jenem Sonntag besuchte ihre Älteste eine Freundin, es gibt im Leben der Kinder eine Zeit, in der sie nichts lieber tun, und so war es auch bei Teresa. Was ein großes Glück war, denn wenn Antoni sie gesehen und erfahren hätte, dass sie zwölf Jahre alt war, hätte er zwei und zwei zusammengezählt, was, wie jedermann weiß, vier ergibt. Und wieso gibt zwei und zwei vier und nicht, zum Beispiel, fünfundzwanzig? Mich wundert nicht, dass du Philosophie studiert hast, Mama, sagte Teresa gelegentlich lachend zu ihr, außer dir stellt sonst niemand solche seltsamen Fragen, wer kommt schon auf die Idee, zu hinterfragen, warum zwei und zwei vier sind. Bis zu ihrem Schlaganfall diskutierte Dolors gern mit ihrer Tochter über solche Dinge, alle glauben es, also ist es auch so, erklärte Teresa und breitete die Arme aus, worauf Dolors voller Ironie sagte: Natürlich, wenn alle etwas glauben, muss es einfach stimmen. Man merkt, dass du in der Politik bist, Kind, ihr tischt dem Volk alle möglichen Lügengeschichten auf, damit es euch wiederwählt. Das kommt ganz auf die Partei an, erwiderte Teresa, und da spottete Dolors noch ein bisschen mehr: Ach so, entschuldige, wie konnte ich das nur vergessen, du und deine Parteigenossen haben ja die Wahrheit für euch gepachtet.

Mit zwölf dachte Teresa natürlich noch nicht an so etwas, sie war bei ihrer Freundin und würde erst abends heimkommen. Leonor war zu der Zeit erst vier Jahre alt und deutete mit dem Finger aufgeregt auf das Riesenrad, mit dem sie fahren wollte. Und danach mit dem Flugzeug und mit allem anderen auch!, kreischte sie, dass einem die Ohren gellten. Meinetwegen, stimmte Dolors zu, doch als sie in der Schlange schon fast ganz vorne war, hörte sie hinter sich ihren Namen, drehte sich aber erst um, als sie ihn ein zweites Mal hörte. Und tatsächlich: Sie war wirklich gemeint, und als sie erkannte, wer sie da rief, bekam sie augenblicklich weiche Knie. Er trug einen kleinen

Schnurrbart, und seine Haut war auch nicht mehr ganz glatt, aber er hatte noch den gleichen Blick und auch das gleiche Lächeln. Antoni, hauchte sie, und die Welt um sie herum löste sich auf. Mein Gott, wie viele Jahre ist das her, Dolors …, sagte er nach einem Moment des Schweigens. Sehr viele, antwortete sie leise. Wer ist das?, fragte da ein zartes Stimmchen, und ein Augenpaar starrte sie von unten an. Eine Freundin deines Vaters, entgegnete Antoni darauf einem Jungen von etwa sieben oder acht Jahren, und dann wollte natürlich auch Leonor wissen, wer der Mann war, und Dolors antwortete lapidar: Ein Freund deiner Mutter, was alle zum Lachen brachte. Sie stiegen in die gleiche Gondel des Riesenrades, und während die Kinder hinuntersahen, fragten sie einander mit scheinbar gleichgültiger Stimme, wie es dem anderen so ging. Sieh mal, die Mama, Maaama!, schrie da der Junge, und eine Hand winkte ihm von unten zu. Das ist meine Frau, erklärte Antoni, sie war klein und sah von weitem nett aus, außerdem war sie schwanger, ich werde noch mal Vater, hast du noch mehr Kinder? Noch eine ältere Tochter, sie ist heute bei einer Freundin. Mehr sagte Dolors nicht über Teresa, nur das. Wo arbeitest du?, fragte sie ihn dann. Ich habe einen Laden, erwiderte er lächelnd, eine Buchhandlung. Vollkommen überrascht wollte sie wissen, wo, und es stellte sich heraus, dass der Laden ganz in der Nähe ihrer Wohnung lag, sie aber noch nie dort gewesen war, denn ihre Bücher hatte sie all die Jahre immer in einer anderen Buchhandlung gekauft. Antoni zog eine Visitenkarte aus der Tasche und reichte sie ihr, komm doch mal vorbei, du bekommst auch Rabatt. Sie lächelte, und dann setzte die Gondel auch schon wieder auf dem Boden auf, sie gingen auseinander und dachten, dass sich alles verändert hatte und keiner von beiden mehr derselbe war.

Oma, Dani und ich haben dir noch ein paar Bücher von zu Hause geholt. Dolors kommt es vor, als wäre es am Freitagnachmittag gewesen, als ihr Enkel und sein Freund oder Liebhaber oder wie immer man ihn auch bezeichnen sollte, mit ein paar Kartons voller Bücher aus Dolors' Wohnung zurückkamen. Lesen strengt sie sehr an, aber sie vermisst ihre Bücher um sich herum, sodass Martí ihr versprochen hatte, sie ihr nach und nach zu bringen. Wie geht es Ihnen, Senyora Dolors?, fragte Dani sie, wie sympathisch der junge Mann doch ist, ein Jammer, dass es die beiden im Leben furchtbar schwer haben werden und gegen die Vorurteile von Gott und der Welt kämpfen müssen, angefangen bei Jofre, wenn der davon erfährt. Für die Welt ist es unverzeihlich, wenn jemand anders ist, denn alles, was von der Norm abweicht, macht Angst. Auf Danis Frage hin lächelte Dolors jedenfalls, was ihm signalisieren sollte, dass sie ganz zufrieden war. Wunderbar, antwortete er, Sandras Pullover wird übrigens sehr schön.

Das war, noch bevor sie sich mit dem Stricken zum zweiten Mal vertan hat. Drunter und drüber ging es erst danach, als Sandra nach Hause kam und verkündete, ihre neue Freundin würde zum Mittagessen kommen. Aber halt, war das nun am Freitag oder am Samstag? … Ach, was für ein Wirrwarr … Jetzt weiß sie's, es muss wohl am Samstag gewesen sein, denn Jofre war zu Hause, aber egal. Dieses Mädchen hatte es anscheinend auch auf Sandra abgesehen, denn die beiden steckten jetzt, da Sandra keinen Freund mehr hatte, den ganzen Tag zusammen, sodass Dolors schon dachte, in ihrer Familie hätten alle recht merkwürdige Neigungen, aber so war es dann doch nicht, Sandra und ihre Freundin, deren Name Dolors früher nie einfiel, waren nur Freundinnen, mehr nicht.

Ausgerechnet heute, wenn ich nicht da bin, sagte Leonor verstimmt, wer soll euch denn etwas zum Essen machen? Keine Sorge, Leonor, das mach ich schon, platzte da Jofre heraus. Da bekam Dolors vor Überraschung fast den Mund nicht mehr zu. In letzter Zeit musste Leonor ständig arbeiten, zumindest behauptete sie das, doch dass Jofre so zuvorkommend war, das war vollkommen neu, war ihr Schwiegersohn vielleicht krank? Denn er konnte sich ja wohl unmöglich von heute auf morgen so verändert haben und plötzlich merken, dass seine Frau in den dreißig Jahren ihrer Ehe nur unter seiner Fuchtel gestanden hatte, und dies nun reumütig wieder in Ordnung bringen wollen. Nein, das konnte wirklich nicht sein, irgendetwas in Dolors weigerte sich, zu glauben, dass er vom Saulus zum Paulus geworden war. Und ich helfe dir, Papa, rief da Sandra, wir werden ein richtig tolles Mittagessen zaubern, ihr werdet alle staunen. Genau, das werdet ihr!, pflichtete Jofre ihr voller Elan bei, sodass Dolors beinahe laut aufgelacht hätte und Leonor, die so überrascht war, dass sie nur Danke murmeln konnte, schnell nach ihrer Tasche griff und ging, bestimmt dachte sie, besser, ich verschwinde, bevor er sich's doch anders überlegt.

Vielleicht isst Sandra ja ihren Teller auf, wenn sie das Mittagessen selbst zubereitet, hatte Dolors erst noch hoffnungsfroh gedacht, doch es würde eh nicht viel nützen, denn wenn Sandra etwas isst, dann übergibt sie sich hinterher. Seit sie keinen Freund mehr hat, erbricht sie alles, was sie zu sich nimmt: Wenn ihre Mutter einen Teller Nudeln vor sie hinstellt, macht sie sich mit einem wahren Heißhunger gleich darüber her. Doch nach dem Mittagessen geht sie zur Toilette und steckt den Finger in den Hals. Sie hat Bauchschmerzen, dachte Dolors noch beim ersten Mal, aber dann hatte sie das doch ein wenig zu oft, genauer gesagt, immer an den Wochenenden, wenn sie zwangsläufig etwas essen muss. Und keiner achtet darauf, nur sie, ach Sandreta, wenn du so weitermachst, ist dir bald sogar mein selbstgestrickter Pullover zu weit, und danach betrachtet sich Sandra auch noch jedes Mal unerbittlich im Flurspiegel, vermutlich kontrolliert sie, ob nicht doch ein winziger Bissen Zeit genug gehabt hat, verdaut zu werden und sich in Fett umzuwandeln.

Gestern oder vorgestern … jedenfalls an dem Tag, als ihre Freundin zum Mittagessen kam, da aß sie auch erst mit großem Appetit und verschwand danach, um sich zu übergeben. Bei Tisch war es sehr unterhaltsam gewesen, und alle hatten viel gelacht, sogar Jofre, denn die beiden Mädchen gaben eine Anekdote nach der anderen zum Besten, sie sprachen von der Schule, ihren Lehrern, den Prüfungen und derlei Dingen, von denen Teenager nun mal gerne erzählen. Manchmal drehte sich Sandra zu ihr und rief laut: Hast du das mitbekommen, Oma?, worauf Dolors nickte und wieder einmal bei sich dachte, warum halten mich eigentlich alle für taub, ich habe ein außerordentlich gutes Gehör, Sandra, glaub mir, so gute Ohren wie ich hättest du nur zu gern. Nach dem Mittagessen war Dolors mit kleinen Schritten zurück zu ihrem Sessel geschlurft, Sandra war zur Toilette gegangen und nach vollbrachter Tat mit ihrem Vater und der Freundin ebenfalls ins Wohnzimmer gekommen, wo sich dann alle drei aufs Sofa setzten, um sich eine DVD anzusehen, die Jofre ausgesucht hatte, einen dieser Spielfilme über den Vietnamkrieg, der ist richtig gut, erklärte er, der ist gedreht worden, als ich noch jung war, wie kann man nur so viel Unglück und Leid gern ansehen. Sag mal, Schätzchen, würdest du für uns alle Eis kaufen gehen? Ihr habt doch bestimmt Lust darauf. Komm, Sandra, Süße, sei so lieb und tu deinem Vater den Gefallen, umschmeichelte Jofre seine Tochter und küsste sie auf die Wange. Schon gut, ich sehe schon, ich bin dran, sagte sie und stand auf. Was wollt ihr für eins?, und dann lauter: Oma, willst du auch ein Eis? Vehement schüttelte Dolors den Kopf, denn nach ihrem letzten Eis hatte sie zur Toilette hasten müssen, zwar nicht, um sich zu übergeben, sondern aus einem anderen Grund, der war jedoch nicht minder unangenehm.

Ach, Sandra, arme Sandra, alle führen dich an der Nase herum, für eine Schauspielerin bist du viel zu gutgläubig, du bist blind, Kind, du bist einfach blind. Kaum hatte Sandra nämlich die Wohnungstür hinter sich geschlossen, erhob sich Jofre, schielte kurz zu Dolors hinüber, die so tat, als wäre nichts wichtiger als ihr Strickzeug, das sie aus ihrer Tüte hervorkramte, und flüsterte dann: Komm, Mònica. Während die beiden schäkernd im Elternschlafzimmer verschwanden, starrte Dolors ihnen verblüfft hinterher und machte dabei wahrscheinlich ein Gesicht, als hätte man ihr gerade eine Sahnetorte mitten ins Gesicht geklatscht. Jofre hatte seine Ich-dich-auch-Mònica also tatsächlich in der Schule kennengelernt: Allerdings war sie keine Kollegin, sondern ging in Sandras Klasse und war gerade mal sechzehn, allerhöchstens siebzehn Jahre alt! Sachen gibt's, die gibt's gar nicht!

Auch wenn sie nicht mehr ganz genau weiß, wie viele Tage das nun schon her ist, so ist sie sich aber ganz sicher, dass die beiden sich im Elternschlafzimmer einschlossen, obwohl sie dessen Tür von ihrer Ecke aus nicht sehen kann. Sie kennt nämlich alle Geräusche in der Wohnung, selbst die allerleisesten, und kann sie genau zuordnen. In den sechs Monaten, die sie nun schon hier lebt, hat sie sich alle gut eingeprägt. Für jemanden wie sie, der von jeher eine schnelle Auffassungsgabe hat, ist das eine lange Zeit, auch wenn im Alter das Gedächtnis natürlich nicht mehr so gut funktioniert wie früher. Diese nachlassende geistige Regheit kann man jedoch durch logisches Denken wunderbar wettmachen, das mit den Jahren immer besser wird, und natürlich auch durch die Erfahrung, die die beste Lehrmeisterin ist. Erfahrung, Scharfsinn, die sich schließende Tür und die erstickten Schreie sagten Dolors jedenfalls, dass sich Jofre mit seinen über fünfzig Jahren mit der Freundin seiner Tochter, einer Minderjährigen!, vergnügte. Und das war wirklich unglaublich und einfach widerlich!

Noch eine, die leiden wird, denkt Dolors nun. Ganz bestimmt, denn wenn Jofre dieser Mònica überdrüssig ist, lässt er sie fallen wie eine heiße Kartoffel, so ist das Leben immer: In den friedlichsten Momenten, wenn man glaubt, ganz in sich zu ruhen, nimmt es plötzlich wieder eine unerwartete Wendung. Dolors lässt ihre Strickarbeit sinken, voll Wut über ihren Schwiegersohn. Unerhört, was sich der da herausnahm! Lass es in Ruhe, das Unschuldslämmchen.

Gut siehst du aus, Mama, du wirkst ganz gelassen, hat Teresa sie heute Morgen begrüßt. Wie immer ist Jofre von der Bildfläche verschwunden, bevor sie geklingelt hat. Wie weit bist du mit Sandras Pullover? Erschrocken hat Dolors den Finger auf die Lippen gelegt, doch Teresa hat unbekümmert den Kopf geschüttelt: Keine Sorge, Sandra hat es nicht gehört, sie ist gerade in der Dusche, komm, zeig ihn mir mal. Ach, wie gern hätte sie ihrer Ältesten erzählt, dass sie bei den Armausschnitten ein paarmal Murks gemacht hat, ist Dolors durch den Kopf geschossen, als sie die Tüte unter ihrem Sessel hervorgeholt hat, aber da das nun mal nicht mehr geht, drückt sie ihr schweigend, doch mit einem stolzen Lächeln die Strickarbeit in die Hand.

Anfangs, im Krankenhaus, hatte sie sich noch mit kehligen Lauten zu verständigen versucht, aber niemand hatte irgendwas begriffen. Auch deshalb hatte sie damals bittere Tränen geweint. Dass sie nach einem Leben, in dem Worte für sie alles waren, kein einziges verständliches Wort mehr herausbrachte, hatte sie fast verzweifeln lassen, zumal ihre rechte Hand schon seit einiger Zeit zitterte und einen Satz zu schreiben daher eine wahre Heldentat war. Doch wollte sie auch unter keinen Umständen Mitleid erregen, wie sie es in den Augen ihrer Lieben sah, wenn sie sich mitzuteilen versuchte. Ihre Würde, die sie nie, nicht einmal in den schlimmsten Momenten, verlassen hatte, hatte sie schließlich auf den rettenden Gedanken gebracht: Ich muss es schaffen, völlig zu verstummen. Und diszipliniert, wie sie es zeitlebens war, wenn sie denn was erreichen wollte, gab sie irgendwann tatsächlich keinen Mucks mehr von sich, außer natürlich das Lachen, denn das würde sie sich nie versagen.

Sie sagt keinen einzigen Ton mehr, hatte Leonor erst kürzlich dem Arzt bei seinem Hausbesuch erzählt. Überrascht hatte Dolors sie angesehen, weil es ihr vollkommen neu war, dass sie sich deshalb Sorgen machte, und daher eine Art Winseln hören lassen, um ihnen allen zu beweisen, dass sie durchaus noch dazu fähig war. Und wie vorauszusehen war, machte Leonor große Augen und rief verblüfft: Das kann doch nicht wahr sein! Bis gerade eben war sie doch noch komplett stumm, ich schwör's Ihnen! Da lächelte der Arzt – der sie vom Krankenhaus her kennt und weiß, wie klug sie ist, zumindest erheblich klüger als ihre Tochter – und sagte: Wissen Sie, Ihre Mutter ist sehr weise. Da sie sich nur mit Lauten nicht wirklich verständlich machen kann, lässt sie es sein, weil sie ihre Energie nicht vergeuden will, nicht wahr, Senyora Dolors? Worauf Dolors nickte und ein bisschen lachte, um zu zeigen, dass sie das auch noch konnte, vor allem aber, weil sie die Replik des Arztes amüsierte.

Der Arzt, der Eduard nach seinem allergischen Schock behandelt hatte, war nicht so zu Scherzen aufgelegt gewesen, ganz im Gegenteil. Es hatte sie und die Kinder unheimlich erschreckt, als sich auf seiner Haut plötzlich diese schrecklichen Blasen bildeten und es so aussah, als ob sich an seinem ganzen Körper die Haut ablöste. Dolors war wie gelähmt gewesen und hatte nur die beiden Mädchen an sich gedrückt, die vor Angst geheult hatten, vielleicht war ihr Vater ja ein Außerirdischer, und jetzt kam sein wahres Wesen zum Vorschein, bis Eduard schrie, nun tu doch etwas, ich sterbe, siehst du das nicht?! Erst da vermochte sie zu reagieren, er fieberte stark, sie musste etwas unternehmen, und zwar schnell, mit dem Notarztwagen wurde Eduard in die Klinik gebracht, wo der Arzt ihr dann erklärte, es handle sich bei den Blasen um eine allergische Reaktion auf Penizillin. Ich werde Ihnen auflisten, welche

Medikamente er auf keinen Fall mehr einnehmen darf. Sollte es noch einmal vorkommen, müssen Sie augenblicklich mit ihm ins Krankenhaus kommen, sonst ... Natürlich hatte er es nicht ausgesprochen, Ärzte beenden ihre Sätze immer mit drei Auslassungspunkten, bloß, um nicht offen und ehrlich über den möglichen Tod des Patienten sprechen zu müssen, dabei begegnen sie ihm doch jeden Tag. Wollen Sie damit sagen, dass er sonst stirbt?, hatte Dolors ihn deshalb geradeheraus gefragt. Und der Arzt hatte bloß genickt. Anscheinend war für ihn bereits dieses Ja zu viel.

Eine Penizillinallergie. Eduard war zwar nicht gestorben, doch hatte es ihn zutiefst erschreckt, es war entsetzlich, Dolors, ich hatte Todesangst, das mit den Arzneien musst du für mich übernehmen, du weißt ja, ich stelle mich bei so was furchtbar dumm an. Natürlich mache ich das, sei unbesorgt, hatte Dolors ihn beruhigt, die sich sowieso immer wie eine Krankenschwester vorkam, wenn alle gleichzeitig krank wurden und sie einem nach dem anderen die Medikamente verabreichen musste. Kurioserweise tat Eduard danach beim Arzt jedoch immer so, als wüsste er genau, wann er was einzunehmen hätte, sogar, wenn Dolors ihn begleitete, was sie beim ersten Mal unheimlich wütend machte: Was sollte das denn eben? Ich bin es doch, die aufpasst, dass du nichts Falsches schluckst! Zerknirscht hatte Eduard darauf den Kopf gesenkt. Es macht einen so schlechten Eindruck, dass ich das nicht allein kann, entschuldige. Da hatte er Dolors sehr leidgetan, und zum ersten Mal kam ihr der Gedanke, dass Männer nie erwachsen werden und den Frauen einfach nicht zu helfen ist.

Von Jofre und Mònica hatte sie ein paar erstickte Schreie gehört, sie mussten wirklich glauben, dass sie taub war, sicher hatte Jofre zu ihr gesagt, die Alte hört uns nicht, aber sei auf alle Fälle leise. Nach zehn Minuten war's dann schon vorbei. So schnell? Wie traurig!, hatte Dolors gedacht, als die beiden über die Farbe der Wände plaudernd ins Wohnzimmer zurückgekehrt waren, so als hätten sie die ganze Zeit über nichts anderes gesprochen – nur hatte Jofre vergessen, den Reißverschluss seiner Hose zu schließen, und Mònicas Rockzipfel steckte noch hinten in den Strümpfen.

Sandra sah es jedoch nicht, als sie zurückkam, denn da saß ihre Freundin bereits wieder auf dem Sofa und dankte ihr überschwänglich für das Eis, das Sandra großzügig verteilte, ohne sich selbst eins zu gönnen, ach Kind, von dem bisschen wirst du doch nicht dick, hätte Dolors ihr liebend gern gesagt. Mònica hatte keine Zeit gehabt, ihren Lippenstift nachzuziehen, ihr Mund sah aus, als hätte sie … Heilige Jungfrau Maria, Dolors wollte gar nicht daran denken, erst recht nicht, als sie sah, wie das frivole Früchtchen ihr Eis leckte und mit der Zunge dabei wahrhaft obszöne Bewegungen vollführte, während sie Jofre nicht aus den Augen ließ. An deiner Stelle wäre ich vorsichtig, dachte Dolors da erzürnt, sein Hosenstall steht sperrangelweit offen, und dem Spatz darin, der gern ein Eigenleben führt, wird's sicher bald zu eng, wenn du so weitermachst.

Auch Eduards Spatz hatte ein Eigenleben geführt, er schien gar nichts anderes im Kopf zu haben. Kaum waren sie verheiratet, war Schluss mit Pralinen, Tennispartien und Schmeicheleien, kaum waren sie verheiratet, war Dolors nur noch dafür da, das Bett mit ihm zu teilen, die Dienstmädchen zu befehligen und ihn im Krankheitsfall zu umsorgen. Mehr aber auch nicht. Zwar gehörte sie bei ihm nicht so zum Inventar wie nun bei Jofre, doch bedeutete sie Eduard nichts, sie war einfach da, und man musste ihr keinerlei Beachtung schenken. Sie war nicht einmal zu dem gut, was die Nonnen über die kultivierte Frau erzählt hatten, die dem Manne bei seinen Entscheidungen behilflich war, denn mitreden durfte sie nie. Offensichtlich brauchte Eduard sie nicht zum Denken. Also beschloss Dolors, wieder für sich allein zu denken, und vergrub sich in ihre Bücher. Natürlich nur, wenn sie dafür Zeit hatte, denn sich um die große Wohnung und die Kinder zu kümmern, war wahrlich kein Zuckerschlecken. Erst recht nicht, als Mireia dann heiratete und Mutter wurde und es danach mit der Fabrik abwärtsging, sodass sie nur noch ein Dienstmädchen als Hilfe hatte und bald darauf nicht einmal mehr das, nur noch jemanden, der stundenweise zum Putzen kam. Mit der Zeit wurde Eduard immer besorgter und verbitterter, Stunde um Stunde brütete er in seinem häuslichen Büro über den Bilanzen, und wenn er den Kopf hob, kam es Dolors so vor, als sähe er in den Gesichtern seiner Frau und seiner Töchter, die kamen, um ihm Gute Nacht zu sagen, nur noch Zahlen. Mit starrem Blick sah er sie an, erkundigte sich kurz nach ihrem Befinden und schickte sie dann wieder aus dem Büro.

Ihr Leben war also weder besonders angenehm noch sonderlich berauschend.

Deine Buchhandlung ist wunderschön, hatte sie Antoni gelobt. Dass sie ihn wieder getroffen hatte, war das erste schöne Erlebnis seit langem gewesen. Der Mann mit dem schmalen Schnurrbart und den paar graumelierten Haaren hinter dem Ladentisch lächelte sie an. Du bist gekommen!, rief er mit einer so unbändigen Freude, dass sie für Dolors wie eine Schwalbe war, die sich auf der Suche nach einem

Nistplatz in ihrem Herzen niederließ. Natürlich, das habe ich dir doch versprochen, stammelte sie überrascht, nur um irgendwas zu sagen, denn sie war es nicht gewohnt, dass ihr Erscheinen jemanden freute. Und Antoni war glücklich, bloß weil sie eines Tages, lange nach dem Zusammentreffen im Vergnügungspark, seine Buchhandlung betreten hatte. Du suchst Bücher über Philosophie, hatte er mehr festgestellt als gefragt. Im Grunde wollte ich dich nur besuchen, erwiderte sie verlegen, aber wenn du sie mir zeigen willst …

Vorbei an einigen Kunden, die sich mit Schauen und Blättern die Zeit vertrieben, führte Antoni sie durch sein Reich dorthin, wo die Regale für Philosophie und Psychologie standen, und drehte sich dann zu ihr um, während seine Hand voller Stolz über ein paar Buchrücken fuhr. Oh, wie wundervoll!, rief Dolors entzückt, als sie sah, welche Schätze sie da vor sich hatte, und da sah er sie eindringlich an und sagte leise: Ich will dir noch etwas anderes zeigen, komm. Und während sie ihm folgte, sagte sie sich, wie sehr er sich doch verändert hatte. Im Grunde war er immer noch derselbe, nur hatte er die Befangenheit der Jugend und seiner Gesellschaftsschicht vollkommen abgelegt.

In der kleinen Kammer, in die man durch eine von einem beweglichen Regal verborgene Tür gelangte, deutete er dann mit strahlenden Augen auf einen Stapel Bücher. Das sind meine verbotenen Bücher, die von früher und noch das eine oder andere mehr, erinnerst du dich noch? Und ob sich Dolors noch daran erinnerte! Sie bekam ganz feuchte Augen und wollte mit zitternder Hand schon darüberstreichen, fand sich dann aber dessen nicht würdig – und auf einmal brach sie wirklich in Tränen aus, und schluchzend platzte es aus ihr heraus: Verzeih mir, was ich dir angetan habe, Antoni … Ich habe dich geliebt, aber ich stand unheimlich unter Druck … die Familie, weißt du … Mit bangem Herzen fragte sie sich, was Antoni über den Gefühlsausbruch wohl denken würde, doch allem Anschein nach machte sie sich da umsonst Gedanken: Ach, Dolors, das ist schon so lange her, das ist vorbei und vergessen, erwiderte er vollkommen unbekümmert. Nein, das ist es nicht!, dachte sie, aber laut sprach sie es nicht aus. Dann zog Antoni ein Taschentuch aus seiner Hosentasche, hier, nimm, und Dolors trocknete sich damit die Tränen, putzte sich die Nase, und da roch sie das Kölnischwasser, mit dem es parfümiert war. Rasierwasser! Früher hatte Antoni so etwas nicht verwendet, er hätte es sich auch gar nicht leisten können. Doch jetzt hatten sich die Dinge anscheinend geändert. Lieber Gott, was habe ich nur getan?, fragte sich Dolors erneut und schloss für einen Augenblick die Augen, um den herben Männerduft noch einmal tief einzuatmen. Was für einen Fehler habe ich nur gemacht, was für einen schweren Fehler, sie hätte gemeinsam mit Antoni ihren Traum von einer Buchhandlung wahr machen können, wenn sie ihn geheiratet und auf seine Willenskraft und seinen Arbeitseifer vertraut hätte, auf die Zähigkeit, mit der er seine Ziele verfolgte. Doch diese Chance war vertan, und so blieb ihr nur zu fragen: Und, bist du wieder Vater geworden? Schon lange, erwiderte er lächelnd, der Kleine ist bereits zwei Monate alt, und er sagte das so voller Freude, dass Dolors sich sicher war, dass Antoni seine Kinder genauso liebte wie die Bücher. Sag mir, dass du mir verzeihst, bitte, das ist mir sehr wichtig! Da gab ihr Antoni einen Kuss auf die Wange, genauso einen Kuss wie den, den sie ihm bei ihrem ersten Besuch in seinem

Haus gegeben hatte. Natürlich verzeihe ich dir. Schwamm drüber. Lass uns Freunde sein.

Manches ist leichter gesagt als getan. Doch jetzt ist Schluss mit der Grübelei, sonst wird sie mit den Armausschnitten nie fertig, sie hat sich nämlich schon wieder verzählt. Auch einen richtig schönen Pullover stricken zu wollen ist leichter gesagt als getan, früher war ihr das noch wesentlich leichtergefallen. Wenn ihre Töchter ihr damals einen Freund oder eine Freundin vorstellten, überlegte sie automatisch, was für einen Pullover sie diesem Kind stricken würde, ob mit Zöpfen, Rippen, gestreift, uni, weit oder tailliert. Heutzutage haben die Kinder ja überhaupt keine Taille mehr. Zum Glück ändert sich das bei Jungen wie Mädchen mit der Pubertät, denn vorher haben alle eine kerzengerade Figur. Ganz früher musste für die Mädchen alles enganliegend sein, später liebten sie den Schlabberlook, und nun ist wieder alles eng und kurz, die Hosen gehen nur noch bis unters Knie, und oft ist noch ein gutes Stück Bauch zu sehen. Ach ja, und wenn möglich, muss in den Bauchnabel auch noch ein kleiner Ring, die Ohren reichen scheinbar nicht mehr. Aber wenn Dolors eins wirklich nicht erwartet hatte, dann, dass Leonor sich auch einen hat stechen lassen. Und das in ihrem Alter!

Den Abwasch ließen sie im Becken stehen, und die Küche war ein einziges Schlachtfeld. Am späten Nachmittag waren Sandra und Mònica ins Kino gegangen, und Jofre war auf dem Sofa eingeschlafen. Logisch, dass er müde war, hatte Dolors da gedacht, schließlich hatte er sich ordentlich verausgabt und war auch nicht mehr der Jüngste. Seufzend hatte sie sich dann erhoben, um in die Küche zu gehen, da sie nicht wollte, dass Leonor die Berge von schmutzigem

Geschirr sah, wenn sie aus dem Büro nach Hause kam. Wenn sie denn wirklich arbeiten war, heißt das, aber da sie ja nun zur Führungscrew gehörte, wie sie stolz verkündet hatte, musste sie wahrscheinlich wirklich auch samstags Gewehr bei Fuß stehen. Doch wie dem auch sei: Jedenfalls würde sie hundemüde sein, so viel stand fest.

Auf dem Weg in die Küche musste Dolors das Bein nachziehen, da es ihr immer noch wehtat. Keine Hausarbeit, hatte der nette Arzt angeordnet, stattdessen sollten Sie jedoch ein bisschen Gymnastik machen, die Schwester wird Ihnen ein paar Übungen zeigen, die Ihnen guttun werden und die Sie täglich machen sollten, zehn Minuten nur, mehr nicht. Ja, ja, Dolors hatte genickt, schon lange weiß sie, dass man Ärzten nie widersprechen darf, ob man ihre Anordnungen hinterher nun befolgt oder nicht. Aber das Bein hoch und runter, beugen und strecken, war ihr von Tag zu Tag lästiger gefallen, und dann hatten sich auch noch alle in den Kopf gesetzt, ihr dabei zuzusehen, los, Oma, komm schon, zehn Minuten, das ist doch nicht so viel, weshalb Dolors es dann irgendwann ganz sein ließ. Und natürlich petzte Leonor das dem Arzt, und schon hatte sie wieder den schönsten Streit im Haus.

Die Anweisungen des Arztes zu missachten ist eine der wenigen Torheiten, die Dolors noch begehen kann, und so stapelte sie das Geschirr auf eine Seite, wobei sie den Schmerz in ihrem Bein zu ignorieren versuchte, der mit dem Aufstehen wie immer stärker wurde, steckte den Stöpsel ins Spülbecken, gab einen guten Spritzer Spülmittel hinein und ließ warmes Wasser einlaufen, um einmal mehr voll Wonne das zu beobachten, was ihr von klein auf immer gefallen hat: wie Unmengen an Schaum genau an der

Stelle entstehen, wo der kräftige Strahl auf die Wasseroberfläche trifft und einen Strudel bildet. Weißer Schaum, der das Fett von den Tellern löst. Schaum, der genauso wieder verschwindet, wie er entstanden ist. Was würde ihr Lieblingsphilosoph Hume wohl dazu sagen ... Beinahe wäre dann auch noch das Becken übergelaufen, gerade noch rechtzeitig drehte Dolors den Hahn ab und machte sich dann an den Abwasch. Nachdem sie zwei oder drei Teller gespült hatte, hörte sie jedoch plötzlich den Schlüssel im Schloss der Wohnungstür, und kurz darauf trat Leonor in die Küche und erwischte sie in flagranti. Was tust du da, Mama?! Das hat der Arzt dir doch verboten! Lass das, komm, lass das sein, schimpfte ihre Tochter, zog Dolors' runzelige Hände aus dem weißen Schaum, trocknete sie ihr mit einem Küchenhandtuch und führte sie dann sanft, aber energisch ins Wohnzimmer. Was bin ich das alles leid, haderte Delors innerlich mit ihrem Schicksal, den Sessel, das Wohnzimmer, einfach alles! Wahrscheinlich hatte Leonor keine Ahnung, wie sehr sie gerade ihre Würde verletzt hatte. Aber Leonor war eben Leonor, von ihr konnte sie nichts anderes erwarten. Ach, warum ließ sie ihr nicht einmal die kleine Freude mit dem Schaum!

Doch dann, o Wunder: Als sie dafür gesorgt hatte, dass ihre Mutter wohlbehalten im Sessel Platz genommen hatte, da machte Leonor, die blauäugige Leonor, eine überraschende Wandlung durch: Sie rüttelte Jofre wach! Dolors war wie vom Donner gerührt: Das war das erste Mal, dass Leonor Jofre weckte, wenn er auf dem Sofa schlief, so wie die Dinge zwischen den beiden lagen, kam das geradezu einem Sakrileg gleich! Was ... was ist passiert? Jofre war aus dem Schlaf hochgeschreckt, womöglich dachte er, dass ein Unglück geschehen sein musste, wenn Leonor ihn weckte. Doch dann geschah noch ein weiteres Wunder, denn ihre Tochter sagte laut und deutlich: Was passiert ist, fragst du? Meine Mutter spült, während du hier seelenruhig schnarchst; dabei weißt du genau, dass sie das nicht soll! Worauf Jofre nur stotterte: Das ... das habe ich nicht mitbekommen ... ehrlich ... ehrlich nicht.

Wenn sie jetzt daran denkt, muss sie wieder grinsen. Nicht zu fassen, so klein mit Hut wurde da der allmächtige Jofre, sooo klein!

»Misst du gerade mit Daumen und Zeigefinger, wie viel du noch stricken musst, bis du abketten kannst?«

Dolors zuckt zusammen, sie hat gar nicht gemerkt, dass Leonor ins Zimmer gekommen ist. Schnell nickt sie und zeigt ihr stolz ihre Strickarbeit, bei der wirklich nicht mehr viel fehlt.

»Ist das das Vorder- oder das Rückenteil?«

Dolors zeigt auf ihre Brust. Es ist das Vorderteil, soll das heißen, und das versteht sogar Leonor.

»Keine Ahnung, wie du dieses komplizierte Muster hinbekommst mit deiner zittrigen Hand ... aber der Pullover wird wirklich wunderschön.«

Gern würde Dolors ihrer Tochter jetzt erklären, dass das Zittern sie zwar beim Schreiben, nicht aber beim Stricken behindert, doch das kann sie natürlich nicht, und deshalb gibt sie auch keinen Ton von sich, wie sie sich das vorgenommen hat, das hätte ihr nämlich gerade noch gefehlt, dass man sie nicht nur für taub, sondern auch noch für geisteskrank hielt. Und so schaut sie sie nur an, Leonor ist jedoch schon neben ihren Sessel getreten, wo sie sich jetzt auf die Zehenspitzen stellt, um einen Schlüssel in eine Dose oben auf dem Regal zu legen. Und dabei sieht Dolors ihren Bauchnabelring zum zweiten Mal.

Das erste Mal hatte sie ihn gesehen, nachdem Jofre aufgewacht war, als Leonor ebendiese Dose vom Regal herunterholte. Er hat ihn nicht bemerkt, Dolors allerdings schon, und das bringt ihr Gedankenkarussell nun wieder in Fahrt. An und für sich ist das ja nicht schlimm, sagt sie sich, wenn man sich ein Loch in den Bauchnabel machen lässt – ein Piercing, sagt Sandra dazu –, aber ist Leonor mit ihren fünfzig Jahren dafür nicht schon ein bisschen zu alt? In dem Alter lassen sich doch nur noch bestimmte Leute ein Piercing stechen, und so ein Typ Frau ist Leonor ganz gewiss nicht. Teresa käme dafür schon eher in Betracht, doch auch die, eine erklärte Kommunistin und Vorkämpferin für die Rechte der Frau, macht so etwas schon lange nicht mehr, mit Ende fünfzig ist sie aus diesem Alter heraus. Und deshalb muss sich Dolors über den Ring in Leonors Bauchnabel doch sehr wundern. Theoretisch müsste ihn Jofre längst gesehen haben … aber natürlich nur theoretisch, denn so, wie die Dinge liegen, bezweifelt Dolors, dass die beiden sich in letzter Zeit nackt gesehen haben. Was also mag ihrer Tochter zu diesem modischen Schnickschnack bewogen haben?

»Es geht mir besser, Mama. Viel besser.«

Nachdem Leonor die Dose wieder an ihren Platz gestellt hat, hat sie sich zu ihrer Mutter gesetzt. Dolors betrachtet sie neugierig, fasst sich aber in Geduld, sicher rückt sie gleich mit der Sprache raus, man merkt ihr an, dass sie es loswerden muss. Nachdenklich fährt Leonor mit der Zunge über ihre Oberlippe.

»Weißt du, mein Chef hatte einen Zusammenbruch …

so eine Art Herzinfarkt, gleich nachdem er mich befördert hat. Solange er krankgeschrieben ist, vertritt ihn sein Sohn. Und wenn dieser Widerling wieder fit ist, werden sie die Geschäfte gemeinsam führen.« Wieder leckt sich Leonor unbewusst die Oberlippe und fährt dann fort: »Der Sohn vom Chef ist klug und noch ziemlich jung, nur ein paar Jahre älter als Martí … Víctor ist fünfundzwanzig, hat gerade sein Studium beendet und … nun, es lässt sich richtig gut mit ihm arbeiten. Und er sorgt sich auch sehr um das Wohl seiner Mitarbeiter … Ich war mit ihm auf Geschäftsreise, und da lief alles hervorragend.«

Mehr sagt Leonor nicht, sie springt auf und läuft ins Bad. Ist sie plötzlich rot geworden, oder bildet sich Dolors das nur ein? Dolors lächelt nachsichtig. Vermutlich hat sie sich verpflichtet gefühlt, ihrer Mutter zu erklären, warum sie neuerdings so fröhlich ist und ständig trällert, während sie die Betten macht, spült, sich für die Arbeit anzieht und sich schminkt. In letzter Zeit macht sie sich nämlich ganz besonders sorgfältig zurecht, mehr als früher … Und da geht Dolors auf einmal ein Licht auf! Natürlich, jetzt weiß sie, was hinter dieser Lebensfreude steckt, dieser anscheinend so kluge Junge von fünfundzwanzig Jahren hat damit zu tun! O Gott, hoffentlich geht das gut. Aber was will ein so junger Kerl von einer Fünfzigjährigen? Möglicherweise hat er ja die Gene seines Vaters geerbt. Oder aber er wünscht sich, für was auch immer, eine erfahrene, reife Frau. Doch wie dem auch sei: Jedenfalls ist Leonor glücklich. So glücklich, dass sie erfreulicherweise anfängt, aus dem Schatten ihres selbstherrlichen Gatten zu treten, der ihr in jungen Jahren die Flügel beschnitten hat.

Du bist doch noch so jung. Warum wartest du nicht

noch ein Weilchen mit dem Heiraten?, hatte Dolors ihr damals vorgeschlagen. Doch der vorgebliche Philosoph des Widerstands hatte sie leider schon vollkommen in seinen Bann geschlagen. Wieso sollte ich?, hatte Leonor mit naivem Augenaufschlag erwidert, wir lieben uns, haben beide Arbeit und sogar schon eine Wohnung, was wollen wir mehr? Wie viele später gescheiterte Ehen waren damals geschlossen worden, bloß weil Kinder mit zwanzig nicht mehr länger am Gängelband geführt werden wollten? Was bei Leonor ja nicht der Fall war. Ihre Tochter tat, was sie wollte, und kam und ging, ganz wie es ihr beliebte. Dolors war damals nämlich kaum noch zu Hause, zu der Zeit war Eduard nicht mehr da, sie arbeitete schon eine ganze Weile in Antonis Laden und fühlte sich wieder jung, und die Welt war einfach wunderbar.

Nachdem sie Antoni wieder getroffen hatte, war sie in seine Buchhandlung gegangen, wann immer sie konnte. Ein ganzes Jahr lang kaufte sie bei ihm Bücher vom übriggebliebenen Haushaltsgeld, plauderte mit ihm, half ihm manchmal beim Einräumen der neuen Lieferungen und gewann so den Freund zurück, mit dem sie einst so viel über Literatur geredet hatte. Zu Hause erzählte sie natürlich nichts davon, sie ging nur Bücher kaufen, wenn die Mädchen in der Schule und Eduard bei der Arbeit waren. Bis Antoni eines Tages zu ihr sagte: Hör mal, ich habe vor, Philosophie und Literatur an der Fernuniversität zu studieren, willst du dich nicht auch einschreiben? Das ließ sich Dolors nicht zweimal sagen und antwortete mit einem klaren, lauten Ja. An Eduard, die Kinder oder sonst etwas dachte sie dabei nicht, nur daran, endlich, endlich Philosophie zu studieren, und das auch noch mit Antoni! Welch unverhofftes, nie erträumtes Glück! Ja, wiederholte sie deshalb freudestrahlend, ich danke dir. Und was sagte Antoni dazu? Warum bedankst du dich bei mir, ich müsste mich bei dir bedanken, weil du mir bei meinem Abenteuer an der Universität zur Seite stehen willst. Und ich verspreche dir, dass du dir kein einziges Buch dafür kaufen musst.

Das Wort »kaufen« hatte Dolors wieder auf den Boden der Wirklichkeit geholt. Das hatte sie völlig vergessen: Bestimmt musste man Studiengebühren bezahlen und brauchte auch das eine oder andere Buch, Stifte, Papier et cetera. Wie sollte sie das bewerkstelligen? Unter diesen Umständen war es wirklich eine Schnapsidee, sie konnte Eduard unmöglich sagen, dass sie gerne studieren wollte, und erst recht nicht, mit wem, zumal er nicht die geringste Ahnung hatte, dass sie Antoni wieder getroffen hatte. Dennoch dachte Dolors nicht im Traum daran, den Plan einfach so aufzugeben. Darüber grübelnd, wie sie die erforderlichen Mittel irgendwie auftreiben könnte, verließ sie die Buchhandlung, sie war jedoch noch keine hundert Meter gegangen, als Antoni keuchend hinter ihr hergerannt kam: Halt, Dolors, bleib stehen, ich habe mir was überlegt ... Möchtest du in meinem Laden mitarbeiten? Wenn du am Vormittag ein paar Stunden kommst, erfährt das keiner ... Damit könntest du dein Studium finanzieren, was hältst du davon?

Antoni schaute sie mit leuchtenden Augen an, wie ein Kind, das ungeduldig darauf wartete, ob seine Freundin mit ihm spielen gehen durfte oder nicht. Dolors konnte nicht verhindern, dass sie errötete. Sie hatte Antoni seinerzeit nicht geheiratet, weil er arm war, und nun war er es, der nach einem Ausweg für ihre finanziellen Nöte suchte, ohne dass sie sich dadurch gedemütigt fühlen musste. Und tatsächlich war es die Lösung für ihre Probleme, sodass Dolors strahlend sagte: Abgemacht.

Und so begann sie ihr Fernstudium, ohne dass Eduard etwas davon mitbekam. Das Studieren fiel ihr nicht weiter schwer, da sie all die Jahre viel gelesen und sich so ein gutes Grundwissen angeeignet hatte. Zweifel und Probleme, die im Studium auftauchten, versuchte sie, morgens immer gemeinsam mit Antoni zu lösen. Und was die Lehrbücher betraf, gingen sie nun ebenfalls ganz methodisch vor: Nachdem Dolors vormittags Antoni ein paar Stunden in der Buchhandlung ausgeholfen hatte, lieh sie sich seine Bücher mittags aus, lernte am Nachmittag oder am Abend und brachte sie am nächsten Morgen wieder zurück.

Zwar kam Antonis Frau Maria, die als Empfangssekretärin in irgendeiner Firma arbeitete, manchmal auch in die Buchhandlung, doch tat sie das immer nur samstags, wenn Dolors nicht da war. Antonis Frau wusste nichts von der gemeinsamen Welt der Bücher und der Literatur. Sie wusste auch nicht, welche Art von Beziehung einstmals zwischen Dolors und ihrem Mann bestanden hatte, ich habe ihr bloß gesagt, dass ich noch jemanden für die Hauptgeschäftszeit eingestellt habe, gestand Antoni. Von wegen Hauptgeschäftszeit: Außer den beiden Lehrbuben, die ganztags beschäftigt waren, arbeitete Dolors nur von Montag- bis Freitagvormittag, das heißt immer dann, wenn es am wenigsten zu tun gab.

Dolors und ihr Doppelleben. Zu Hause die aufopferungsvolle Ehefrau und Mutter, draußen die Frau, die durch ihr größer werdendes Wissen und die von Woche zu Woche tiefer werdende Freundschaft immer selbstsicherer wurde. Weder Eduard noch Leonor oder Teresa wussten, dass sie an den Vormittagen alle Hände voll zu tun hatte, um rechtzeitig nach Hause zu kommen und so zu tun, als wäre sie nur einkaufen gewesen, und danach zu essen, zu spülen und die Küche aufzuräumen, weil um diese Zeit das Dienstmädchen schon fort war.

Dabei hatte Dolors immer gedacht, ein Doppelleben zu führen sei die alleinige Sache von Hochstaplern, und nun stellte sich heraus, dass so etwas sogar mehr oder minder üblich ist, zumindest in ihrer Familie. »In unserer Familie gibt es keine Geheimnisse« ist eine fromme Lüge, pure Selbsttäuschung, alle Welt hat Geheimnisse, und zudem geben die Geheimnisse dem Leben die nötige Würze. Sie selbst hatte zwölf Jahre lang kein einziges Geheimnis gehabt und sich nur müde und gelangweilt gefühlt. Später aber, als sie sich vorkam wie eine tickende Zeitbombe kurz vor dem großen Knall, da hatte sie eine richtig gute Zeit.

Mit ein wenig Glück gibt es an diesem Wochenende nun keine aufreibenden Neuigkeiten mehr, sodass sie an diesem Sonntag vielleicht noch bis zum Halsausschnitt stricken kann. Konzentrier dich, Dolors. Ach, wie dünn Sandreta bloß ist …

Ihrer Enkelin geht es nicht gut. Gar nicht gut. Nicht allein, dass sie nicht isst oder das Essen wieder erbricht, ohne dass das irgendwer in der Familie merkt, sie wirkt auch völlig schlapp und ihre Augen haben jeglichen Glanz verloren. Wieder und wieder schaut sie sich im Flurspiegel an und murmelt leise, was für ein breiter Arsch, meine Scheiße, bin ich fett! Als sie das zum ersten Mal hörte, dachte Dolors noch, das sei ein Scherz, denn wenn jemand, der nur noch ein Strich ist, behauptet, er sei zu drall, ist das wirklich zum

Lachen. Sie glaubte tatsächlich, Sandra habe es ironisch gemeint, als wollte sie sich darüber lustig machen, dass sie nur noch Haut und Knochen ist. Leider musste sie nach ein paar Tagen jedoch feststellen, dass es ganz und gar kein Scherz war. Und Dolors hatte in ihrem Leben nun wirklich schon viele spindeldürre Menschen gesehen, aber keinen, der so dünn war wie sie. Nicht einmal Teresa war so dürr gewesen bei ihrem ersten Treffen, nachdem Eduard sie verstoßen hatte.

Das Einzige, was uns bleibt, sind unsere Standesehre und unsere angestammten Rechte, hatte der erzkonservative Eduard damals gewettert, und die lassen wir uns nicht nehmen. Teresa stritt sich ständig mit ihm, nahm an Demonstrationen und illegalen Streiks teil und hatte sich mit ehemaligen Arbeitern ihres Vaters angefreundet, die von ihm »ausgebeutet« worden waren, wie sie es nannte. Ganze Wochenenden verbrachte sie bei ihren Freunden, und wenn sie heimkam, gab es wieder Geschrei, denn Eduard löcherte sie mit Fragen, auf die Teresa keine Antwort gab. Seit sie fort war, herrschte zu Hause wenigstens Ruhe.

Nicht etwa, dass Eduard wenig Verständnis gehabt hätte oder unnachgiebig gewesen wäre. Es war nur so, dass Teresa das Kind eines anderen Mannes war, und sosehr er sich auch bemühte, konnte er das nicht vergessen. Er liebte sie einfach nicht und wollte daran auch nichts ändern. An jenem Tag des Rausschmisses stand es Dolors plötzlich glasklar vor Augen. Eigentlich war es schon immer offensichtlich gewesen, doch solange Teresa ihm dafür keinen Grund gegeben hatte, hatte er keinen Vorwand gefunden, um sie aus seinem Leben zu verbannen. An jenem Tag, als er sie hinausgeworfen hatte, war es deshalb ein Leichtes gewesen, diesen Ballast aus der Vergangenheit abzuwerfen, der ihm so schwer auf der Seele lastete.

Mutter und Tochter trafen sich in einem Café. In den zwei Monaten, die sie sich nicht gesehen hatten, war Teresa furchtbar abgemagert. Isst du nicht genug?, fragte Dolors besorgt, hier, nimm das Geld, das ist für dich. Ich will nichts von meinem Vater, entgegnete sie widerborstig. Das Geld ist nicht von ihm, sondern von mir, ich habe es eigenhändig verdient, bitte, nimm es. Teresa hatte zum Glück keine Fragen gestellt und das Geld eingesteckt. Dann verschlang sie im Nu ein dick belegtes Schinkenbrot, es war offensichtlich, dass sie Hunger hatte. Da konnte Dolors nicht mehr anders: Sie brach in Tränen aus, und in jenem Moment begann sie, Eduard zu hassen. Von ganzem Herzen, mit jeder Faser ihres Körpers, mit ihrem ganzen Verstand.

Hass ist ein furchtbares Gefühl. Auf krankhafte Art bindet es uns an den verhassten Menschen, wir wünschen ihn dorthin, wo der Pfeffer wächst, aber vorher soll er noch bitte schön dafür bezahlen, was er uns angetan hat. Hass macht uns zu Gefangenen unserer eigenen Gefühle, wie ein Krebsgeschwür verwandelt er gutartige Zellen in bösartige, die dann unkontrolliert wuchern und alles zerstören, was sich ihnen in den Weg stellt.

Gott sei Dank, die Armausschnitte haben jetzt genau das richtige Maß. Mit einem bisschen Glück hat sie das Vorderteil in zwei, drei Tagen fertig. Jetzt kann sie sich noch ein wenig ausruhen, bis Jofre, Martí und Sandra nach Hause kommen. Bald gibt es Abendessen, es ist gleich neun.

Dolors musste sich immer mehr zusammenreißen, wenn sie Eduard sah. Zweimal hatte sie ihn angefleht, er solle Teresa nach Hause kommen lassen, was er mit einem kategorischen Nein abgelehnt hatte, und beim dritten Mal explodierte er dann: Anscheinend liebst du Teresa mehr als Leonor. Wie das wohl kommt?

Mit dieser boshaften Antwort begann sich der Tumor unkontrolliert auszubreiten. Nie zuvor war Dolors so von etwas überzeugt gewesen wie in dem Moment, als sie sagte: Entweder darf Teresa zurückkommen, oder ich ziehe mit Leonor aus: Die Entscheidung liegt bei dir. Als er das hörte, erschrak Eduard zu Tode. In seinem Stolz als Familienoberhaupt getroffen, zutiefst gedemütigt und besiegt im Kampf für die Bewahrung der althergebrachten Regeln und traditionellen, längst nicht mehr gültigen Werte, hatte sich Eduard immer mehr verhärtet und von der Welt und den Seinen zurückgezogen. Er sah Dolors an, und da wurde ihm bewusst, dass sie sich verändert hatte, dass sie ihm Paroli bieten konnte und, schlimmer noch, dass sie ihn womöglich tatsächlich verließ. Und ohne Dolors war er verloren. Sodass er nach kurzem, betretenem Schweigen nachgegeben hatte. Mit hängenden Schultern war er aus dem Zimmer geschlurft wie ein Mann, der in einem Krieg besiegt worden war, den er selbst angezettelt hatte, und dem am Ende nichts von dem blieb, für das er kämpfen wollte oder das er bereits besessen hatte. Sag Teresa, sie kann zurückkommen, wenn sie will.

Der Ausschnitt

Früher, in den ersten zwölf Jahren ihrer Ehe, hatte Dolors für die Mädchen und sich selbst unheimlich viel gestrickt. Schals, Stulpen, Strümpfe, Handschuhe, Jacken – und vor allem Pullover, dicke kuschelige für den Winter, und leichte aus Baumwolle für den Sommer. Die Winterpullover machte sie immer mit Rollkragen, bei den Pullovern für den Sommer war die Sache hingegen nicht so einfach: Auch wenn die Zeiten sich langsam änderten und es mit der Fabrik abwärtsging, wurde von ihr als Frau eines Direktors doch ein gewisser Anstand erwartet, weshalb sie nicht zu viel Haut zeigen durfte. Bei den Mädchen musste sie zum Glück nicht darauf achten: Den Ausschnitt strickte sie immer so, dass er nicht zu eng anlag, sondern dass sie es schön luftig hatten.

Nachdem sie so viele Jahre nicht mehr für ein junges Mädchen gestrickt hat, muss Dolors nun bei der Lektüre ihrer Strickzeitschrift feststellen, dass sich die Dinge doch sehr geändert haben. Was die jungen Leute heutzutage tragen, kann man fast schon nicht mehr Ausschnitt nennen, so wie es in der Anleitung für den Pullover steht, den sie sich für Sandra ausgesucht hat, ist die Öffnung für den Hals so groß, dass sie fast über die Schultern rutscht.

Aber eben nur fast, darin liegt die Herausforderung, nicht dass ihre Enkelin zur Zielscheibe des Spotts wird. Es geht also darum, kokett die Schultern zu zeigen und auch die Träger von dem BH und dem Top, die sie darunter trägt. Die Glückliche, sagt sich Dolors. In ihrer Jugend hatte sie auf so etwas noch nicht geachtet, weil in ihrem Umfeld niemand freizügig gekleidet war, später aber verspürte sie Neid und Wut, als sie sah, dass bestimmte Frauen mithilfe des Ausschnitts ihre besten Seiten zur Geltung bringen konnten, während sie bis oben hin zugeknöpft oder mit diesen hochgeschlossenen, wohlanständigen Pullovern herumlaufen musste.

Wo willst du in diesem Aufzug hin?!, fragte Eduard, als sie das erste Mal eine Bluse trug, die etwas mehr sehen ließ, als das seiner Meinung nach erlaubt war. Einkaufen, erwiderte Dolors kurz angebunden, während sie ihren Groll hinunterschluckte, um ihn dem Ehemann nicht, in eine Dosis Gift verwandelt, ins Gesicht zu spucken. Darauf war Eduard verstummt, denn Dolors' Stimme duldete keinen weiteren Widerspruch. In diesem Moment verspürte sie nicht übel Lust, auch noch in den durchscheinenden Rock zu schlüpfen, den sie zusammen mit der Bluse gekauft hatte und der in ihrem Schrank hing, weil es ihr zu gewagt erschienen war, beides zusammen anzuziehen.

Eduard hatte ihr nichts mehr vorzuschreiben, noch aber versuchte er es. Er war wie der Schwanz einer Eidechse, der infolge der Reflexe noch zuckte, obwohl er längst abgehackt war. Doch es waren die letzten Zuckungen. Er ahnte bereits, dass Dolors nicht länger auf ihn hören würde, dass ihr Spiel des Gebens und Nehmens im Tausch gegen ihre beidseitige Verschwiegenheit zu Ende war. Dolors war dieses Spiel leid. Jetzt war sie es, die bestimmte, wo es in ihrem Leben langging.

Bitte, Mama, versuch, mich zu verstehen, aber ich werde sicher nicht zurückkommen, solange ich mit Papa unter einem Dach leben muss, versicherte Teresa ihr mit einem traurigen Lächeln, und Dolors wurde es ganz schwer ums Herz, weil sie so darum gekämpft hatte, Eduards Einverständnis zu erlangen. Wie immer las ihre Tochter es ihr vom Gesicht ab und tröstete sie, mach dir keine Sorgen, mir geht es gut, ich habe Arbeit gefunden, mit der ich mein Studium finanzieren kann, und wir beide können zusammen spazieren gehen, wann immer und sooft du willst – nur nach Hause komme ich nicht zurück.

Heutzutage ziehen die Kinder nicht mehr so schnell aus, wie Dolors von Mireia weiß. Nachdem ihre Männer gestorben waren, gingen sie lange Zeit einmal in der Woche miteinander zum Plaudern ins Café. Anfangs hatte ihr früheres Dienstmädchen sie noch gesiezt und mit Senyora Dolors angeredet und war nicht davon abzubringen gewesen, bis Dolors irgendwann so wütend wurde und aus dem Café rauschte mit den Worten: Dann will ich dich nicht wiedersehen, du weißt ja gar nicht, wie schlimm das für mich ist, leb wohl. Damals war Mireia ihr wie ein hartnäckiger Verehrer bis nach Hause gefolgt und hatte an der Tür Sturm geklingelt, sodass Dolors, die noch im Mantel war, schnell öffnete. Es fällt mir unheimlich schwer, Dolors zu dir zu sagen, sagte Mireia lächelnd, aber ich versuch's, das verspreche ich dir.

Von jenem Tag an waren die Freundschaftsbande zwischen den beiden Frauen nicht mehr zu trennen gewesen.

Mireia hat ihr jedenfalls vor kurzem erst erzählt, dass ihre

Enkelin mit beinahe dreißig Jahren noch immer zu Hause wohnt. Na ja … nicht vor kurzem, ein paar Jahre ist das sicher schon her, aber die sind ganz schnell vergangen. Wenn man jung ist, kommt einem ein Jahr unendlich lang vor. Nun schwinden die Jahre jedoch immer schneller dahin, sie sagen kurz Hallo, und schon sind sie wieder weg, wenn man Glück hat, merkt man gerade noch, dass sie sich haben blicken lassen. Es wird einem nur richtig bewusst, wenn man in den Spiegel sieht und sich verwundert fragt, wer ist denn diese runzlige alte Frau?, und es sich herausstellt, dass man das selbst ist.

Wie alt mag Mireia jetzt wohl sein? Achtundsiebzig? Achtzig? Na ja, egal. Jetzt, wo sie beide gesundheitliche Probleme haben, sehen sie sich nicht mehr so häufig, aber gestern hat Mireias Tochter sie mit dem Auto hergebracht. Leonor bringt sie nie irgendwohin. Nicht, dass Dolors Lust hätte, mit ihrer Jüngsten auszugehen, da macht sie sich nichts vor, und sie will sich ja auch nicht beklagen. Wenn jedoch Teresa kommt und es nicht eilig hat, geht sie mit ihr gern ein wenig spazieren. Nur ein kurzes Stück, gerade mal bis zur nächsten Straßenecke und wieder zurück, für mehr reicht ihre Energie leider nicht mehr. Sie sollten nicht viel stehen. Aber laufen Sie, so viel Sie können, hat ihr der Arzt empfohlen. Machen Sie auch immer schön Ihre Spaziergänge?, fragt er sie deshalb jedes Mal bei seinen Hausbesuchen, worauf sie den Kopf auf und ab und dann von einer Seite zur anderen bewegt, damit er sich selber einen Reim drauf macht und sie nicht lügen muss. Meine Schwester geht jeden Sonntag mit ihr spazieren, schaltet sich Leonor dann eilig ein, unter der Woche schafft das meine Familie leider nicht, wir haben alle unheimlich viel zu tun. Dolors sieht es ihm an, dass er mit dieser Antwort nicht zufrieden ist, aber Ihre Gymnastik machen Sie schon, oder? Wie lästig, er lässt aber auch wirklich nicht locker, Bein hoch und runter, beugen und strecken, immer die gleiche Leier, wie Sandra sagen würde.

In der Buchhandlung musste sie immer stehen, sitzen ging nur, wenn die frisch eingetroffene Ware ausgezeichnet werden musste. Doch die meiste Zeit bediente und beriet sie die Kunden. Bücher, Bücher, ein Leben voller Bücher, das war mehr, als sie sich je erhofft hatte. Nachdem Antoni sie kurz eingewiesen hatte, meinte er nur, mach dir keine Sorgen, mit der Zeit wirst du es schon lernen. Doch Dolors machte sich weder Sorgen noch ließ sie sich Zeit: Nach vierzehn Tagen brauchte sie Antoni und die beiden Angestellten fast nichts mehr zu fragen. Wie schnell du alles begriffen hast, sagte er eines Tages anerkennend, alle Achtung, Dolors. Weil ich es gern tue, Antoni, sehr gern. Da schaute er sie plötzlich an wie damals, als sie ihn in seinem Häuschen besuchte, und meinte, sag, möchtest du mir vielleicht mal abends nach Geschäftsschluss bei der Abrechnung helfen? Natürlich nur, wenn du willst …

Nur selten spricht man ganz offen und ehrlich aus, was man in seinem tiefsten Inneren empfindet. Meistens verkleidet man nämlich seine Gefühle mit Worten, die man sich gerade noch zu sagen traut. Die Augen gestehen dem anderen jedoch die Wahrheit. Und Antonis Augen sprachen nicht von den Einnahmen – genauso wenig wie ihre Augen, als sie antwortete: Natürlich helfe ich dir bei der Abrechnung. Gerne sogar. Gleich morgen.

Zwar kann man seine tiefsten Gefühle zu beherrschen oder zu unterdrücken versuchen, doch kann man nicht vor sich selbst weglaufen. Schon der Versuch ist ein Fehler. In den vierzehn Jahren, die zwischen den alten Büchern in seinem Häuschen und denen in der Buchhandlung lagen, war einiges geschehen, Antoni und sie hatten sich verändert, doch der Duft der verbotenen Bücher hatte beide wieder zueinander geführt. Wie viel Zeit haben wir doch verloren …, denkt Dolors nun voller Wehmut, und eine dicke Träne läuft ihr über die Wange. Schnell beißt sie sich auf die Lippen, um nicht auch noch zu seufzen, und kramt dann energisch nach ihrem blütenweißen Taschentuch, das stimmt ja so nicht ganz, Dolors, sagt sie sich streng, Zeit geht einem eigentlich nie verloren, alles ist zu irgendwas gut, alles führt irgendwohin, alles bringt einen im Leben irgendwie weiter.

Auch wenn die jungen Dinger heutzutage sogar im Winter halbnackt herumlaufen, sollte sie ihr einen Rollkragen stricken. Sie will jedenfalls nicht schuld sein, wenn ihre Enkelin sich erkältet, und sie möchte auch nicht, dass Leonor mit ihr schilt, die sich ja anscheinend endlich traut, einiges von dem herauszulassen, was sie denkt, und wenn es noch so töricht ist.

Ah, wenn man vom Teufel spricht – beziehungsweise an ihn denkt wie in ihrem Fall … Dolors erkennt schon am Geräusch der Schlüssel und Schritte, wer gerade nach Hause kommt. In den ersten Wochen in Leonors Wohnung machte sie sich noch einen Spaß daraus, es zu erraten, und gab sich Tag für Tag Punkte, eins zu null, zwei zu null, oh, daneben, zwei zu eins, und so weiter, aber schon bald hörte sie damit auf, da sie stets bei drei zu null landete.

Heute hat Leonor Besuch mitgebracht, es sind die Schritte einer Frau, die ihr ins Wohnzimmer folgt.

»Hallo, Mama, darf ich dir Glòria vorstellen? Glòria, das ist meine Mutter.«

»Guten Abend, Senyora«, sagt die Besucherin, die um einiges jünger ist als Dolors, und gibt ihr die Hand.

Dolors lächelt und gibt ihr ihrerseits die Hand. Vermutlich hat Leonor ihr erzählt, dass Dolors nicht mehr sprechen kann, denn die Frau wirkt überhaupt nicht überrascht. Während sie wieder zu ihrem Strickzeug greift, mustert sie sie verstohlen. Sie ist so was von übertrieben geschminkt, dass sie einem schon fast leidtun kann. Dolors muss ein Lachen unterdrücken. Wie ist Leonor denn zu der gekommen?

Aha, sie ist eine Arbeitskollegin. Die beiden Frauen haben sich wenige Meter von ihr entfernt aufs Sofa gesetzt, sodass sie alles wunderbar hören kann, obwohl sie leise sprechen, weil die alte Oma ja nicht nur stumm, sondern leider auch noch taub ist, wie Leonor Glòria gleich zu verstehen gegeben hat.

Gekränkt und verärgert spitzt Dolors nun erst recht die Ohren. Das gehört sich zwar eigentlich nicht, aber sie kann sich ja nun mal keine Ohrenstöpsel in die Ohren pfriemeln, und außerdem ist das Belauschen der Gespräche um sie herum die einzige Zerstreuung, die sie überhaupt noch hat, jetzt, da sie nicht mehr reden und fast auch nicht mehr spazieren gehen kann. Lieber Gott, verzeih mir, dass ich mir diese kleine Freiheit erlaube, denkt Dolors. Für einen Moment blickt sie hinauf zur Zimmerdecke, um dem Himmel ihre Bitte direkt mitzuteilen, und dann beginnt sie, ganz professionell zu lauschen, indem sie so tut, als würde sie emsig und gedankenverloren stricken, während sie in Wirklichkeit gar nicht auf die Maschen achtet und hinterher mit Sicherheit alles wieder auftrennen muss. Aber das ist es auf jeden Fall wert.

Leonor hat zu sprechen begonnen, allerdings sehr leise, und Dolors muss sich arg konzentrieren.

»Ich fühle mich, als hätte ich eine zweite Chance bekommen. Und dabei dachte ich, in meinem Alter wäre alles schon aus und vorbei.«

»Wie ich's dir gesagt habe. Bei mir war es genauso. Und du kannst mir glauben, es ist für beide von Vorteil: Du bietest ihm die Erfahrung und er dir die Jugend.«

»O ja … mein Gott, was für einen knackigen Hintern er hat … wenn du ihn nackt sehen könntest … er ist echt rattenscharf.«

Verblüfft hält Dolors mitten in der Hinreihe mit dem Stricken inne, während die beiden Frauen nun kichern wie zwei verdorbene Schulmädchen. Reden die beiden etwa vom Sohn des Direktors? Nach Leonors Andeutungen neulich hat Dolors ja bereits geahnt, dass ihre Jüngste eine Affäre mit ihm hat, sie aber so voller Wollust von ihm sprechen zu hören, überrascht sie doch.

»Möchtest du etwas trinken? Cola, Bier, Limonade …?«

»Mineralwasser, wenn's geht, ich muss auf meine Linie achten. Ich komme mit dir in die Küche.«

Leider kann Dolors nun nicht mehr länger verstehen, was sie miteinander reden. Heiliger Strohsack, da hat Leonor ja eine schöne Vertraute gefunden, Dolors kennt sich da aus. Diese Glòria ist der Typ Frau, der feierlich Stillschweigen gelobt, doch sobald sie sich über die Freundin ärgert, deren Geheimnisse dann doch überall herumerzählt, eine richtige Schlange. Aber es hat keinen Zweck, Leonor zu warnen, die Dinge nehmen nun mal ihren Lauf, und außerdem ist für Leonor der Umgang mit solchen Menschen sicher neu, und es wird ihrer Entwicklung guttun, das einmal zu erleben. Sie hat nie eine beste Freundin gehabt oder ist abends mit Kolleginnen noch etwas trinken gegangen, bis heute nicht, denn sie wollte immer vor Jofre zu Hause sein und dort wie eine brave Ehefrau auf ihn warten. Und Jofre kam spät, denn er war in der Schule, oder zumindest behauptete er das, denn in Wirklichkeit war er wohl bei seiner Ich-dich-auch-Mònica, Sandras minderjähriger Schulfreundin, das war so klar wie Kloßbrühe.

Auch als es zum ersten Mal an die Kassenabrechnung ging, war alles klar. Kaum waren die beiden Angestellten gegangen und Antoni hatte den Schlüssel im Türschloss umgedreht, winkte er sie mit einem eindeutigen Lächeln ins Zimmer der verbotenen Bücher, wo er die kleine Lampe anknipste, die in dem winzigen Raum die gleiche Stimmung erzeugte wie einst in seiner bescheidenen Unterkunft neben der Fabrik. Ich wusste, dass ich dich eines Tages wiedersehen würde, murmelte er, und dann schauten sie sich lange schweigend an. Schon ein ganzes Jahr war vergangen, seit sie gemeinsam zu studieren begonnen hatten und Dolors zwei Stunden am Tag in der Buchhandlung aushalf. Ein ganzes Jahr, in dem sie sich unterhalten, angelächelt und einander immer mehr angenähert hatten. Verzeih mir, sagte Dolors schließlich leise, und dieses Mal war sie es, die ihn zuerst zärtlich berührte und küsste. Und dann begann sich die Welt wieder für sie zu drehen, und Dolors fragte sich, wie sie es ohne diesen Mann so lange ausgehalten hatte, an den sie einst ihr Herz verloren hatte.

Man lebt nur einmal, doch leider vergisst man das oft, vor allem, wenn man noch jung ist und die Welt einem den Kopf mit sozialen Normen und sonstigem, scheinbar lebensnotwendigem Unfug vollstopft. Von ihren Philosophen hatte Dolors vor allem gelernt, dass es nicht nur eine Wahrheit gab. Zwei Menschen konnten von ein und derselben Sache sprechen, und doch verstand jeder sie anders. Und so war es nur allzu menschlich, dass man oft sogar da Tragödien sah oder schuf, wo gar keine waren.

Sie hingegen versuchte, ihre eigene herunterzuspielen. Fünf Jahre lang sagte sie niemandem ein Sterbenswörtchen, dass sie bei Antoni arbeitete und studierte, denn hätte Eduard davon erfahren, hätte es zu Hause einen Riesenkrach gegeben, und das war es nicht wert. Ach, was war in diesen Jahren nicht alles passiert: Eduard warf Teresa hinaus, und sie begann, ihn aus Kummer um ihre älteste Tochter zu hassen, und ihr Hass wurde von Tag zu Tag größer. Derweil musste sie mit immer weniger Haushaltsgeld auszukommen versuchen, sodass sie sich schließlich nicht einmal mehr ein Dienstmädchen leisten konnten. Und am Ende des unaufhörlichen Abstiegs bat Eduard eines Tages die Frau, die er immer klein gehalten hatte, in sein häusliches Büro und eröffnete ihr: Wir sind bankrott. Dolors schwieg, denn ihr war klar, dass ihr Mann noch mehr zu sagen hatte. Und tatsächlich fügte er mit zu Boden gesenktem Blick hinzu: Wir haben große Schulden, Dolors, und ich weiß nicht, wie wir die zurückzahlen sollen.

Noch immer sagte Dolors kein Wort, doch sie musste sich nun kräftig auf die Zunge beißen. Nicht, dass die Pleite unerwartet kam, sie hatte sie seit langem kommen sehen, schließlich war sie ja nicht dumm, sie musste nur sehr an sich halten, um nicht laut herauszuschreien, was ihr in diesem Moment auf der Zunge lag: Solange alles gut lief, da hast du so getan, als gäbe es mich nicht, da hast du keinen Gedanken daran verschwendet, dass ich denken, fühlen, eine Meinung haben und dir vielleicht sogar helfen kann. Und jetzt, wo wir am Ende sind, kommst du an und sagst, ich weiß nicht, was wir tun sollen, und schaust mich dabei an, als wär's an mir, die Karre aus dem Dreck zu ziehen. Das ist eine bodenlose Unverschämtheit!

Wie sehr sie ihn in diesem Augenblick hasste. Wortlos machte sie auf dem Absatz kehrt und rannte aus der Wohnung, hinaus an die frische Luft. Es musste etwas geschehen, mit diesem unbändigen Hass in ihrem Herzen konnte sie nicht länger leben. Ich verlasse ihn, sagte sie sich, nur: Was mach ich dann? Und wovon soll ich leben? Sie lief zu Antoni und erzählte ihm alles, was geschehen war, und sie gestand ihm, dass sie ihren Mann von Tag zu Tag mehr hasste. Noch nie zuvor hatten sie über Eduard oder Maria gesprochen, an diesem Tag konnte Dolors jedoch nicht anders, es sprudelte einfach aus ihr heraus. Danach trat eine eigentümliche Stille ein. Bis Antoni zu ihr sagte, er könne seine Familie nicht verlassen, würde sich aber sehr freuen, wenn sie den ganzen Tag bei ihm arbeiten würde, für ein ordentliches Gehalt und mit offiziellem Arbeitsvertrag.

So langsam nimmt der Ausschnitt Form an, während Dolors überlegt, dass ihr der Gedanke nie gekommen war, Antoni könne für sie seine Frau und Kinder verlassen. Er war nervös gewesen, bevor er ihr das sagte, so als wüsste er nicht genau, wie er es anstellen sollte, um sie nicht zu kränken. Und das hatte sie wirklich überrascht, weil sie immer gedacht hatte, er wisse längst, dass ein Zusammenleben für sie nicht in Betracht kam, dass die Familie eine Sache war, das, was sie beide verband, jedoch eine völlig andere.

Ihre Liebe war doch frei von allen Konventionen, sie beide brauchten nur das Zimmer der verbotenen Bücher, ihre ureigene Welt, etwas anderes hätte ihr nur ein Ende bereitet!

Der Ausschnitt nimmt wirklich Form an, doch es sieht nicht gut aus, wäre sie bloß nicht der Strickanleitung gefolgt, für einen Winterpullover ist er viel zu weit, das muss sie wieder auftrennen. Das ist einfach nicht schön, Sandra, Liebes, verstehst du? Dolors schüttelt energisch den Kopf, nein, der Ausschnitt kann nicht so bleiben, tut mir leid, Sandra, das sieht nicht gut aus, hast du wirklich einen so schlechten Geschmack? Und dann muss sie plötzlich kichern: Was macht sie denn da? Sie tut ja so, als müsste sie mit Sandra diskutieren, als würde ihre Enkelin zu ihr sagen, Oma, bitte, bitte, lass es so, so ein Ausschnitt ist gerade todschick. Dabei weiß sie nicht einmal etwas von dem Pullover, er wird doch eine Überraschung für sie!

In diesem Moment kommen die beiden Frauen kichernd aus der Küche zurück. Schnell beugt sich Dolors wieder über ihre Strickarbeit, doch aus den Augenwinkeln sieht sie noch, wie Leonor ihre Bluse ein Stück hochstreift, um Glòria ihr Piercing zu zeigen.

»Schau, hier ist es. Und ich kann dir sagen, damit fühle ich mich wieder wie eine Siebzehnjährige.«

»So eine Einstellung lob ich mir, Schätzchen, und im Übrigen steht es dir verdammt gut.«

»Ja, das finde ich auch. Anfangs hat es sich ja ein bisschen entzündet, da hab ich mir echt Sorgen gemacht. Ich konnte ja niemandem was sagen, wer weiß, was Jofre denkt, wenn er's sieht. Ich hatte schon Angst, dass ich es wieder rausnehmen muss, aber die im Studio meinten, mit ein bisschen Alkohol verheilt das schnell.«

»Also, soweit ich das sehen kann, ist jetzt alles in Ordnung.«

»Ja, und darüber bin ich sehr froh. Er steht nämlich voll darauf. Und weißt du, was? Er läuft ja immer mit Anzug und Krawatte herum, deshalb wirkt er, als wäre er zu so etwas nie im Leben fähig … Er hat auch eins, an einer ganz bestimmten Stelle, ganz vorne.«

Da prusten die beiden wieder los und lachen, dass ihnen die Tränen kommen. Also wirklich, Leonor, ich bin zwar kein Mann, aber schon allein beim Gedanken daran … Dolors schaudert es am ganzen Körper, wenn sie nur daran denkt, wo der Sohn von Leonors Chef sein Piercing haben soll – und plötzlich überkommt sie Sehnsucht nach jenen Jahren, die so lange schon zurückliegen, den Stunden im geheimen Bücherzimmer mit Antoni … Und ihr kommt es sogar so vor, als würde ihr ein wenig heiß, na, das ist ja ein guter Witz, in ihrem Alter, Dolors kichert, doch zum Glück merken es Leonor und ihre neue Freundin nicht, sie lachen sich noch immer tot über die Sache mit dem Ring.

Antoni hatte so etwas nicht gebraucht, er musste sie nur ansehen, und schon wurde ihr heiß. Die Kammer der verbotenen Bücher war der beste Ort, um ihre Leidenschaft ungehemmt ausleben zu können; wo zwei Seelen eins werden, gesteht man einander gewisse Freiheiten zu, die man sonst niemandem erlaubt. Und nach Jahren dieses Liebesrauschs hatte Dolors Antoni nun also von Eduards finanziellem Ruin und ihrem Hass auf ihn erzählt, und Antoni hatte ihr vorgeschlagen, ganztags bei ihm zu arbeiten.

Ich habe Arbeit gefunden, verkündete Dolors ihrem Mann tags darauf. Er schreckte hoch. Du hast Arbeit gefunden? *Du*? Aber du hast doch nichts … Eduard sprach den Satz nicht zu Ende, doch Dolors wusste, was er sagen wollte: Aber du hast doch nichts gelernt! Obwohl er bereits am Boden lag, kam dieser Mann ihr so, offenbar verlor man seinen Stolz wirklich erst ganz am Schluss. Und anscheinend konnte man auch eine Ewigkeit an der Seite eines Menschen leben, ohne ihn zu kennen. Da fand Dolors es endlich an der Zeit, sich einmal selbst zu loben, und sagte frei heraus: Ich hab nichts gelernt?! Da täuschst du dich gewaltig: In den letzten Jahren habe ich Philosophie und Literatur studiert und vor einem Jahr meinen Abschluss gemacht.

Eduards Gesicht sprach Bände. Überraschung lag darin, gepaart mit tiefem Schmerz. Dass sie studiert und wie er ein Diplom in der Tasche hatte, dass sie ihm womöglich geistig ebenbürtig oder ihm an Intelligenz sogar überlegen war, musste ihn in seiner Eitelkeit zutiefst kränken. Dolors empfand in diesem Augenblick allerdings nur hämische Schadenfreude, was ihr bewusst machte, wie sehr sie ihn inzwischen hasste, so sehr, dass ihre Gefühle ihm gegenüber ihr langsam Angst machten. Donnerwetter!, rief Eduard schließlich, weil er wohl irgendetwas sagen musste, du hast also eine Anstellung als Lehrerin gefunden.

Als Mireia sie neulich besuchen kam, humpelte sie doch schon sehr. Was für ein Glück du hast: Deine Tochter ist wirklich aufmerksam und einfühlsam, denkt Dolors nun, und ihre Gesichtszüge werden dabei ganz weich, sie behauptete, im Viertel ein paar Besorgungen machen zu müssen, und ließ sie beide allein. Mireia ist schwerhörig, und Dolors kann nicht sprechen. Jeder Außenstehende hätte sich gefragt, was das wohl für eine spannende Unterhaltung werden würde. Doch ihnen blieb ja noch das Gespräch der

Augen. Und mit Mireia ging das sehr gut. So wie Teresa oder früher Antoni und nun auch Martí sie mit einem einzigen Blick verstehen. Du siehst gut aus, hatte sie ihr mit leuchtenden Augen zugeschrien, und mit Gesten hatte Dolors erwidert, du auch.

Mireia, ich habe Antoni wieder getroffen. Es geht schon eine ganze Weile … Das hatte sie ihr vor vielen Jahren gebeichtet und mit angehaltenem Atem auf die Reaktion ihres ehemaligen Dienstmädchens gewartet, die schon vor ihrer Hochzeit ihre engste Vertraute gewesen war. Die glücklich verheiratete Mireia, für die ihr Mann ihr Ein und Alles war, hatte einen Augenblick geschwiegen, dann gelächelt und schließlich gesagt: Das freut mich sehr für dich, Dolors, das freut mich von ganzem Herzen.

Damals hatten sie über alles gesprochen. Jetzt war das nicht mehr nötig, jetzt verstanden sie sich auch ohne Worte und Gebärden, sie schauten sich nur an und dachten beide das Gleiche: Alles vergeht, nur unsere vielsagenden Blicke und die Freundschaftsbande bleiben bestehen.

Viele Worte musste Dolors allerdings bei Eduard machen, damit er verstand. Sie saßen in der Küche beim Frühstück, und Eduard war wie erstarrt. Nein, ich werde nicht unterrichten, erklärte Dolors, ich werde in einer Buchhandlung arbeiten, und tischte ihm dann die Geschichte auf, die sie sich schon seit langem zurechtgelegt hatte. Bei der Abschlussprüfung habe ich Antoni wiedergetroffen … Du erinnerst dich an Antoni, nicht wahr? Den aus der Fabrik … Sie sagte nicht, Teresas Vater, doch sie dachten es natürlich beide. Eduard nickte nur, unfähig, auch nur ein Wort von sich zu geben, denn dass nun Antoni ins Spiel kam, erfüllte ihn wohl mit eisigem Schrecken.

Er hat eine Buchhandlung, fuhr Dolors erbarmungslos fort, und mir damals gesagt, wenn ich je Interesse daran hätte, würde er sich über jemanden wie mich als Unterstützung sehr freuen. Die Buchhandlung ist groß, und es gibt noch zwei weitere Angestellte. Und er zahlt mir ein gutes Gehalt. Sicher wird uns das eine große Hilfe sein, meinst du nicht auch? Und Eduard nickte, aber ohne jede Überzeugung, man sah ihm an, dass er völlig durcheinander war. Also abgemacht, hatte Dolors da nur ungerührt gesagt und entschlossen die Küche verlassen, ich gehe gleich los, um den Vertrag zu unterschreiben. Und am Montag fange ich an.

Auch wenn die Liebe zwischen Dolors und Antoni im Grunde die gleiche war, so unterschied sich ihre erste Beziehung von der zweiten doch sehr. War sie einst noch ein unschuldiges, sexuell und in Gefühlsdingen unerfahrenes Mädchen gewesen, so erlebte diese zweite Liebe nun eine reife Frau, die enttäuscht worden war und sich nichts mehr vormachte und doch immer noch eine Tür offen hielt, damit frischer Wind in ihr Leben kommen konnte. Für mich bist du jetzt noch viel schöner als früher. Dolors glaubte Antoni zwar kein Wort, doch dankte sie ihm lächelnd für das Kompliment. Wahrscheinlich leiden deine Augen schon an Alterssichtigkeit, spottete sie dann, worauf beide lachten, und danach schliefen sie noch einmal miteinander, denn ihr Leben, ihr ganzes Leben spielte sich nur in diesem kleinen Reich der verbotenen Bücher ab, der heißgeliebten, alten Bücher.

Alt sind sie nun beide, doch Dolors hat sich besser gehalten als Mireia. Deine Freundin ist ja schon ziemlich tatterig, Oma, hat Martí ihr am Abend von Mireias Besuch erklärt, im Vergleich zu ihr geht's dir noch prächtig. Na sicher, sonst noch was!, du nimmst mich wohl auf den Arm!, hätte Dolors ihm da liebend gern gesagt, doch ihre Grimasse reichte Martí schon, ja, ich weiß, Oma, du kannst nicht mehr sprechen, und das Bein tut dir auch weh, aber das geht vorbei, der Arzt hat dir ja gesagt, dass du bald wieder ganz die Alte sein wirst. Aber deine Freundin ... Ich weiß ja nicht, die sieht wirklich schon sehr alt und hinfällig aus. Da hob Dolors nur tadelnd die Augenbrauen, mein Junge, es ist nicht das Gleiche, ob man in seinem Leben gedient oder befohlen hat, und Martí verstand. Eine gnädige Frau hat es immer leichter als ein Dienstmädchen, oder eine Haushaltshilfe, wie das ja heutzutage heißt, zumindest haben Dolors' Töchter Fuensanta immer so betitelt.

Auch Fuensanta hat sie schon ein paarmal besucht. Leonor und Teresa bemühen sich, eine neue Arbeitsstelle für sie zu finden, denn die Arme steht nun ohne alles da, und ihr einziger Sohn verdient nicht einmal genug für seinen eigenen Lebensunterhalt. Wenn sie kommt, setzt sie sich zu Dolors und heult. Die Frau kann nichts anderes als heulen, und dann wischt sie sich die Tränen ab und schluchzt, ach, Senyora Dolors, wie furchtbar leid Sie mir tun, wo Sie doch so gern geredet haben und immer viel auf den Beinen waren, entschuldigen Sie, dass ich weine, aber ich kann nicht anders, es bricht mir das Herz, Sie jetzt stumm den ganzen Tag hier im Sessel sitzen zu sehen. Wenn ich Ihnen irgendwie helfen kann, dann sagen Sie es, ich komme sofort, wann und wofür auch immer. Dolors schüttelt langsam den Kopf, nur um sie nicht zu verletzen, doch am liebsten würde sie laut schreien: Nichts da, verschwinden Sie, ich habe genug von Ihnen! Mein Gott, was für eine Klette, anscheinend können Sie nichts anderes, als anderen Leuten hinterherzuspionieren! Dolors seufzt. Ja, ja, natürlich schätzt Fuensanta sie sehr und heult deshalb, aber jemanden zu schätzen ist nicht alles, und so viel untertänige Beflissenheit geht ihr einfach schrecklich auf die Nerven.

Von heute auf morgen war Eduard nämlich zum beflissensten Menschen der Welt geworden. Wahrscheinlich dachte er, ich habe meine Frau verloren, weil ich mit meiner ach so wichtigen Arbeit als Fabrikdirektor und meinen ungeheuer bedeutenden Papieren ständig in höheren Gefilden schwebte, während sie sich ein eigenes Leben aufgebaut hat, zu dem ich keinen Zugang habe. Und tatsächlich war in diesem Leben kein Platz für ihn, und wenn er Dolors auch manchmal leidtat, so vertiefte sich ihr Hass auf ihn dennoch stetig, je eifriger er ihr zu Diensten war. Von dem Wunsch besessen, eine Frau zurückzugewinnen, die er im Grunde nie besessen hatte, kam Eduard schließlich sogar in die Küche, um zu spülen und den Boden zu fegen, in den langen Stunden, die er untätig zu Hause verbrachte, versuchte er, sich einfach überall nützlich zu machen oder zumindest so zu tun. Was für eine Manie, irgendwie immer nützlich sein zu wollen, aber wahrscheinlich hält einen genau das am Leben. Und es gab sicher Schlimmeres, als vom Ingenieur zum Dienstmädchen abzusteigen, wie das bei Eduard der Fall war.

Obwohl Winter ist, hat Sandra gestern einen Pulli mit einem tiefen Ausschnitt getragen, aber Dolors hat nun endgültig entschieden, dass ihr Pullover einen Rollkragen bekommt, damit sich ihre Enkelin nicht erkältet. Es ist schon seltsam, in ihrer Sturm-und-Drang-Zeit hatte sie keinen Gedanken daran verschwendet, ob sie sich erkälten könnte oder nicht ... Dazu muss man wohl erst Großmutter oder Mutter werden, obwohl sie den Eindruck hat, dass Leonor neuerdings das Handtuch geworfen hat, was die Kleidung ihrer Tochter angeht. Scheinbar weiß sie nicht recht, wie sie die Sache angehen soll, und sie hat es ja auch versucht, wenn auch vergebens. Mit so einem Fähnchen gehst du mir nicht aus dem Haus! Es ist Winter, Sandra, da läuft man nicht halbnackt herum! Worauf Sandra logischerweise wie ein typischer Teenager reagiert: Das trägt man jetzt aber so, Mama! »Das trägt man jetzt aber so« heißt, dass es gerade groß in Mode ist, weshalb Leonor natürlich wie die typische besorgte Mutter antwortet: Und eine dicke Erkältung ist wohl auch gerade in Mode, oder was? Zum Glück für beide hat sich dann Martí eingemischt. Wenn er da ist, verteidigt er seine kleine Schwester immer: Reg dich ab, Mama, draußen zieht Sandra selbstverständlich etwas Dickes drüber, stimmt's, Schwesterlein? Das Schwesterlein haucht ein leises Ja, und Leonor klingt einigermaßen zufrieden, als sie murmelt, das hoffe ich!

Es ist wirklich ein Glück, dass es Martí gibt. Er ist der einzig Vernünftige in dieser Familie, der Schlichter jeden Streits und derjenige, auf dessen Rat sie alle hören, wenn es was zu entscheiden gibt. Wie sie wohl drauf reagieren werden, wenn sie erfahren, dass er homosexuell ist? Dolors kichert. Aus allen Wolken werden sie fallen, vor allem Jofre. Zwar unterstützt er ausdrücklich das Bestreben der Homosexuellen, ihre Gleichberechtigung auf allen Ebenen durchzusetzen, doch auf das Gesicht, das er machen wird, wenn er erfährt, dass er selbst einen zu Hause hat, freut sich Dolors schon jetzt. Immer auf der Hut, dass seine Schwiegermutter es ja nicht hört, zieht er seit Jahren über Teresa her und bezeichnet sie als Mannweib, die nur zur Parteisprecherin gewählt worden sei, weil sie ihren Mund nicht halten könne. Ach ja, wie sich die Dinge ändern, früher hatten Jofre und Teresa in einer Bar eine nach der anderen geraucht und stundenlang über Sartre, Freud und Spaniens junge Demokratie diskutiert, und Leonor war schweigend danebengestanden und hatte später Teresa angekeift, dass Jofre ihr Freund sei und sie ihn gefälligst nicht so in Beschlag nehmen solle. Wie ein kleines Mädchen hatte sie dabei die Arme verschränkt und geschmollt, sodass Dolors besorgt nach dem Grund ihres Streits fragte. Da fing Teresa nur an zu lachen, nichts, Jofre und ich haben uns nur angeregt unterhalten, weil er sich dafür interessiert, was wir mit unserer Partei so alles auf die Beine stellen, und da ist die dumme Gans halt eifersüchtig geworden.

Und nun schau sie einer an, erst dicke Freunde und jetzt so zerstritten. Es gibt verschiedene Wege, sich zu entwickeln, doch man kann nicht behaupten, dass sich in der Hinsicht bei Jofre in all den Jahren viel getan hat. Auch wenn er das natürlich glaubt, aber seine Eroberung der siebzehnjährigen Mònica – sie ist siebzehn, Sandra hat es neulich erwähnt – spricht Bände. Nach wie vor kann Dolors das nicht fassen, denn das Mädchen ist schon seit Ewigkeiten mit Sandra befreundet, seit ihrer Kindheit sind die beiden unzertrennlich, und manchmal besuchten sie sie sogar in Dolors' Wohnung, und wenn Dolors bei Leonor anrief, sagte Sandra oft, meine Freundin ist zum Spielen da. Jofre war für diese Mònica also immer der Vater ihrer Freundin Sandra gewesen.

Manches Mal war sie in blütenweißen, glattgebügelten Volantröcken erschienen, denn ihre Mutter hatte sie liebend gern festlich herausgeputzt. Und nun schau sie einer an, mit ihrem adrett geschminkten Gesichtchen einer Barbie, wie Sandra nie eine hatte. Wie er sie wohl verführt hat? Jofre-der-Vater-ihrer-Freundin, der wahrlich keinen Respekt mehr verdient? Dolors stellt sich vor, wie sie sich zufällig in einem Geschäft begegnet sind, ah, hallo Mònica, wie geht es dir?, und Mònica antwortete, danke, gut, was kaufen Sie gerade ein? Schrauben, ach, das ist ja interessant, ich kaufe Muttern. Wollen wir uns nicht duzen, Mònica? Bitte, sonst fühle ich mich gleich steinalt, oder wirke ich etwa so auf dich? Da hat Mònica sich bestimmt in Positur geworfen, kokett ihre Lippen befeuchtet, alles im Scherz natürlich, und gehaucht: Nein, wie kommst du darauf? Du siehst noch verdammt gut aus, ehrlich.

Was wirklich allmählich gut aussieht, das ist der Ansatz für den Rollkragen, den sie anstrickt, wenn sie das Rückenteil fertig hat … Wo war sie noch gleich mit ihren Gedanken? … Ach ja, bei Jofre und seinen Schrauben. Gewiss hat er dann Mònica auf einen Drink eingeladen, und sie haben sich in eine Bar gesetzt, und dort wird Mònica Jofre zum ersten Mal mit anderen Augen gesehen haben. Denn irgendwann auf dem Weg zum Erwachsensein entdeckt man plötzlich, dass die unsichtbare Schranke zwischen einem selbst und den Erwachsenen gar nicht existiert und man womöglich viel mehr Macht besitzt als die Menschen, denen man bis vor kurzem noch gehorchen musste. Dolors war das so mit den Nonnen ergangen, im letzten Jahr vor dem Abitur, dabei waren sie bis dahin für sie die Hüterinnen der absoluten Wahrheit gewesen.

Eduard hatte sich in jenen Jahren allerdings genau in die andere Richtung entwickelt, er wurde vom Mann zum

Kind. Hatte er seine Frau früher links liegen gelassen, so betete er Dolors nun an wie eine Göttin und ihrerseits Hüterin der absoluten Wahrheit, so wie sie selbst früher die Nonnen bewundert hatte. Und das nährte ihren Hass nur noch mehr. Irgendwann musste die Fabrik dann schließen, und Eduard tat fortan nicht anderes mehr, als zu fegen, zu spülen, zu putzen, Betten zu machen. Nun war er vollkommen zu ihrem Dienstmädchen beziehungsweise ihrer Haushaltshilfe geworden. Seinen Stolz hatte er gänzlich verloren, und ein Mann, der keinen Stolz mehr hat, ist einfach ein Nichts. Und Eduard war am Ende, mutlos und zutiefst deprimiert.

Dolors lief die Galle über, und sie beschloss, dass sie so nicht mehr weiterleben konnten und etwas geschehen musste. Verlassen konnte sie ihn nicht, denn das hätte ihn dazu verdammt, betteln gehen zu müssen. Also blieb ihr nur eine Lösung. Der Gedanke kam ihr eines Tages, doch sie verwarf ihn gleich wieder, nicht mit Entsetzen, wohl aber mit einem gewissen Grausen. Als er ihr das zweite Mal kam, fand sie ihn schon gar nicht mehr so töricht. Und beim dritten Mal erschien er ihr sogar gut. Also dann, hatte sie geseufzt, packen wir es an, Dolors. Es gab viel zu tun, doch eines war klar. Um die Sache in Ordnung zu bringen und auch um Eduard einen Gefallen zu tun, gab es nur einen einzigen Weg: Er musste sterben.

Die Schulterpartie

»Ich bin schwul.«

Die Einzige, die nach diesem Geständnis weiterisst, ist Dolors, während Sandra einen Hustenanfall vortäuscht und sich die Serviette vor den Mund hält. Leonor wirkt auf einmal wieder völlig hilflos und eingeschüchtert und wirft ihrem Gatten einen ängstlichen Blick zu. Und was tut Jofre? Er sitzt da und starrt Martí wie hypnotisiert an. Dolors fühlt sich unwohl, als Einzige zu essen, und legt ihre Gabel schließlich doch zur Seite. Bedächtig streicht Martí mit einer Hand über die Tischdecke und hält dem Blick seines Vaters ruhig stand.

»Ich werde mit Dani zusammenziehen. Deshalb erzähle ich's euch. Ich wollte, dass ihr wisst, warum. So etwas Wichtiges möchte ich schließlich nicht vor euch verheimlichen. Und außerdem habt ihr ja auch kein Problem mit dem Schwulsein, ihr seid ja verständnisvolle Eltern.«

Bravo, Martí, Dolors lächelt innerlich, was für ein wundervoller Schachzug, damit hast du Jofre in eine schöne Zwickmühle gebracht, jetzt hat dein Vater keine andere Wahl, als sich aufgeklärt und tolerant zu zeigen, wenn er eine gute Figur abgeben und der moderne Vater sein will, der er immer zu sein behauptet. Leonor und Sandra schweigen noch immer, aber Sandra nimmt nun wenigstens wieder die Gabel in die Hand und steckt sich ein Stück Fleisch in den Mund. Ausgerechnet die magersüchtige Sandra ist jetzt die Erste, die wieder isst. Da greift auch Dolors zu ihrem Besteck, denn sie hat großen Hunger. Leonor bricht schließlich das Eis.

»Und wovon willst du leben?«

Nicht schlecht: Ihre Tochter macht einen großen Bogen um das eigentliche Thema, und Martí nutzt die Gelegenheit, um aus der verfänglichen Situation herauszukommen.

»Och, da mach dir mal keine Sorgen. Ich arbeite schon seit einer Weile für Dani und noch ein paar andere Musiker. Es gibt nur wenige Computerexperten, die sich auf Musik spezialisiert haben. Ich verdiene also ganz gut. Und nebenher studiere ich natürlich weiter.«

Martí ist sich seiner Sache sicher, er weiß genau, wie er es seiner Familie beibringen muss, und Jofre wagt keinen Kommentar. Also ist es wieder Leonor, die fragt:

»Willst du dir das nicht erst noch mal überlegen? Du bist doch noch so jung …«

Aha, noch ein Themenwechsel, allerdings ist dieser Dreh schon erheblich delikater. Martís Antwort aber ist genauso durchdacht wie die vorherige.

»Irgendwann muss man damit anfangen, eigene Erfahrungen zu sammeln, Mama.«

Jofre sagt immer noch kein Wort. Immerhin nimmt er jetzt die Gabel und isst ebenfalls weiter. Martí gibt sich mit dieser feigen Haltung seines Vaters jedoch nicht zufrieden.

»Und du willst gar nichts dazu sagen?«, fragt er ihn nun geradeheraus.

Die Spannung ist nun auf dem Höhepunkt. Jofre schaut

langsam von seinem Teller auf. Genauso muss er es an dem Tag gemacht haben, als er Mònica zu einem Drink eingeladen hat, denkt Dolors und spinnt für sich die Szene weiter. Er hat von seinem Glas Cola aufgeschaut und zu ihr gesagt, du bist ganz schön groß geworden, Mädchen. Und das auf eine Art, die ihr sicher gefallen hat, und bestimmt hat sie ihm ihrerseits mit einem Kompliment geantwortet, das Männern wie Jofre den Sabber aus dem Mund laufen lässt. So etwas wie: Und dir sieht man dein Alter gar nicht an. Im Gegensatz zu diesen Grünschnäbeln bei mir in der Schule bist du so viel reifer und erfahrener, das finde ich echt toll. Vermutlich hat das durchtriebene Gör dabei noch ein bisschen an ihrem Ausschnitt herumgezupft, Mònica hat einen schönen Busen und weiß ihn gut in Szene zu setzen, Sandra versucht das ja auch, aber sie hat leider nicht so viel vorzuweisen. Und so muss in Gang gekommen sein, was bei jedem Mann passiert, wenn eine Frau ihre weiblichen Reize spielen lässt, und erst recht bei einem wie Jofre, der sämtliche Schwächen der Männer hat, aber keine einzige ihrer starken Seiten. Dolors ruft sich zur Ordnung, na ja, gut, irgendeine wird er sicher haben, jeder hat irgendeine gute Eigenschaft, auch wenn er einem selbst unsympathisch ist. Doch in Jofres Fall muss die sehr gut verborgen sein, Dolors hat sie in all den Jahren jedenfalls noch nicht entdeckt.

Auch Eduards Qualitäten blieben samt und sonders gut verborgen. Ihn zu töten war der einzig mögliche Weg. Doch während sie hin und her überlegte, wurde Dolors bewusst, dass sie darüber nicht einmal mit Antoni sprechen konnte, denn er würde es auf keinen Fall verstehen. Vielleicht mit Mireia … aber es war besser, kein Risiko einzugehen. Es ist nun wirklich zu viel verlangt, wenn jemand dafür Verständnis haben soll, dass es für einen Menschen und sein Umfeld das Beste ist, wenn man ihn aus dem Weg räumt. Wenn man geschnappt und einem der Prozess gemacht wird, ob mit mildernden Umständen oder ohne, dann geht man für etliche Jahre ins Gefängnis. Und Dolors hatte nicht die geringste Lust, ihr halbes Leben im Zuchthaus zu verbringen, die Vorstellung behagte ihr gar nicht. Und deshalb musste sie das perfekte Verbrechen begehen. Eduards Tod durfte nicht im Entferntesten nach einem Mord aussehen.

Sie sah ihm beim Fegen zu und hatte nun, neben Hass und Mitleid, zumindest die Aussicht auf konstruktivere Gedanken. Sie hatte keine Eile, sie musste alles bis ins Kleinste vorbereiten, es musste nach einem natürlichen Tod oder einem Unfall aussehen. Das war eine Herausforderung für Dolors, und während sie noch grübelte und tausend Einfälle hin und her wendete, die sie letztlich doch nicht überzeugten, stellte sie fest, dass sie mit ihrem Leben eigentlich ganz zufrieden sein konnte. Sie hatte Antoni, sie hatte eine Arbeit, die ihr gefiel, und nun außerdem noch die Gelegenheit, ihre Intelligenz auf die Probe zu stellen.

Mit dem Vorderteil ist sie jetzt bald fertig, nur noch ein paar Reihen, und sie kann abketten. Gestern erst hat sie das Gestrickte hochgehoben und sich noch mal genau angesehen. Der Pullover wird wirklich schön, alle – außer Sandra natürlich – loben sie, wenn du mit dem fertig bist, Oma, sagen sie, dann strickst du auch einen für mich, nicht wahr? Alle sagen das Gleiche, als hätten sie sich abgesprochen. Und Dolors nickt lächelnd, denkt aber insgeheim, da kannst du lange darauf warten. Nur für Martí wird sie noch einen machen. Denn Martí ist eben Martí, und er hat das Kätzchen in seinem Computer, obwohl jetzt …

Dolors erschrickt und lässt ihre Gabel laut klappernd auf den Teller fallen. Das kommt den anderen wie gerufen, um das peinliche Schweigen zu brechen. Sogar Jofre, der sich vermutlich der Verpflichtung entziehen will, Martí darauf zu antworten, was er von seiner sexuellen Neigung hält.

»Geht's dir nicht gut, Oma?«

Dolors hat wohl ein so betretenes Gesicht gemacht, dass ihre Familie wer weiß was denken muss. Vielleicht glauben sie ja, dass Martís sexuelle Orientierung sie empört. Zum Glück weiß ihr Enkel, dass dem nicht so ist. Schnell schüttelt Dolors den Kopf und lächelt, um die Aufmerksamkeit wieder von sich abzulenken.

Dabei ist ihr etwas furchtbar Wichtiges eingefallen. Was wird aus Fèlix? Nimmt Martí das Kätzchen mit? Dann kann sie es ja gar nicht mehr sehen und mit dieser Maus verfolgen, genau umgekehrt wie in der Wirklichkeit. Also wirklich, Dolors, schimpft sie ein bisschen mit sich selbst, es hat dich ja richtig gepackt, computersüchtig nennt man das wohl heutzutage, wie kann sie sich bloß den Kopf über solch ein Tierchen zerbrechen! Anscheinend wird man im Alter oberflächlich, aber es ist eine Tatsache, dass Dolors sich um die Katze sorgt. Doch ihre Unruhe findet ein schnelles Ende, denn wie gewöhnlich erahnt Martí, was die plötzlich so traurige Miene seiner Großmutter zu bedeuten hat.

»Meinen Computer lass ich übrigens erst mal da. Dani hat einen sehr guten Rechner. Später sehen wir dann weiter.«

Fèlix bleibt ihr erhalten, Gott sei Dank. Gestern erst hat sie wieder mit ihm gespielt, aber Oma, willst du denn wirklich nichts anderes lernen, wollte Martí wissen, worauf Dolors nur den Kopf schüttelte. Schau mal, fuhr er fort, da sind noch mehr Katzen. Martí wollte nach der Maus greifen, doch Dolors zierte sich zunächst. Nun hab dich nicht so, ich zeig's dir nur, und wenn es dir nicht gefällt, kehren wir zu deinem Fèlix zurück, keine Sorge, der läuft nicht weg. Martí zog sich einen Stuhl heran, und dann veranstaltete er mit der Tastatur und der Maus auf dem Bildschirm ein wahres Spektakel, mit Zaubertricks, einer Menge Buchstaben und dem Wort Katze, das er schrieb und das irgendwie das Innenleben dieses Apparates ansteckte. Denn offenbar gibt es darin ja Leben. Noch ein Taschenspielertrick, und gleich darauf erschienen Katzen über Katzen, auf vielen kleinen Fotos. So, Oma, jetzt musst du mir nur sagen, welche dir gefällt, und dann mache ich sie dir groß. Dolors schmollte, sie war nicht in der Stimmung, dass ihr auch nur eine davon hätte gefallen können. Ach, Oma, meinte ihr Enkel, gib ihnen eine Chance, da sind doch ein paar richtig possierliche dabei … schau, die hier zum Beispiel. »Die hier« war eine weiße Katze, die auf Martís Befehl hin den ganzen Bildschirm einnahm. Sie starrte Dolors an und leckte sich die Schnurrhaare, als wollte sie sie gleich fressen.

Wozu haben wir all die Philosophen, wenn es am Ende so aussieht. Wozu sind all die Reden gut, die vielen philosophischen Gedankengebäude, wenn man letzten Endes auf Knopfdruck eine Katze dazu bringen kann, dass sie einen anschaut und sich die Schnurrhaare leckt.

Diese Katze will ich nicht!, hätte sie am liebsten aufgeschrien, ich mag nicht, wie sie mich anschaut und sich die Schnurrhaare leckt. Dolors verschränkte die Arme und schmollte wie ein verwöhntes Gör. Martí sah sie an und lachte, schon gut, Oma, ich hole dir dein Lieblingstierchen zurück, ich sehe schon, meine Experimente überzeugen dich nicht. Klick, klick, und dann war Fèlix wieder da, ihr kleines Kätzchen, das sich von ihr nicht fangen lässt, sosehr ihre runzligen Hände es mit der Maus auch jagen: Immer taucht es in einer anderen Ecke des Bildschirms wieder auf und verschwindet, sobald sie sich ihm nähert.

Was den Computer angeht, fühlt sie sich, offen gesagt, arg beschränkt. Aber sie will es ja eigentlich auch nicht lernen. Anfangs hatte sie schon Lust, doch sobald ihr Fèlix begegnet war, wollte sie nicht mehr. Warum sie sich weigert zu lernen, wie man diese kleine Welt voller Überraschungen bedient, weiß sie nicht genau. Offenbar streikt ihr Verstand. Genug, ich will es nicht.

Doch beschränkt ist sie nur, was den Computer angeht, und sie findet es merkwürdig, in den Augen der anderen in allem als beschränkt zu gelten. Wenn die wüssten, dass sie das perfekte Verbrechen begangen hat. Die richtige Methode zu finden war gar nicht so leicht. Aber Geduld und Intelligenz gehören zusammen, das sagt sie ja immer, ohne Geduld kommt man nicht weit. Einen Menschen, der intelligent, aber nicht geduldig ist, gibt es nicht. Bestenfalls ist er ein opportunistischer Schlaumeier, mehr nicht. Und Eduard war nicht einmal das.

Ihn vom Balkon zu schubsen kam nicht in Frage. Vergiften, erschießen oder erstechen ebenso wenig. All das würde sie früher oder später ins Zuchthaus bringen. Und das Auto? Sie konnte einen Unfall vortäuschen … Das gefiel ihr schon besser, sie brauchte nur darüber nachzudenken, wie man die Bremsen blockieren könnte. Das war gut, ja, doch es hatte den Nachteil, dass immer festgestellt wird, wenn jemand seine Hände im Spiel hatte, und dass es nicht den sicheren Tod bedeutete, sondern durchaus die Möglichkeit bestand, dass er querschnittsgelähmt überlebte. Und das hätte Dolors gerade noch gefehlt.

Woran denkst du?, fragte Antoni sie oft, während sie mit dem Mund Ringe aus Rauch formte. Dieses Laster hatte sie Antoni zu verdanken. Zunächst rauchte sie allerdings nur, nachdem sie miteinander geschlafen hatten, erst später rauchte sie, wenn sie nervös war. An dich, an wen denn sonst?, erwiderte Dolors lächelnd, und das in einer Zeit, in der sie den lieben langen Tag grübelte, wie und wann sie Eduard aus dem Weg räumen konnte. Sie dachte immer daran, sogar, nachdem sie gerade mit Antoni geschlafen hatte. Im Grunde war sie in diesen Augenblicken am meisten von ihrem Vorhaben überzeugt, denn gerade da wurde ihr der Unterschied zwischen dem einen und dem anderen Mann immer bewusst. Es war ganz einfach: Der zu Hause war kein Mann.

Während sie gestern mit dem Kätzchen gespielt hat, hat Sandra den Bauchnabelring ihrer Mutter entdeckt. Dolors weiß nicht, wie, sie hat es nicht gesehen, sie hat nur den erstaunten Aufschrei gehört: Was hast du denn da, Mama? Dolors spitzte die Ohren, um Leonors beiläufige Antwort zu verstehen: Gefällt es dir etwa nicht? Sandra verhaspelte sich bei der Antwort, ja, doch, natürlich, ich weiß nicht … Es ist nur so … von dir hätte ich das nicht erwartet … Denkst du, nur du kannst so etwas tragen? Aber ich habe ja noch nicht mal eins, Mama; eigentlich hätte ich ja furchtbar gern ein Zungenpiercing, aber ich habe keine Kohle. Und dann wurde Dolors Zeugin, wie die Mutter die Tochter erpresste, ich gebe dir das Geld, wenn du nicht herumerzählst, dass ich eins habe. Du sprichst mit niemandem darüber, abgemacht? Ich will nämlich nicht, dass die Leute tratschen. Das Unschuldslämmchen Sandra hat bestimmt gedacht, dass ihre Mutter es für ihren Vater stechen ließ.

So ist das, im Leben wie in den Beziehungen, ein einziges Geben und Nehmen, es gibt nichts umsonst. Leonor sucht einen jungen Körper, und der junge Mann sucht Erfahrung. Bei Jofre und Mònica muss es genauso sein.

Du bist ein Luder, sagte Sandra neulich zu Mònica, als die beiden vor ihr auf dem Sofa saßen. Echt, wie du den Mathelehrer ansiehst und ihm da vorn in der ersten Reihe deine Beine präsentierst. Pst, sei still, sagte Mònica entsetzt und schaute sich nach allen Seiten um. Der Gedanke, Jofre könne sie vielleicht hören, bereitete ihr anscheinend Sorgen, Dolors' Schwiegersohn war bestimmt ungeheuer eifersüchtig. Sogar bei Leonor, und jetzt erst recht, da sie ihm zu entgleiten scheint, so wie Dolors Eduard entglitten war, nur dass sie ein kleines bisschen cleverer war als Leonor. Jofre merkt, dass seine Frau sich nicht mehr darum kümmert, was er sagt, was er will, was ihm gefällt. Dass er keine Dienerin mehr hat, dabei hat es ihm so gefallen, dass er für jedes Bedürfnis eine andere Frau hatte, eine zum Herumkommandieren und eine für seine anderen Bedürfnisse. Sofern er nicht noch mehr hat, aber das glaubt Dolors nicht, denn Jofre ist ganz hin und weg von der kleinen Mònica, die gar nicht mehr so klein ist, sondern groß wie ein Model. Und offensichtlich ist er ihr nicht mehr genug. Jetzt ist sie also auch hinter dem Mathelehrer her. Der Unterricht muss sie wirklich sehr langweilen.

Wer sich allerdings kein bisschen langweilt, ist Leonor. Sie hat sogar einen anderen, aufrechteren Gang, trägt taillierte Kostüme und Stöckelschuhe, und wenn sie nach Hause kommt, sagt sie, mein Gott, tun mir die Füße weh. Sie wirkt verändert, sieht sogar ein paar Jährchen jünger aus, Donnerwetter, Leonor, du bist echt nicht mehr wiederzuerkennen, würde Dolors sie gern loben. Anscheinend hat ihre Tochter entdeckt, dass auch sie imstande ist, die Welt und vor allem diesen Burschen mit seinen fünfundzwanzig Jahren zu erobern.

Leonor wollte immer im weißen Kleid in der Kirche heiraten. Als das bei Jofre und ihr spruchreif wurde, erklärte sie ihrer Mutter, ich werde das schönste Kleid haben, das du je gesehen hast, und beschrieb, wie sie es sich vorstellte. Damals dachte Dolors, o mein Gott, ich muss einen Kredit aufnehmen, denn zu dem Zeitpunkt war sie nicht sonderlich gut bei Kasse.

Da Leonor ihr ganzes Sekretärinnengehalt für den Kauf einer Wohnung verwendete, in der sie mit ihrem frischangetrauten Jofre leben wollte, konnte Dolors nur mit dem rechnen, was sie in der Buchhandlung verdiente, und dabei musste sie noch die Gläubiger der Fabrik befriedigen. Leonor malte sich aus, so erzählte sie immer, wie sie am Arm des Großvaters, der damals noch lebte, durch den Mittelgang schritt. Die Schleppe würde auf dem Boden sicher schmutzig, erklärte sie, doch das wäre egal, denn später, bei der Hochzeitsfeier, würde sie sie ablegen und dann ein wunderschönes tailliertes Kleid tragen, ebenfalls mit elfenbeinfarbenen Volants am Saum. Diese elfenbeinfarbenen Volants hatten es ihr angetan. Das Oberteil wäre weit ausgeschnitten, stellte sie sich vor, langärmlig und bis zur Taille rückenfrei. Und nicht zuletzt würde ein Schleier sie verhüllen, bis Jofre ihn ihr vor dem Altar abnahm, das wäre sicher ein sehr bewegender Moment.

Das war Leonors großer Traum. Bis der Trottel von Jofre zu ihr meinte, das ist hier doch kein Märchen der Gebrüder Grimm, Süße, wir regeln den Papierkram, und damit hat es sich. Aus der Traum, Leonor heiratete auf dem Standesamt im kurzen Hippiekleid, und die dumme Gans lächelte trotzdem.

»Hast du mal darüber nachgedacht, ob du dich nicht vielleicht irrst?«

Mit dieser famosen Frage ist Jofre also am Ende herausgerückt. Das also ist die Antwort des Vaters auf Martís Frage. Aufmerksam mustert Jofre die Weinflasche. Er sieht einem nie in die Augen, wenn er spricht, er kann dem Blick eines anderen nicht standhalten, erst recht nicht dem Blick seines Sohnes. Jofre weiß nicht, wie er seinen Sohn in den Griff bekommen soll, der Junge denkt zu viel, argumentiert zu viel, war nie wirklich ein Heranwachsender, oder vielleicht ja doch, aber zumindest von außen scheint es so, als hätte er nie Zweifel gehabt. Jetzt sieht er seinen Vater an. Und stellt eine Gegenfrage.

»Was meinst du damit?«

»Ich meine … das mit der Homosexualität … in deinem Alter probiert man doch alles erst noch aus und … Also, ich glaube nicht, dass du schwul bist.«

Jofre mustert weiter den Wein, doch schließlich hebt er den Kopf und sieht seinen Sohn an. Eben, als Martí sich offenbart hat, hat er ihn mit dem gleichen Blick angesehen, aber geschwiegen. Martí lächelt.

»Natürlich kann ich mich irren, aber mit zwanzig Jahren

weiß man allmählich, wie man gepolt ist, meinst du nicht? Die Triebe trügen nicht, Papa.«

»Die Triebe können sich irren.«

Na bitte, da hat er mal wieder großen Blödsinn von sich gegeben. Keine Ahnung, warum ihr Schwiegersohn immer den gleichen Mist verzapft. Nun können also sogar die Triebe irren. Interessant. Wie tut es Dolors in diesem Augenblick leid, dass sie nicht sprechen kann, denn sonst würde sie jetzt aufstehen und ihre Stimme erheben. Wenn Triebe irren können, dann sag mir bitte, wie das gehen soll, das wüsste ich nur zu gern. Weil sie aber nicht so einen lachhaften, unverständlichen Laut von sich geben will, umklammert Dolors ihre Gabel so fest, dass ihre Knöchel weiß hervortreten, und schließt die Augen.

»Geht es dir gut, Mama?«

Leonor hat die Gelegenheit beim Schopf ergriffen, um die Lage zu beruhigen. Dolors nickt. Die Atmosphäre entkrampft sich ein wenig, und Martí fährt fort:

»Die Triebe können nicht irren, Vater. Sie können bestenfalls verdrängt beziehungsweise vom Kopf oder von sozialen Normen kontrolliert werden, aber ganz bestimmt irren sie sich nicht. Das müsstest du doch … Ganz bestimmt irren sich die Triebe nicht.«

Dolors grinst innerlich. Das müsstest du doch eigentlich wissen, hat Martí auf der Zunge gelegen, aber er hat den Mund gehalten, das war ihm anscheinend doch zu vorlaut. Es ist aber auch wirklich ein starkes Stück, dass ein Studienrat solch einen Unsinn von sich gibt und ihn ein Zwanzigjähriger aufklären muss. Martí sieht seinen Vater an und wartet ruhig darauf, dass Jofre noch etwas sagt.

Dieser Junge ist ein Juwel. Er ist so anders als seine Altersgenossen, und Dolors freut sich, dass er sich mit Dani versteht, der ihr gefällt, weil er gute Manieren hat und ein richtiger Künstler ist. Vor einiger Zeit hatte er sich sogar einmal richtig mit ihr unterhalten, und das will etwas heißen. Er hatte gefragt, ob sie Musik mag, genauer gesagt, alte Musik, und Dolors nickte, und da sagte Dani, dann bringe ich einmal meine Flöte mit und spiele Ihnen etwas vor, was halten Sie davon? Dolors nickte enthusiastisch. Und vor ein paar Tagen sagte Martí zu ihr, das Konzert solle noch diese Woche stattfinden, sie könne sich wirklich darauf freuen, denn Dani sei ein Virtuose, wenn er spiele, bekomme man eine Gänsehaut. Da brachte Dolors' misstrauische Ader, auch ein Instinkt, der nicht irrt, sie auf den Gedanken, dass der verliebte Martí bei Danis Flötenspiel ja möglicherweise eine Gänsehaut bekommt, aber dass sie sich vielleicht besser ein eigenes Urteil bilden sollte. Na denn, an einem der nächsten Tage wird sich zeigen, ob ihre Zweifel berechtigt sind, wann allerdings genau, weiß sie nicht, das hat Martí ihr nicht gesagt. Doch in ihrem Alter haben die Tage ohnehin nicht mehr vierundzwanzig Stunden, sie sind kein Maß für die Zeit mehr.

Damals wurde die Zeit hingegen immer länger. Du rauchst jetzt also. Eduards Bemerkung war eher eine Feststellung als eine Frage, denn irgendwann hatte Dolors, nervös, wie sie war, begonnen, auch zu Hause zu rauchen. Ein Ja ihrerseits, und der Gatte schien zu bereuen, es überhaupt erwähnt zu haben, mich stört das nicht, beteuerte er, damit habe ich kein Problem. Einen Niesanfall bekomme ich nur vom Staub, aber ich glaube nicht, dass das eine Allergie ist, das habe ich nur, wenn ich den Boden fege und Staub wische. Dolors sah ihn verstohlen an, er wirkte viel älter, als er tatsächlich war, aber wenigstens redete er jetzt. Lange Zeit hatte er keinen Ton mehr gesagt, doch Dolors wusste, dass er heimlich bittere Tränen vergossen hatte, als ihm bewusst geworden war, dass er in seinem Alter keine Arbeit mehr finden würde. Folglich hatte er beschlossen, Hausmann zu sein, und sie hatte nur noch Verachtung für ihn. Dass er ihr jetzt von seiner juckenden Nase erzählte, das hatte ihr gerade noch gefehlt. Einem Jucken, das seiner Ansicht nach nicht allergisch war.

Doch halt, das war es, die Allergie! Plötzlich erinnerte sich Dolors wieder an Eduards Reaktion auf dieses Antibiotikum, das ihn um ein Haar unter die Erde gebracht hatte. Grauenhaft … genau, grauenhaft, aber das war es! Warum war ihr das nicht schon früher eingefallen? Das war der Ausgangspunkt für das perfekte Verbrechen: seine Allergie gegen Penizillin und bestimmte Antibiotika. Der Arzt hatte gesagt, wenn das noch einmal vorkommt, geht es um Leben und Tod. Sehr gut, also würde es wie zufällig noch einmal vorkommen … und niemand wäre da, der sich beeilen könnte, wenn es um Leben und Tod ginge. Phantastisch!, platzte es da unbewusst aus ihr heraus. Was ist phantastisch?, fragte Eduard verdutzt. Ach, erwiderte Dolors, nur das mit dem Staub, dass du nur niesen musst, wenn du ihn in die Nase bekommst … Versuch es einmal mit diesen Wischern, die man nicht hochheben muss, die den Staub nur ziehen.

Wie geht es dir?, fragte Teresa jedes Mal, wenn sie sich trafen. Sie erkundigte sich nie nach ihrem Vater, von ihm wollte sie nichts wissen. Eduard hingegen wollte hören, was Teresa so machte, er wollte, dass sie zu ihnen zurückkam. Was ich getan habe, tut mir leid, Dolors, bekannte er eines Tages mit dem Besen in der Hand. Er war ein Bild des Jammers, was für ein erbärmlicher Mann. Im Café hatte Dolors Teresa wieder einmal gebeten, nach Hause zu kommen, ihr Vater wünsche es sich, und ihre Tochter, die ihr Studium bereits abgeschlossen hatte und gerade anfing, sich ernsthaft mit der Politik zu befassen, hatte es ihr wieder einmal abgeschlagen, ach, Mama, ich bin erwachsen, ich lebe mein eigenes Leben. Außerdem, Teresa hielt einen Moment inne, beugte sich über den Tisch und sah ihre Mutter an, er hat mich rausgeworfen, nicht du. Und er hat nie wieder ein Wort mit mir gesprochen.

Teresa wünschte sich also, dass ihr Vater selbst zu ihr kam, dass er von seinem hohen Ross herabstieg und sich noch mehr erniedrigte. Das fehlte gerade noch, Dolors konnte sich nicht vorstellen, wie der gebeugte Eduard loszog, um Teresa zu sagen, verzeih mir, Kind, ich habe einen Fehler gemacht.

Sie konnte es sich nicht vorstellen, aber genau das geschah. Natürlich nicht wegen Teresa, denn Eduard war sicher ganz zufrieden, dass er sie sich vom Hals geschafft hatte. Aber er unternahm übermenschliche Anstrengungen, um Dolors zurückzugewinnen, und etwas in seinem Innern hatte ihm gesagt, dass der Weg zu seiner Frau nur über ihre Tochter ging. Was genau geschah, weiß Dolors nicht, nur dass Eduard mit einem strahlenden Lächeln nach Hause kam und erklärte, sie kommt uns besuchen, wann immer sie will. Einfach so, nach Jahren, in denen er kein Wort davon hören wollte, zack, in einer Minute erledigt. Dabei hatte Dolors jahrelang gelitten und sich darüber den Kopf zerbrochen, wie sie die Sache in Ordnung bringen konnte. Was hat sie gesagt? Na ja, dass alles gut ist und dass sie mir verzeiht. Das war alles, was sie Eduard aus der Nase ziehen konnte. Später erzählte Teresa ihr, oh, er hat mich um Verzeihung gebeten, und ich habe es ihm nicht abschlagen können, armer Papa, ihm geht es wirklich schlecht, er hat sich sehr verändert, Mama ... Man bekommt Beklemmungen, wenn man ihn sieht. Bei diesen Worten wurde es Dolors ganz kalt ums Herz, und am liebsten hätte sie gesagt, keine Sorge, Kind, das ist bald vorbei.

»Wann ziehst du aus?«

Sandra schaut ihren Bruder furchtsam an.

»Wahrscheinlich nächsten Monat.«

Da fängt Sandra zu weinen an, zuerst ganz leise, dann aber immer heftiger, sodass Martí sich zu ihr beugt und sie in den Arm nimmt.

»Mensch, Sandra, ich ziehe doch nicht in ein anderes Land, Dani wohnt hier um die Ecke, ganz in der Nähe. Und du kannst mich besuchen, wann immer du willst.«

Sandra nickt unter Tränen. Es kommt für sie Schlag auf Schlag, überlegt Dolors, erst hat sich ihr Freund von ihr getrennt, und jetzt zieht auch noch ihr Bruder aus, den sie so sehr liebt. Armes Kind, es müsste verboten werden, dass so etwas passiert, ganz besonders in diesem Alter. Das Schicksal oder Gott oder wer auch immer müsste sich doch im klaren darüber sein, dass bestimmte Schläge bei sensiblen Menschen nur nach und nach und mit aller Vorsicht ausgeteilt werden dürfen. Dolors sieht das Stück Fleisch, das Sandra sich vorhin zerstreut in den Mund gesteckt hat, auf dem Tellerrand liegen. Sie muss es diskret ausgespuckt haben, das Kind ist zwar magersüchtig, aber manierlich. Jetzt, da sie weint, sieht man noch deutlicher, dass sie nur noch aus Haut und Knochen besteht, ihre Augen sind eingefallen, und ihre Wangenknochen treten stark hervor, das sieht wirklich nicht hübsch aus. Aber wer sieht schon gut aus, wenn alles verkehrt läuft? Die beiden Geschwister umarmen sich, und nach einer Weile scherzt Martí.

»Also echt, ich hätte nie geglaubt, dass es eine Tragödie wird, wenn ich mal ausziehe. Dann hast du doch viel mehr Ruhe, Sandra.«

Sandra weint lauter und schluchzt kaum verständlich, aber ich habe dich so gern.

Jetzt, da sie Sandra im Profil sieht, stellt sie fest, dass der Pullover vielleicht noch ein bisschen zu kurz ist. Das muss sie sich noch einmal genauer ansehen, dabei hat sie gedacht, sie würde heute mit dem Vorderteil fertig. Als sie vor ein paar Wochen mit dem Stricken anfing, hatte sie sich genau an Sandras Maße gehalten. Aber da ihre Enkelin weiter abnimmt, ändert sich alles. Verärgert grummelt Dolors in sich hinein, vielleicht nehme ich besser gleich bei deinem Röntgenbild Maß, Kind, dann passt er in ein paar Wochen bestimmt wie angegossen. Martí gibt seiner Schwester einen Kuss und drückt sie liebevoll an sich. Jetzt kann man ihre Schultern nicht mehr sehen, Martí, nimm die Arme weg, ich sehe nichts, Heilige Jungfrau Maria, was für eine Katastrophe, sie liegen sich hier in den Armen, dabei macht sich Dolors ernsthaft Sorgen wegen Sandras Pullover. Müssen die jungen Leute immer gleich so ein Theater machen. Müssen sie allem eine Bedeutung geben, das ist doch nur eine Begleiterscheinung des Lebens, ein Hin und Her, mehr nicht, alles kehrt am Ende an den Ausgangspunkt zurück. Das Leben ist nur ein wandelndes Schattenbild, das hat doch schon Macbeth gesagt, ein armer Komödiant, der sich spreizt und knirscht, und wie es knirscht, und nachher stellt sich heraus, dass gar nichts ist. Oder war das Hamlet? Na, egal, wer das war, Sandra, Liebes, wozu soll das gut sein, dass du nicht isst und immer dünner wirst. Der Einzige, der in ihrer Familie das Leben in vollen Zügen genießt, ist Martí. Und Teresa natürlich, es muss etwas damit zu tun haben, dass Leute wie sie sich outen müssen. Aber man kann das Leben nun einmal nicht einfach so nehmen, wie es kommt, ohne einem anderen wehzutun, außer wenn man sich von allem fernhält. Ist das alles kompliziert. Sandra hebt den Kopf, um Martí anzusehen, und alles, was sie erschüttert hat, fällt von ihr ab.

»Danke, Martí, du bist ein phantastischer Bruder. Was für ein Glück, dass ich dich habe. Sonst bleibt mir ja keiner mehr. Nicht einmal Mònica kümmert sich noch um mich.«

»Wie? Habt ihr euch gestritten?«

»Nein. Sie hat etwas mit dem Mathelehrer angefangen, und jetzt will sie nicht mehr zu mir kommen … Ich habe echt keine Ahnung, was das eine mit dem anderen zu tun haben soll.«

Dolors kann es sich nicht verkneifen und schaut zu Jofre. Für ihn ist die Welt zum Stillstand gekommen, das ist Dolors klar. Er ist weiß wie die Wand, so weiß, dass man meinen könnte, er falle gleich in Ohnmacht. Plötzlich springt er vom Tisch auf, murmelt eine Entschuldigung und rennt ins Bad, vermutlich muss er diesen Schlag erst mal verdauen, dass Mònica jetzt anscheinend lieber mit Zahlen zu tun hat als mit Philosophie. Vielleicht geht es aber auch darum, dass Jofre ihr im Gegensatz zu dem Mathelehrer am Ende des Schuljahres keine Eins geben kann, da er ja an einer anderen Schule arbeitet. Und dass eine gute Note in Hinblick auf das Abitur eine Menge regeln kann, das ist ja bekannt, wo doch heutzutage für jedes Studium ein guter Notendurchschnitt verlangt wird.

Sandra weint nicht mehr, sie wischt die Tränen fort, und Martí fängt wieder an zu essen. Die Ruhe nach dem Sturm, bloß Jofre bleibt verschwunden. Als Leonor besorgt nachschauen geht, stöhnt er hinter der Tür mit leidender Stimme, er habe Bauchschmerzen, die Sitzung dauere etwas länger.

Das Rückenteil

Das Rückenteil zu stricken geht immer viel leichter von der Hand, denn man hat ja bereits das Vorderteil als Vorlage. Vom Halsausschnitt abgesehen, ist der Rest vollkommen gleich, und da Sandras Pullover einen Rollkragen bekommt, muss sie nicht mal da sonderlich aufpassen.

Das ist vielleicht eine Heulerei in dieser Wohnung, Dolors kommt sich fast vor wie bei einer Trauerfeier. Was ist bloß auf einmal mit Leonor los, diese Tränenbäche ist Dolors nun wirklich bald leid, die Frauen heulen, und Jofre und Martí laufen mit Trauermiene herum, wobei natürlich jeder seine eigenen Gründe dafür hat.

Eigentlich ist das Rückenteil sogar ein wenig langweilig, denn wenn man nichts mehr nachmessen und ausrechnen muss, sondern nur das Gleiche noch mal zu stricken braucht, dann muss man auch nicht immer aufpassen wie ein Luchs. Es ist nicht wie früher, als sie ständig bei den Mädchen Maß nehmen musste und die kleine Leonor jammerte, es dann aber doch über sich ergehen ließ, denn wenn Kinder nicht ausgeschimpft werden wollen, lassen sie die Großen gewähren.

Aber nun mal ran an die Arbeit, Dolors. Leonor hat ihr die Maschen bereits aufgeschlagen, welche Farbe war jetzt gleich noch einmal dran? … Ach ja, Blau, ein schönes, leuchtendes Blau, solch kräftige Farben mochte Dolors schon immer, vielleicht weil sie sie selbst nie tragen konnte, weil man sich in ihren Kreisen nur mit diskreten Farben kleidete und sie später dann ja auch Trauer trug. Allerdings war sie eines Tages der Meinung, nun sei es aber genug, auch die Trauer müsse irgendwann ein Ende haben.

Was auf einmal mit Leonor los ist, ist Dolors allerdings schon ein Rätsel. Heult sie etwa, weil Martí ausziehen will? Oder wegen Sandra? Das hat sie jedenfalls heute behauptet, als Jofre heimkam und sie wie ein Häufchen Elend dasaß. Dolors kann das nicht glauben, o nein, hinter den Tränen ihrer Tochter steckt bestimmt etwas ganz anderes. Diese Art Tränen kennt sie nämlich seit ewigen Zeiten, sie haben sich kaum verändert, seit ihre Tochter ein Baby war. Sie erkennt sie mit dieser überraschenden Leichtigkeit, mit der alle Mütter wissen, was das Weinen ihres Kindes bedeutet, aha, jetzt hat es sich wehgetan, jetzt hat es Hunger, jetzt will es Aufmerksamkeit.

Es kam die Zeit, da Eduard das Haus nicht mehr verließ und Dolors zwar das Wie geklärt hatte, nicht aber das Wann. Wenn sie es richtig machen wollte, musste ein Infekt her. Dolors fasste sich in Geduld und versuchte, die Augen vor dem zu verschließen, was aus diesem Mann geworden war, den sie da zu Hause sitzen hatte, um nicht vorzeitig irgendeine Dummheit zu begehen, die später die Spur zu ihr legen würde. Sie würde sicher nicht allzu lange warten müssen, tröstete sie sich derweil: Es war Herbst, und im Winter bekam immer der eine oder andere in ihrer Familie Angina. Und gegen Angina nimmt man ein Antibiotikum. Alles läuft nach Plan, Dolors, hab nur noch etwas Geduld.

Vor zwei Tagen war Sandra in Ohnmacht gefallen. Sie war einfach umgekippt, während sie sich im Spiegel betrachtete, und kaum war sie wieder bei Sinnen – zum Glück waren Martí und Jofre zu Hause –, murmelte sie, ich bin so fett, ein richtiger Hefekloß. Vor lauter Schreck hatte sich auch Dolors von ihrem Sessel erhoben und war in den Flur geschlurft: Sandra war kalkweiß, und ihre Lippen waren blutleer, wie sie da auf dem Boden lag. Leg ihr die Beine hoch, los, mach schon, befahl Jofre seinem Sohn, ausnahmsweise konnte man auf ihren Schwiegersohn mal zählen, du musst sie so stützen, genau, Sandra, Sandra, Liebes, bist du okay, Sandra?

Zehn Minuten später kam Leonor nach Hause und schrie auf, als sie alle um Sandras Bett versammelt fand. Kind, was hast du, was ist los? Sandra hatte schon wieder etwas Farbe, doch sah sie aus, als wollte sie gleich anfangen zu weinen. Sie murmelte, ich bin zu dick, und keiner liebt mich, und dann ließ sie den Tränen freien Lauf. Aber, Kind, was redest du denn da? Wir lieben dich doch alle, schluchzend drückte Leonor ihre Tochter an sich, sodass Jofre sie am Arm zurückziehen musste, ja, sicher, aber lass sie, du erdrückst sie ja.

Vielleicht weint Leonor ja deshalb. Vielleicht fühlt sie sich schuldig. Aber da ist sicher noch etwas anderes im Spiel.

Wenn man etwas sehnlichst erwartet, kann es sein, dass es nicht geschieht. Und manchmal passiert es genau dann, wenn man schon gar nicht mehr daran glaubt.

In dem Jahr, in dem Dolors geplant hatte, sich für immer von Eduard zu befreien, bekam niemand von ihnen auch nur den kleinsten Schnupfen. In der ganzen kalten Jahreszeit war Leonor erstaunlich gesund, dabei steckten sich junge Menschen doch immer gleich irgendwo an, aber sie bekam nur Zahnschmerzen wegen eines Backenzahns, der eine Füllung brauchte, sonst nichts.

Derweil lebte sie in der Buchhandlung wie in einer anderen Welt, es war Antonis Welt, die Welt der Bücher und der Träume. Das war das Leben, das wahre Leben. In all den Jahren war die Buchhandlung für Antoni und sie zu ihrem wirklichen Zuhause geworden. Wegen der Arbeit hatten sie oft Auseinandersetzungen, Antoni ging extrem methodisch vor, was Dolors' Naturell vollkommen zuwiderlief. Davon abgesehen lief jedoch alles gut. Zu gut. Sogar Maria schien sie zu schätzen, und bei ihren seltenen Begegnungen sagte sie lächelnd zur Mitarbeiterin ihres Mannes: Ach, Dolors, ich wüsste nicht, was Antoni ohne Sie tun sollte. Dolors bekam bei diesem Lächeln leichte Beklemmungen, sie dachte, es ist schon eigenartig, dass sie in mir keine Konkurrenz sieht, sie ist eine Frau, ich bin eine Frau, und ich bin zwar nicht so jung wie sie, aber doch auch nicht älter als Antoni.

Sehen Sie sich das an. Der Arzt streifte vor Jofre, Leonor und Dolors Sandras Bluse hoch. Alle drei stießen einen entsetzten Schrei aus, ja, selbst Dolors, obwohl sie so etwas schon erwartet hatte. Sandra, die heulend ihr Gesicht im Kissen verbarg, sah aus wie eines dieser ausgemergelten Kinder im Fernsehen, mit denen den Wohlstandsbürgern bewusst gemacht werden soll, wie viele Kinder auf der Welt Hunger leiden müssen. Der einzige Unterschied war, dass die Mädchen auf der Mattscheibe schwarz waren, und Sandra war weiß. Ihre Enkelin bestand nur noch aus Haut und Knochen, ihre Rippen zeichneten sich ab, und ihre Bauchdecke war eingesunken. Leonors und Dolors' Blicke kreuzten sich, und Dolors hob die Augen zum Himmel und dachte, Gott sei Dank, endlich merken sie es.

Ja, es lief alles viel zu gut. Jahrelang. Bis Maria eines Tages beschloss, Antoni nach Ladenschluss abzuholen, und genau an dem Tag hatten er und Dolors noch was im Zimmer mit den verbotenen Bücher zu schaffen, wenn man es einmal so ausdrücken will. Sie ertappte sie mitten in der Inventur. Zum Glück war zu dem Zeitpunkt Eduard schon lange tot.

Ein ganzer Winter ohne Angina. O Gott, was für eine Katastrophe, dachte Dolors niedergeschlagen, als der Frühling Einzug hielt, jetzt muss ich auf den nächsten Winter warten. Doch dann kam alles anders: In den Sommerferien verbrachten sie ein paar Tage in den Bergen, und da, o Wunder, bekamen sie eine ansteckende Magen-Darm-Grippe, die den Einsatz von Antibiotika erforderlich machte. Krank wurde jedoch nicht Leonor, sondern sie beide, Dolors und Eduard. Das war die Chance ihres Lebens. Mit dem Zettel bewaffnet, auf dem genau aufgelistet war, gegen welche Antibiotika Eduard allergisch war, gingen sie zum Arzt. Ah ja, sagte der Landarzt, das heißt, dass Sie ein sehr effektives Mittel, das Ihre Frau bekommen wird, nicht nehmen können. Sie bekommen dafür ein anderes, das wird Ihnen helfen, wenn auch nicht so schnell. Er stellte zwei Rezepte aus und erklärte ihr dann den Weg zur Apotheke, während Eduard nach Hause schlich, Dolors, ich bin am Ende, das besorgst du doch für mich, nicht wahr?

Natürlich! Der Infekt hatte Dolors längst nicht so heftig erwischt wie Eduard. Auf dem Rückweg zur Wohnung schmiedete sie den Plan. Der Doktor hatte ihnen zusätzlich einen Sirup verordnet, von dem man müde wurde. Es lief wirklich wie geschmiert.

Was sie da aus dem Stegreif inszenierte, war zugegebenermaßen wirklich brillant. Unter dem Vorwand, sie nicht anstecken zu wollen, brachte Dolors Leonor bei einer Freundin unter; zumindest ein paar Tage, bis Sie sich besser fühlen, meinte die Mutter des Mädchens. Kaum war Leonor weg, verabreichte Dolors Eduard dann den Sirup, damit er ein bisschen schlafen konnte, denn er war die ganze Nacht wach gewesen und fieberte stark. Als er schon fast eingeschlafen war, flüsterte sie ihm zu, verzeih, ich hab vergessen, dir das Antibiotikum zu geben, und ließ ihn dann die Tablette schlucken, die er unter keinen Umständen nehmen sollte, die ihn ein für alle Mal unter die Erde bringen konnte. Eduard nahm sie gehorsam wie ein kleines Kind. Schlaf wohl, und glaub mir, es ist das Beste für alle, verabschiedete sich Dolors in Gedanken von ihm, nie wieder würde dieses menschliche Wrack an ihrem Rockzipfel hängen, laut sagte sie aber gleichmütig: Ruh dich aus, ich muss noch einkaufen gehen, wir haben nichts mehr zu essen im Haus. Er nickte bloß mit geschlossenen Augen und murmelte, ich bin so müde.

Unsere Tochter sieht aus, als käme sie aus einem Vernichtungslager, sagte Jofre erschüttert, nachdem der Arzt Sandra ein Aufbaupräparat gespritzt hatte und sie die Kleine mit ihrem Bruder allein gelassen hatten. Er hatte vollkommen recht, ja, vielleicht war das wirklich die passendste Beschreibung für ihren Zustand. Was hat sie?, fragte Leonor beklommen. So wie ich das sehe, isst Ihre Tochter nichts mehr, sagte der Arzt darauf vorsichtig. Natürlich isst sie!, widersprach Leonor sofort. Sie hat gesagt, sie sei zu fett.

Schweigen.

Letzten Sonntag hat sie einen Riesenteller Makkaroni

verdrückt, sagte Leonor unsicher. Und am Samstag ein Steak, sprang Jofre seiner Frau bei. Und wie ernährt sie sich unter der Woche?, wollte der Arzt wissen. Darauf zuckten die beiden dann nur noch die Achseln und wurden knallrot.

Da riss Dolors der Geduldsfaden endgültig. Sie konnte nicht mehr länger schweigen. Zum ersten Mal seit ihrer Entlassung aus dem Krankenhaus erklärte sie mit Gesten und Lauten, diesen degenerierten, debilen Lauten, dass Sandra sich hinterher immer übergab, jedes Mal. Das kann ich nicht glauben!, rief Leonor fassungslos, als sie verstand, was ihre Mutter da preisgab. Der Arzt, ein genauso heller Kopf wie der, bei dem Dolors in Behandlung war, schüttelte jedoch besorgt den Kopf: Das sollten Sie aber. Denn so etwas habe ich mir schon gedacht. Ihre Tochter ist magersüchtig und muss dringend behandelt werden. Versuchen Sie, dass sie etwas zu sich nimmt, und kommen Sie in meine Praxis, sobald sie wieder aufstehen kann. Dann reden wir ausführlich darüber. Wenn sie nichts essen will, flößen Sie ihr Zuckerwasser mit Zitrone ein, Cola, Säfte und Milch. Versuchen Sie, dass sie etwas zu sich nimmt, das Mädchen ist sehr, sehr krank.

Auch Eduard war sehr krank, doch er starb nicht. Heiliger Strohsack, warum funktioniert das nicht wie beim ersten Mal? Ungläubig schüttelte Dolors den Kopf, als sie nach zwei Stunden zurück ins Ferienhaus kam. Der Kranke schlief, atmete aber heftig. Er hatte hohes Fieber und war bis oben hin zugedeckt. Dolors machte kein Licht, um ihn nicht sehen zu müssen. Sie wollte nicht wissen, wie er aussah, mit all diesen Quaddeln, die er schon beim letzten Mal gehabt hatte, den geschwollenen Lippen und ... Sie ging in die Küche, machte Abendessen für sie beide und stieg dann hoch in die Schlafkammer unterm Dach, wo sie sich auf dem Bett ausstreckte, um sich ein wenig auszuruhen. Sie bemühte sich, die Ohren vor dem furchtbaren Keuchen aus dem anderen Zimmer zu verschließen, das im ganzen Haus zu hören war.

Eduard starb nicht, nein, weshalb es Zeit für die nächste Dosis des giftigen Antibiotikums wurde. Dolors fasste sich ein Herz, knipste die Lampe an und trat an sein Bett. Mein Gott, was für ein rotes aufgedunsenes Gesicht, dachte sie, oder kommt das bloß vom Fieber? Laut sagte sie, für den Fall, dass Eduard sie hörte, wenn das so bleibt, gehe ich morgen früh den Arzt holen. Richte dich mal etwas auf, bat sie, und da öffnete Eduard die Augen. Er schaute und schaute doch wieder nicht, seine Augen blickten wie die eines Irren. Ich … ich habe das Staubtuch an der Tür hängen lassen, stammelte er, sodass Dolors dachte: Ist das deine einzige Sorge? Sie gab ihm die nächste Tablette, ruh dich aus und deck dich ja nicht auf, nicht dass du dich auch noch erkältest. Es ist so heiß, stöhnte er da und wollte die Bettdecke von sich stoßen, weshalb Dolors schnell das Licht ausmachte und ihn im Dunkeln zudeckte, sicher sah er bereits aus wie ein Außerirdischer. So habe ich mich an dem Tag gefühlt, als ich die Allergie hatte, murmelte er, da hat auch die Haut gebrannt wie Feuer, genau wie jetzt. Das ist das Fieber, erwiderte sie, schlaf jetzt. Wasser, Wasser, wimmerte er noch, und Dolors gab ihm einen Schluck zu trinken und zur Beruhigung noch etwas Sirup.

Sie aß allein zu Abend. Das heißt, sie saß davor, denn sie rührte das Essen nicht an, sie brachte einfach keinen Bissen hinunter. Danach ging sie ins Bett und wünschte, dass der Schlaf endlich käme. Doch der Schlaf kam nicht. Sie konnte noch so viele Türen schließen, Eduards Keuchen drang tief in ihr Gewissen ein.

Vielleicht heult Leonor ja deshalb. Natürlich, das ist auch Grund genug zum Heulen, bestimmt fühlt sie sich schuldig … Oder müsste es zumindest, denn das mit Sandra kommt davon, dass sie nicht aufgepasst hat, ob die Kleine was isst, und auch sonst hat sie sich nicht um sie gekümmert. Aber da ist noch etwas anderes. So wie Leonor heult, hat das mit Sicherheit mehrere Gründe.

Eigentlich geht das Rückenteil wirklich schnell zu stricken, aber heute zittert Dolors' Hand noch mehr als sonst, und sie weiß nicht so richtig, warum. Heute fällt es ihr schwer, die Stricknadeln festzuhalten, und auch die Maschen rutschen ihr dauernd herunter. Ein ganz schöner Schlamassel ist das, dabei geht es eigentlich nur darum, das Vorderteil nachzustricken. Heute bist du ein rechtes Nervenbündel, Dolors, bestimmt bist du erschöpft von diesen ganzen Gefühlswallungen, in dieser Wohnung passiert aber auch wirklich ein Desaster nach dem anderen. Wie zum Beispiel Jofres und Leonors Art und Weise, den Kampf gegen die Magersucht aufzunehmen, obwohl das, ehrlich gesagt, vor allem die Idee ihrer, Dolors, Tochter war. Als es Sandra gestern wieder besser ging und sie aufstehen konnte, sagten sie zu ihr, sie hätten im Wohnzimmer eine Überraschung für sie. Sandra begann zu schwitzen, das konnte man ihr schon von weitem ansehen, als sie zur Tür reinkam. Doch Leonor hatte nun einmal beschlossen, den Stier bei den Hörnern zu packen, und zwar auf die denkbar schlechteste Weise, ohne jegliche Raffinesse. Dolors' jüngere Tochter ist wirklich mit Blindheit geschlagen. Wie kann das sein?, fragte sich Dolors, die mit geschlossenen

Augen dasaß, hmmmm … was riecht hier so köstlich nach Schokolade?

Dolors' Vater mochte keine Schokolade, vielleicht hatte ja ihre Mutter eine Schwäche dafür gehabt, doch daran kann sich Dolors nicht erinnern. Es kam ihr immer so vor, als hätte nur sie allein diesen Tick. Als Eduard nach der Hochzeit aufgehört hatte, ihr Pralinen zu schenken, knapste sie hin und wieder ein paar Münzen vom Haushaltsgeld ab, um sich selbst welche zu kaufen. Denn die Versuchung war einfach zu groß.

Es gibt nichts Besseres als Schokolade. Ob fest oder flüssig, ist dabei ganz egal. Als Leonor und Jofre gestern ihrer Tochter eine Tasse köstliche heiße Schokolade servierten, war Dolors beinahe wie von Sinnen von dem Duft, der sich im ganzen Wohnzimmer ausbreitete. Als Sandra noch ein kleines Mädchen war, war sie ganz verrückt nach dickflüssiger, heißer Schokolade und Hefeschnecken gewesen. Dieses Laster hat sie von dir, sagte Leonor immer zu ihrer Mutter, halb scherzhaft und halb eifersüchtig, dass ihre Tochter eine Leidenschaft mit der Oma teilte. Lass mich die Kleinen auf eine Schokolade mitnehmen, bat Dolors oft, wenn sie ihre Enkel besuchen kam. Schon wieder?, versuchte sich Leonor dann zu widersetzen, doch schließlich gab sie nach, sodass Dolors mit Sandra und Martí des Öfteren einen Spaziergang in die Carrer Petritxol machte, wo Großmutter und Enkel in dem für seine Schokolade berühmten Café in den höchsten Wonnen schwelgten.

Ach Gott, was hatte Dolors für große Schuldgefühle. Zum allerersten Mal. Sie hatte einen dicken Kloß im Hals, der sie kaum noch atmen ließ. Auch Eduard atmete schwer, er soll sterben, lieber Gott, mach, dass er schnell stirbt, als sie sah, wie er litt, das hatte sie nicht gewollt, sie wollte ihn doch nur zu ihrer aller Besten aus dem Weg räumen, und das gestaltete sich nun schwieriger als gedacht. Hatte der Arzt nicht gesagt, beeilen Sie sich, wenn das noch einmal vorkommt? Hieß das etwa nicht, dass Eduard andernfalls sterben würde? Warum geschah es dann nicht? Gern hätte sie mit Antoni darüber gesprochen, doch er hätte sie nie verstanden. Weder er noch sonst jemand, das war klar, sie durfte mit niemandem darüber sprechen.

In den frühen Morgenstunden fasste sie sich ein Herz und ging wieder zu ihrem Mann ins Zimmer. Sein Gesicht sah grauenhaft aus. Er lag nach wie vor im Fieberwahn, sein Atem ging sogar noch schneller, und nun klagte er, mein Rücken, mein Rücken, sicher hatte er dort auch jede Menge Quaddeln. Du liebe Güte, Dolors konnte das nicht mitanhören. Das war kein Gnadenstoß, das war Folter, und eine Sadistin war Dolors nun wirklich nicht.

Bis zur nächsten Einnahme des Antibiotikums waren es eigentlich noch zwei Stunden, aber sie gab ihm die Tablette gleich, ich mache mir große Sorgen um dich, die Sonne geht gerade erst auf, aber wenn es dir in einer Stunde nicht besser geht, rufe ich den Arzt. Doch Eduard antwortete nicht. Stirb, nun stirb endlich, flehte Dolors ihn in Gedanken an, und dann kniete sie vor seinem Bett nieder und richtete ein Stoßgebet zum Himmel: Falls es dich wirklich gibt, Gott im Himmel, mach, dass er nicht mehr zu leiden braucht, nimm ihn zu dir, bitte, nimm ihn endlich zu dir.

Aber Gott nahm ihn nicht zu sich. Vielleicht gab es ihn nicht, oder er war an diesem Morgen zu faul, für eine solche Anstrengung musste er wohl in einer besonderen Stimmung sein. Nach einer Stunde hastete Dolors aus dem

Haus, um vom Krämer aus den Arzt anzurufen, bitte, kommen Sie sofort, mein Mann stirbt, ich glaube, ich habe mich im Medikament geirrt, o mein Gott! Beim Auflegen fühlte sie sich wie ein Monstrum, sie hatte den Tod eines Menschen herbeigewünscht und versucht, ihn umzubringen. Lieber Gott, wie ist es möglich, dass ich mich dazu habe hinreißen lassen? Der Hass und die Verachtung für Eduard hatten sie ja vollkommen blind gemacht! Dolors war hundeelend zumute, und sie wollte ihm nur das Leben retten. Alles andere würde sich erweisen, sie würden schon eine Lösung finden, irgendwie würde Eduard schon allein zurechtkommen, wenn sie ihn verließ. Es war wirklich nicht nötig, ihn zu töten. Während sie auf den Arzt wartete, setzte sie sich neben ihn, hielt seine Hand und musterte entsetzt seinen Körper. Am liebsten wäre sie bei diesem Anblick auf der Stelle selbst tot umgefallen, so schuldig fühlte sie sich. Tränenüberströmt flehte sie, verzeih mir, Eduard, verzeih mir, aber der Arzt kommt gleich, er kommt gleich.

Stocksteif saß Sandra da und starrte auf die Tasse Schokolade und die Hefeschnecke, als sähe sie sie gar nicht. Ihre Eltern hatten es für eine großartige Idee gehalten, sie mit ihrem Lieblingsessen zu locken. Dolors musste wirklich den Kopf schütteln. Sandra aß doch nicht etwa deshalb nichts, weil sie Schokolade, Steaks, Nudeln, Gemüse, Reis nicht mochte. Sandra aß nichts, weil sie sich dick fand, und sie fand sich zu dick, weil sich ihre Wahrnehmung der Wirklichkeit verändert hatte.

Alles in dieser Welt ist relativ, sagen eine ganze Reihe von Philosophen, eine Ansicht, die Dolors durchaus teilt. Eine absolute Wahrheit gibt es nicht, genauso wenig wie »Das mag ich für immer und ewig«. Denn äußere Umstände können sich ändern und der Grund dafür sein, dass einen bestimmte Dinge auf einmal nicht mehr interessieren, weil von außen ein stärkerer, gewichtigerer Impuls die Sicht auf das versperrt, was früher so verführerisch war. Was für ein Sermon, Dolors, sagt sie nun zu sich selbst, du hättest ein Buch schreiben sollen, wer weiß, ob das nicht zu einem Bestseller geworden wäre, aber dafür ist es jetzt zu spät, mit der zittrigen Hand geht das nicht mehr. Und heute kann sie ja beinahe nicht einmal stricken, und das ist wirklich höchst ärgerlich!

Ich mag das nicht trinken, sagte Sandra leise, und außerdem macht das dick, fügte sie hinzu, als sie den frustrierten Gesichtsausdruck ihrer Eltern sah. Sie sah sie mit großen Augen an, Augen, die um Verzeihung dafür baten, dass sie sich nicht imstande fühlte, ihnen zu gehorchen.

Es steht schlimm um ihn, Senyora, ich muss einen Krankenwagen rufen. Ich habe mich mit den Medikamenten vertan, stimmt's?, flüsterte Dolors, mit Tränen in den Augen. Allerdings, der Arzt hielt den Zettel, auf dem Eduards Allergien aufgelistet waren, und die Antibiotika in der Hand. Eduard war inzwischen von oben bis unten eine einzige Quaddel, und er hatte extrem hohes Fieber, um die vierzig Grad. Sie haben ihm das gegeben, was Sie selbst einnehmen sollten, ich weiß nicht, ob wir ihn durchbringen werden. Dolors raufte sich die Haare, du lieber Himmel, was habe ich bloß getan! Wie sehr sie litt, ahnten weder der Arzt noch die Sanitäter, die gleich darauf angebraust kamen, o mein Gott, wie sehr sie es doch bereute, sie wollte Eduard jetzt nur noch retten, koste es, was es wolle.

Probier doch zumindest mal, Sandra, bitte, tu uns den

Gefallen. Schokolade … Weißt du nicht mehr? Mit Oma und Martí bist du als Kind immer im Café Schokolade trinken gegangen, da habt ihr drei es euch richtig schmecken lassen, stimmt's, Oma? Und dann bist du heimgekommen und hast jedes Mal über beide Backen gestrahlt, und gerufen, es gäbe nichts Besseres auf der Welt als Schokolade, und wenn du groß wärst, würdest du Chocolatier werden. Da gab Sandra sich einen Ruck, nippte ein wenig an der Tasse, während ihre Eltern ihr aufmerksam zusahen, sprang dann auf und rannte in ihr Zimmer, wo sie sich einschloss. Na, wenigstens hat dein Körper jetzt ein paar Zuckerkörnchen aufgenommen, dachte Dolors voller Mitleid. Ach, Sandra, Sandra, so bist du und so bleibst du, solange du Eltern hast, die den Kopf in den Wolken haben, eine Mutter, die beleidigt ist, anstatt dich zu trösten, wenn deine erste Liebe dir den Laufpass gegeben hat, und einen Vater, der nur daran denkt, jemanden zur Befriedigung seiner Triebe zu finden.

Offenbar ist das Leben so. Für dich wird es sehr hart und schwierig werden, meine Kleine.

Mit großer Mühe versucht Dolors, ihre zittrige Hand unter Kontrolle zu bringen, damit sie endlich das Rückenteil weiterstricken kann. Aber da kommt Leonor in Tränen aufgelöst herein. Dolors vermutet, dass nun die Stunde der Wahrheit gekommen ist.

»Das kann doch alles nicht sein, Mama, es ist wirklich zum Verzweifeln, alles geht schief. Schau dir Sandra an, was sollen wir nur mit diesem Mädchen machen? Was haben wir getan, dass sie so geworden ist? Gewiss, man kann sich seine Kinder nicht aussuchen, aber ich …«

Leonor macht eine Pause, um sich zu schnäuzen. Ach,

Gottchen, denkt Dolors, das sind genau meine Worte: Man kann sich seine Kinder wirklich nicht aussuchen. Wenn du dich sehen könntest, Leonor! Du machst genau das, was alle Kinder vor ihren Müttern tun: Heulen, wenn's einem schlecht geht. Es ist immer das Gleiche. Aber nun sag schon, dafür sind wir Mütter ja da, denkt Dolors, und Leonor fährt auch tatsächlich mit ihrem Monolog fort.

»Außerdem … außerdem … Dass Martí homosexuell sein soll, ist mir egal. Soll er doch sein, was er will, aber … ach Mama, so … so werde ich doch keine Enkel bekommen!«

Vor lauter Schluchzen kann sie nicht weitersprechen, und Dolors bleibt vor Staunen beinahe der Mund offen stehen. Dass Enkel für jemanden so wichtig sein könnten, hätte sie nie gedacht, aber anscheinend ist es so, denn sie hört diese Worte nicht zum ersten Mal von einer Frau. Allerdings ist es reichlich töricht, sich mit einer schwerkranken Tochter darüber Sorgen zu machen, ob man irgendwann Enkel bekommt oder nicht. Doch Leonor ist anzusehen, dass es noch weitere Gründe dafür gibt, warum sie solch ein Häufchen Elend ist.

»Und in der Firma läuft es auch nicht gerade gut … Víctor, der Sohn des Widerlings, du weißt … na ja, erst hat er meine Fähigkeiten ja sehr geschätzt, aber heute hat er die Abteilungsleitung neu besetzt, ich weiß nicht, wieso, aber in der Wirtschaft scheint das nun mal so zu sein, wenn man nicht gut genug ist … Er … er hat mir jemanden vor die Nase gesetzt. Du kennst sie … Glòria … die, die neulich hier war.«

Gelegentlich denkt Dolors, dass das Leben wie der Puck ist, der im Sommernachtstraum, der nichts Besseres zu tun hat, als aus Jux und Tollerei Verwicklungen herbeizuführen und reichlich seltsame Fügungen und Zufälle heraufzubeschwören.

Natürlich Glòria, eine andere konnte es gar nicht sein! Leonor steht auf, sie scheint es zu bereuen, dass sie so viel geplaudert hat. Dolors' Blick fällt auf ihren Bauchnabel, der einen Moment lang unbedeckt ist. Das Piercing ist weg, man sieht nur noch das kleine Loch. Doch das ist nur eine Frage der Zeit, die Zeit heilt alle Wunden, Kind, selbst wenn es nicht danach aussieht.

»Ich glaube, ich werde mich krankschreiben lassen, Mama. Danke, dass du mir zugehört hast.«

Schon in der Tür schenkt sie ihr dann noch ein kleines Lächeln.

»Sicher hast du nicht mal ein Viertel von dem verstanden, was ich erzählt habe, weil ich nicht laut genug gesprochen habe, stimmt's?«

Natürlich erwartet sie keine Antwort. Für Leonor ist sie nur eine Klagemauer. Dolors macht es schon nichts mehr aus, dass man sie für taub hält. Sollen sie alle doch denken, was sie wollen, wenigstens erfährt sie so, was ihrer Tochter durch den Kopf geht.

Am Montag gehen wir zum Arzt, hatte Jofre gestern entschieden, als Leonor und er allein vor der heißen Schokolade und der köstlichen Hefeschnecke standen. So bedrückt, so am Boden zerstört hatte Dolors ihn noch nie gesehen, offenbar läuft es auch bei ihm zurzeit nicht gerade rund. Und für einen kurzen Moment tat er ihr sogar leid, bevor ihr der Gedanke kam, das hast du dir selbst eingebrockt, man erntet immer, was man sät.

Willst du die Schokolade, Mama? Leonor wollte die

Tasse schon abräumen, doch im letzten Moment war ihr Blick auf Dolors gefallen. Und das ließ sich Dolors nicht zweimal sagen, denn angesichts dieser Verlockung direkt vor ihrer Nase war ihr schon die ganze Zeit das Wasser im Mund zusammengelaufen. Eifrig nickte sie.

Noch heute hat sie den süßen Geschmack der Schokolade auf der Zunge, sie ist ihr ausgezeichnet bekommen. Wenn einem etwas gut schmeckt, weckt es die Lebensgeister. Zu Hause machte sie sich oft Schokolade, allerdings nur, wenn Fuensanta nicht da war, denn sonst hätte die es brühwarm ihren Töchtern weitererzählt, und Dolors wollte unter keinen Umständen, dass die beiden von den kleinen Freuden wussten, die sie sich hin und wieder gönnte. Genau wie sie nicht wollte, dass sie etwas über ihr Leben erfuhren, dass überhaupt jemand etwas darüber erfuhr, und schon gar nicht diese Fuensanta. Heute putze ich das Esszimmer, wenn es Ihnen recht ist, Senyora. Ach ja, und wo soll ich dann zu Mittag essen?, raunzte Dolors sie an. Bis zum Mittag bin ich längst fertig, keine Sorge. Aha, murrte Dolors, um ihren erzwungenen Rückzug wenigstens ein kleines bisschen zu überspielen, und sie überlegte schnell, wie sie wieder zum Angriff übergehen konnte. Und wenn ich etwas holen muss, was dann? Na, dann kommen Sie halt rein, was sonst. Hm …

Das hatte Dolors gar nicht gepasst, sie verlor nicht gern und schon seit geraumer Zeit verspürte sie das Bedürfnis, jeden Frontalangriff zu Ende zu führen und auf diese stattliche Zielscheibe namens Fuensanta zu feuern, die ihr ständig vor der Nase herumtanzte und ihr auch noch nachts im Traum erschien. Grummelnd zog sie sich an diesem Tag in ihr Bücherzimmer zurück, das Zimmer, in dem seit Antonis Tod die verbotenen Bücher standen, las mal hier, mal dort eine Zeile oder strich gedankenverloren mit der Hand über die Bücher, denn eigentlich dachte sie darüber nach, wie sie Fuensanta doch noch in die Parade fahren konnte. Und nach einer Weile kam sie darauf, es war ganz einfach.

Fuensanta hatte neuerdings ein Liebeslied, das sie unablässig vor sich hin trällerte, sie hatte eine schöne Stimme, aber trotzdem war das nervtötend. Können Sie nicht einmal ruhig sein?, hatte Dolors sie erst tags zuvor angeblafft, verflixt noch mal, schließlich wird sie nicht für Konzerte bezahlt. Und Fuensanta hatte tatsächlich damit aufgehört, doch nun sang sie schon wieder. Gerade war sie mit dem Putzen fertig. Auf diesen Moment hatte Dolors gewartet. Vermeintlich gedankenverloren schlurfte sie an ihr vorbei ins Esszimmer und tat so, als müsste sie etwas in der gegenüberliegenden Zimmerecke holen. Aber Senyora, brauste Fuensanta auf, ich habe gerade frisch geputzt! Scheinbar betreten schaute Dolors zu Boden, oh, das habe ich gar nicht gemerkt, aber sehen Sie, ich habe es Ihnen ja gleich gesagt. Schachmatt!, jubelte Dolors innerlich, und schlurfte zurück zur Tür, wobei sie ihre Füße absichtlich dorthin setzte, wo sie vorher nicht gegangen war, um noch mehr Fußabdrücke auf dem feuchten Boden zu hinterlassen. Doch genau in diesem Moment sorgte der Puck des Lebens dafür, dass Dolors ausrutschte und mit einem Schrei und Fuensantas »Senyora!« der Länge nach hinschlug.

Schicksal. Der Krankenwagen war gekommen und hatte sie mit Sirenengeheul ins Krankenhaus nach Barcelona gebracht. Eduard lag im Sterben, und Dolors weinte zum Steinerweichen, bitte, es ist alles meine Schuld, bitte, retten Sie ihn!, flehte sie den Notarzt unablässig an, sodass er ihr unterwegs ein Beruhigungsmittel gab, hier, nehmen Sie das, es wird Ihnen helfen, sich nicht länger vorzuwerfen, es sei Ihre Schuld, jeder kann sich mal irren. Um ein Haar hätte Dolors ihm da gestanden, was wirklich passiert war, doch im letzten Moment biss sie sich auf die Zunge.

Schneller als erwartet erreichten sie das Krankenhaus, denn es herrschte kaum Verkehr. Dolors, stöhnte Eduard und sah sie noch einmal an, bevor man ihn auf die Intensivstation brachte. Lieber Gott, ich danke dir, murmelte Dolors erleichtert, jetzt wird alles gut, er wird gerettet werden, es wird alles gut, Dolors. Zwei Stunden murmelte sie die Worte gebetsmühlenartig vor sich hin, bis ihr jemand eine Hand auf die Schulter legte, und als sie aufblickte, sagte der Arzt, es tut mir leid, Senyora, aber wir konnten nichts mehr für ihn tun.

An jenem Tag konnte Dolors gar nicht mehr aufhören zu weinen, sie weiß bis heute nicht, was danach alles passierte, das Einzige, woran sie sich noch erinnert, ist, dass sie sich irgendwann am Abend in einem Beichtstuhl wiederfand und ihr Gewissen erleichterte bei einem Pfarrer, der gewiss höchst entsetzt darüber war, was sie getan hatte, auch wenn er ihr schließlich die Absolution erteilte.

Erst irgendwann später, nach Monaten der Trauer und der Verzweiflung, kam ihr der Gedanke, dass sie letztlich unwillentlich tatsächlich das perfekte Verbrechen begangen hatte.

Die Ärmel

»Weißt du, was du bist? Eine dreckige, kleine Nutte!«

Heilige Jungfrau Maria! Zuerst hat sie fast überhaupt nichts gehört, weil Jofre sehr leise gesprochen hat, doch dann ist er unentwegt lauter geworden. Er ist wirklich sehr aufgebracht.

»Ich habe dir vertraut, und was ist der Dank dafür? ... Nein, das ist keine Entschuldigung, du weißt genau, dass ich meine Frau verlassen hätte, du weißt genau, dass ich gewartet hätte, bis du achtzehn bist und ...«

Gekränkter männlicher Stolz und verletzte Eigenliebe: Ach, was für ein erbärmliches Schauspiel. Doch Mònica wird nie wieder hierherkommen, ihre Freundschaft mit Sandra ist vorbei, ausgerechnet jetzt, wo ihre Enkelin eine Freundin so dringend nötig hätte. Sandra, Sandra, bald landest du im Krankenhaus, du kannst ja kein normales Leben mehr führen! Das Kind will immer noch nichts essen, weil es nach wie vor glaubt, zu dick zu sein. Sandra trinkt, was man ihr gibt, Zuckerwasser, Milch, doch anschließend erbricht sie es wieder. Zuerst wusste nur Dolors Bescheid, doch neulich zog Dolors Martí am Ärmel, als ihre Enkelin ins Bad stürzte. Und Martí verstand, Martí versteht immer alles. Ach du Scheiße, waren seine einzigen Worte. Er zog seine Eltern ins Vertrauen und sagte ihnen, es sähe schlimm aus. Das war, bevor sie zum Arzt gingen.

Anscheinend hatte Sandra dem Arzt gegenüber geleugnet, dass sie sich übergibt. Zum Glück war der Mann ein Spezialist für Magersucht und wusste genau, mit welchem Dämon er es zu tun hatte. Jetzt schleicht Sandra durch die Wohnung wie ein Häufchen Elend. Man wird sie in eine psychiatrische Klinik bringen, weil sie meint, sie sei nicht krank, ihr fehle nichts, sie sei nur viel zu dick. Gottlob ist sie minderjährig, sodass ihre Eltern die Einweisung bewirken können.

»Hat er einen Längeren, oder was?«

Auch wenn sie weiß, zu welchen Äußerungen gewisse Männer fähig sind, zuckt Dolors zusammen. Offenbar geht es immer darum, wer den Längsten hat. Ihr war es vollkommen schnuppe gewesen, wie lang der von Antoni war, und erst recht der von Eduard. Erstaunlich aber, wie leicht bei Männern das Gefühl aufkommt, auf diesem Gebiet konkurrieren zu müssen. Sie sind tatsächlich zu dem Gedanken fähig, eine Frau verließe sie nur, weil ein anderer einen Längeren hat. Für einen Moment unterbricht Dolors ihre erbarmungslosen Angriffe auf den geliebten Schwiegersohn. Gut, der Gerechtigkeit halber muss gesagt werden, dass sich diese Mònica auch nicht gerade mit Ruhm bekleckert, sie ist wahrlich ein durchtriebenes Gör, wenn sie mit siebzehn schon so ist. Die beiden schulden sich nichts. Dolors lacht auf. Die Welt ist wirklich ein Irrenhaus.

Haltet die Welt an, ich möchte aussteigen, schoss ihr durch den Kopf, wer hat das noch gleich gesagt. Ach, egal, was tut es zur Sache, ob es der eine Denker war oder ein anderer. Jetzt ist der Gedanke ja Dolors selbst gekommen. Wie beklemmend, wenn man am eigenen Leib erlebt, was sonst nur im Film passiert. Wenn man halbnackt mit dem Ehemann einer anderen auf frischer Tat ertappt wird. Und das Opfer fassungslos, entgeistert, erstarrt dasteht, nachdem sie die Tür mit den Worten aufgerissen hat: Hallo, Antoni, ich wollte dich abhol…

Dolors und Antoni hatten nichts gehört, für sie kam es wie ein Blitz aus heiterem Himmel. Offenbar hatten sie vergessen, die Ladentür abzuschließen, sodass Maria die Buchhandlung ohne weiteres betreten konnte. Nur einmal in all den Jahren ihrer Beziehung war Maria gekommen, um Antoni abzuholen, doch da hatte sie vor der Tür gestanden, denn er schloss sonst immer von innen ab. Immer. Als er an jenem Tag hinausgegangen war, um ihr zu öffnen, hatte sich Dolors versteckt, bis die beiden weg waren.

Doch so perfekt und vollendet der menschliche Geist sein mag, er begeht Fehler. Und einen solchen beging Antoni just an jenem Tag, an dem Maria beschlossen hatte, ihn nach Geschäftsschluss abzuholen. Wenn etwas geschehen muss, geschieht es. Und für alles gibt es irgendeinen Grund. Jedenfalls veränderte Antonis Vergesslichkeit an diesem Abend auf einen Schlag das Leben mehrerer Menschen.

Mädchen, belehrt Dolors in Gedanken all diejenigen, die den Mann einer anderen lieben, solltet ihr je *in flagranti* erwischt werden, zieht euch vor allen Dingen etwas über: Es gibt für die Frau eures Liebhabers nichts Schöneres, als allen zu erzählen, dass auch euer Körper nicht perfekt ist. Dolors hatte sich nicht rechtzeitig zudecken können, und so erzählte Maria überall herum, ihr Mann habe sich mit einer Frau eingelassen, bei der schon alles hing. Zum Glück wohnte Dolors nicht im selben Viertel wie sie und zudem in Barcelona und nicht auf dem Land. Anfangs wusste sie natürlich nichts davon, doch irgendwann berichtete Antoni ihr entrüstet davon. Es kränkte Dolors, dass sich vermutlich alle Frauen in der Umgebung des Ladens vorstellten, sie habe unter der Bluse einen Hängebusen, aber insgeheim verstand sie Marias Reaktion, sie war völlig normal. Und sie verstand auch, dass Antonis Frau gerade ihre Brüste ins Auge gefallen waren, denn die Ärmste hatte selbst nicht viel vorzuweisen.

Der Glaube versetzt Berge, aber das tut der Neid auch. Allem Anschein nach hat Mònica die Geduld verloren und zu Jofre gesagt, ja, stimmt, mein Mathelehrer hat einen viel Längeren, und du kannst mich kreuzweise. Dann hat sie vermutlich aufgelegt, denn Jofre hat den Hörer auf die Station geknallt und ist im Schlafzimmer verschwunden, höchstwahrscheinlich vollkommen fassungslos. Weint er vielleicht? Trotz Dolors' feinem Gehör bekommt sie nichts mit. Jedenfalls muss er zutiefst getroffen sein. Leider ist gerade jetzt nicht gut Kirschen essen mit ihm.

Wie sie dem Pfarrer in die Augen blicken sollte, der Eduards Grabrede hielt, wusste Dolors nicht. Es war ausgerechnet derselbe, bei dem sie ihre Sünde gebeichtet hatte. Der Geistliche war der Einzige, der die Wahrheit kannte und genau wusste, warum sie Rotz und Wasser heulte, alle anderen versuchten hingegen, sie zu trösten, das kann doch jedem passieren, Dolors, du darfst dich nicht schuldig fühlen. Aber sie fühlte sich schuldig, bezichtigte sich vor aller Welt des Mordes und flehte Gott an, er solle den Mann wieder zum Leben erwecken, dessen Tod sie verursacht hatte. Sie habe ihn nicht töten wollen, der so viele Jahre gehegte Hass habe sie blind gemacht. Die Autopsie bestätigte Eduards Allergie, und um die untröstliche Witwe nicht noch mehr zu verletzen, wurde über die Angelegenheit kein Wort mehr verloren. Sogar Leonor versuchte, sie zu beruhigen, das kann jedem passieren, Mama, Papa hätte dir sicher vergeben. Und Teresa, die zur Beerdigung des Vaters gekommen war, sagte ebenfalls, na, komm schon, Mama, wenn du dich deshalb schuldig fühlst, wie sollen sich dann erst die Autofahrer fühlen, die einen Unfall verursachen, bei dem ihre eigenen Kinder auf dem Rücksitz sterben?

Der Gedanke, dass es womöglich derselbe Priester sein könnte, der die Totenmesse las, war Dolors überhaupt nicht gekommen. Da sie seit Ewigkeiten nicht mehr in die Kirche ging, hatte es sie am Tag von Eduards Tod in die erstbeste Kirche getrieben, ganz in der Nähe ihrer Wohnung. Und genau dort wurde nun auch das Requiem für Eduard gehalten. Rot wie eine Tomate saß Dolors in der ersten Reihe und wagte es nicht, den Priester anzuschauen, der sich sichtlich unbehaglich fühlte.

Unbehaglich, genauso fühlt sich Dolors, seit sie vor ein paar Tagen mit dem zweiten Ärmel angefangen hat. Sie fühlt sich irgendwie komisch, und ihre Hand zittert von Tag zu Tag stärker. Warum, weiß sie nicht genau.

Letztlich hat alles wieder seine Ordnung: Jofre hat keine kleine Freundin mehr, Leonor musste ihr Piercing entfernen, und Sandra packt ein paar Sachen in einen Koffer. Weshalb muss ich in diese Klinik? Ich verstehe das nicht, sagte sie erst gestern zu ihrer Großmutter. Sie wollen, dass ich esse, aber ich bin doch gar nicht so dünn, im Gegenteil, ich glaube, ich sollte noch ein paar Kilo abnehmen. Ich kenne da ein Mädchen, bei der bekommt man echt einen Schreck, aber bei mir doch nicht, stimmt's, Oma? Auch früher schon hatte sie sich ihrer Großmutter als Klagemauer bedient, doch noch nie war sie ihr dabei so nahegekommen, sodass Dolors plötzlich fürchtete: Was mach ich, wenn sie mich fragt, was ich in der Plastiktüte habe? Aber nein, darauf achtete Sandra nicht, Sandra sieht nicht und denkt nicht, sie betrachtet sich nur im Spiegel. Und wird dabei von Martí erwischt, so wie vor ein paar Tagen, sieh genau hin, Sandra, soll ich dir sagen, wie du aussiehst? Die Beine sind am schlimmsten. Sieh sie dir an, sieh sie dir gut an, Sandra, Martí packt sie und zwingt sie, ihre Beine zu betrachten, aber Sandra sieht nicht das, was alle sehen, ihr Blick auf die Realität ist verzerrt, da, wo andere Oberschenkel haben, sieht man bei ihr nur Knochen, wie sie sich damit aufrecht halten kann, ist wirklich ein Rätsel. Diese Krankheit ist eigenartig. Doch der Arzt meint, sie könne geheilt werden. Hoffentlich, Sandra, hoffentlich.

Für den Ärmel hat sie nach und nach Maschen zunehmen müssen. Nach dem Bündchen im Rippenmuster hat sie glatt rechts weitergestrickt, in den gleichen Farben wie beim Vorder- und Rückenteil, sodass eine Linie in derselben Farbe von einem Ärmel über die Mitte hinweg zum anderen reicht, und sie hat sich dabei sehr bemüht, keinen Fehler zu machen. Ein Ärmel ist fertig, und beim zweiten fehlt auch nicht mehr viel, in den letzten Tagen hat sie unheimlich viel gestrickt, denn das mit der zitternden Hand gefällt ihr gar nicht, und sie möchte nicht, dass der Pullover aus welchem Grund auch immer nicht fertig wird.

Sie sieht Martí, der gerade hereinkommt. Er zieht nun doch nicht aus, zumindest vorerst, er will warten, bis es

Sandra etwas besser geht. Sicher hat er das gestern beim Abendessen gesagt. Sicher deshalb, weil Dolors, wie üblich, nicht weiß, wann etwas passiert, und den Ereignissen ein Datum verpasst, um sie auf diese Weise in ihrer Erinnerung zu ordnen, sonst wird sie noch verrückt. Sobald sie sich an etwas erinnert, sortiert sie es, vergleicht es mit den anderen Erinnerungen in ihrem Kopf, mal sehen, das mit dem, du hast die Nummer eins, du warst zuerst da … vor einer Woche, zum Beispiel. Und du, vor zwei Tagen, und du, erst gestern. Na also, es war gestern beim Abendessen, als Martí sagte, dass er noch nicht ausziehe, worauf Leonor und Sandra dankbar lächelten. Jofre allerdings gab keinen Ton von sich.

Martí zieht nicht aus, aber Dani kommt oft. Alle sehen ihn nun anders an, was ihm offensichtlich nicht entgeht, denn er wirkt, als wäre ihm unbehaglich zumute. Ich schulde Ihnen noch was, Senyora Dolors, erinnern Sie sich? Vor drei Tagen – nach Dolors' innerem Kalender – hatte er deshalb seine Flöte mitgebracht. Als er ihr jedoch mit lauter Stimme erklären wollte, was er für sie spielen werde, meinte Martí zu ihm, schrei nicht so, sie ist nicht taub, sie hat sehr gute Ohren, nicht wahr, Oma? Das war, und das weiß Dolors noch genau, bevor Martís Freund zu spielen begann.

Er spielte drei Stücke, nur für sie. Drei gute Gründe, um diesem Wohnzimmer, ihrer Familie, diesem Pullover zu entrinnen. Sie konnte sich nicht erinnern, dass Musik je eine solche Wirkung hatte. Echte Musik, nicht das, was den lieben langen Tag in Sandras Zimmer dudelt und ihre Enkelin sicherlich vorzeitig taub machen wird. Magersüchtig und taub, das ist wirklich zu viel des Guten.

Was sie bei der Musik fühlte, kann Dolors nicht genau sagen. Bloß, dass sie sich bei diesen Tönen innerlich auflöste, dass etwas sich veränderte, die Wirklichkeit plötzlich an Kraft verlor und ihre Gefühle weich wurden. Ja, Gefühle, die scheinbar schon seit langer Zeit erstarrt waren, strömten zu ihr zurück, bliesen ihr eine warme Brise ins Herz, und eine Flüssigkeit, die alles durchspülte, lief schließlich zu ihren Augen heraus, ohne dass sie etwas dagegen tun konnte. Als Martí merkte, dass sie weinte, kam er mit der Kleenex-Schachtel zu ihr und tupfte ihr zärtlich die Tränen ab, nahm sie in den Arm und bedeckte ihr runzliges Gesicht mit Küssen. Dolors wusste nicht, wie sie die Tränen aufhalten sollte, hör auf zu heulen, schalt sie sich in Gedanken, doch es war unmöglich, sie zurückzuhalten.

Wie lange hatte sie nicht mehr geweint? Bestimmt seit Antonis Tod. Sie hatte in ihrem Leben nicht viel geweint, sieht man einmal von Eduards Tod und der Sache mit Teresa ab. Selbst nachdem Maria sie erwischt hatte, hatte sie keine einzige Träne vergossen. Nicht einmal, nachdem sie zu ihr nach Hause gekommen war, um sie zu beschimpfen. Nimm dir ein paar Tage frei, hatte Antoni sie noch an diesem Abend gebeten, ich muss eine Lösung finden. Nicht einmal mehr einen Kuss gaben sie sich. Nach so vielen Jahren der geheimen Liebe hatten sie allen Grund, sich schuldig zu fühlen, was für eine Riesendummheit, welche Eselei. Ihr widert mich an, war alles, was Maria gesagt hatte, dann war sie hinausgerannt und hatte alle Türen hinter sich offen gelassen.

In jener Nacht hatte sich Dolors wie betäubt ins Bett gelegt. Zum Glück war Leonor übers Wochenende mit

Jofre weggefahren, denn auch den ganzen nächsten Tag blieb sie im Bett und stierte ein Loch in die Wand. Sicher würde Antoni sie nicht mehr sehen wollen und sie auf Druck seiner Frau entlassen. Sosehr er Dolors auch lieben mochte, Männer wählen letztlich immer die Bequemlichkeit und Stabilität, wenn es hart auf hart kommt. Das hatte sie bei anderen schon oft genug gesehen. Dolors hatte versucht zu weinen, doch sie konnte nicht. Vielleicht war ihr Herz versteinert. Vielleicht begann sie in jenen Stunden aber auch nur, das Leben von einer anderen Warte aus zu sehen. Irgendwie würde sie sich schon durchschlagen und eine neue Arbeit finden. An jenem Tag merkte sie zum ersten Mal, dass sie langsam alt wurde, und je älter man wird, desto distanzierter betrachtet man die Dinge, die einen in jungen Jahren furchtbar verletzt hätten.

Eigentlich geht es nur darum, mit sich selbst glücklich und zufrieden zu sein, überlegt Dolors jetzt. Und ich bin mehr als zufrieden mit mir und meinem Leben. Bis auf das mit dem perfekten Verbrechen natürlich, aber … Dolors hält mit dem Stricken einen Moment inne und richtet ihre Augen zur Zimmerdecke, um Gott, der ihr jetzt von oben herab einen spöttischen Blick zuwirft, zu sagen, aber es musste sein, ich hoffe, du verstehst das.

»Hallo, Oma. Gut siehst du aus.«

Martí kommt zu ihr und küsst sie auf die Wange. Dieser Junge wirkt gar nicht wie ein Homosexueller. Im Laufe der Zeit hat sie durch Teresa ja etliche kennengelernt, und die meisten von ihnen hatten eine ganz besondere Art, zu sprechen und sich zu bewegen. So wie Dani, der allerdings nicht so übertreibt wie manch einer von denen, die man gelegentlich im Fernsehen sieht und die wirklich lachhaft sind. Doch so war Martí nicht. Dass er sich für Mädchen nicht interessiert, hätte sie jedenfalls nie gedacht.

Ach, jetzt kommt Jofre aus dem Schlafzimmer.

»Hallo, Papa. Was machst du denn so früh zu Hause? Lieben dich deine Schüler nicht mehr?«

Upps, da ist Martí unwissentlich ins Fettnäpfchen getreten. Er bemerkt es selbst noch im gleichen Moment, Jofre sieht nicht so aus, als sollte man ihm gegenüber heute derartige Kommentare machen. Da ist ein furchtbarer Orkan im Anzug, denkt Dolors, möge der Herr seine schützende Hand über uns halten. Jofres Augen blitzen.

»Nein, warum sollten sie auch? Ich brauch das im Übrigen nicht, denn ich steh nicht auf kleine Jungs.«

Martí ist wie vom Donner gerührt, und Dolors denkt, dass Jofre einfach das Erstbeste gesagt hat, was ihm durch den Kopf ging. Sicher, Martís Bemerkung hat ihn tief verletzt, und er lechzt sowieso schon danach, etwas vom Stapel zu lassen, das sich auf die sexuelle Orientierung seines Sohnes bezieht, denn er hält sich seit Tagen bereits zurück.

Schweigen breitet sich nun im Wohnzimmer aus, die Luft ist zum Schneiden dick. Weil ihr nichts Besseres einfällt, um die Spannung zwischen den beiden ein wenig zu mildern, seufzt Dolors. Ein so tödliches Schweigen ist nämlich schlimmer als der schärfste Wortwechsel. Und sie sitzt mittendrin. Martí sagt schließlich gepresst:

»He, das war doch bloß ein Witz, Papa.«

Jofre fährt sich mit einer Hand durch die Haare. Obwohl er die Haare seit vielen Jahren kurz, sogar sehr kurz trägt, macht er das immer noch, diese Marotte, die auf seine Hippiemähne zurückzuführen ist, wird er nicht wieder los.

Auch Maria hatte diese schlechte Angewohnheit, auch sie fuhr sich mit der Hand durch die Haare, doch bei einer Frau achtet man vielleicht nicht so darauf, sorgen sich Frauen doch ständig um die Frisur oder ihr Make-up. Doch als sie damals zu ihr kam, konnte sie gar nicht damit aufhören, und zum Schluss fiel es Dolors auf. Zwei Wochen hatte sie nichts von Antoni gehört und sich schon fast an den Gedanken gewöhnt, ihn für immer verloren zu haben. Sie hatte sogar schon mit der Arbeitssuche begonnen und ein Vorstellungsgespräch in einer Buchhandlung und eins in einer Schule gehabt. Arbeit gab es damals reichlich, das war nicht das Problem, es war nicht wie heutzutage.

An jenem Tag war Leonor zu Hause. Sie hatte die Tür geöffnet und die unbekannte Frau begrüßt, die nach ihrer Mutter fragte. Darf ich um Ihren Namen bitten, hatte ihre Tochter höflich gefragt. Maria. Ihre nervöse Stimme schallte durch die Wohnung, und Dolors kam eilig herbei, danke, Leonor, und jetzt lass uns bitte allein. Leonor zog sich mit einer befremdeten Miene zurück, und Dolors bat Maria ins Esszimmer, aber diese lehnte ab. Ich gedenke nicht, auch nur einen Schritt in Ihre Wohnung zu tun, sagte sie, und da bemerkte Dolors, dass Maria tatsächlich genau auf der anderen Seite der Türschwelle stehen geblieben war, die Füße fest zusammen, als wollte sie sichergehen, dass sie nicht aus Zufall auf die Grenzlinie trat.

Ich komme nur, um Ihnen mitzuteilen, begann sie nervös, dass Sie nicht denken, Sie hätten gewonnen, meine Kinder lieben mich und bleiben bei mir, und er wird mir jeden Monat eine Menge Geld bezahlen müssen. Mit zitterndem Kinn machte Maria eine Pause, Sie haben das Vertrauen missbraucht, das wir Ihnen entgegengebracht haben,

Sie verdienen es, in der Hölle zu schmoren! Dolors war zu überrascht, um etwas zu sagen, am liebsten hätte sie Maria die Beleidigungen mit gleicher Münze zurückgezahlt, doch sie biss sich gerade noch rechtzeitig auf die Zunge. Sie sah, wie Antonis Frau mit klappernden Pfennigabsätzen die Treppe hinabstürzte, wie sie umknickte, sich dem Schmerz zum Trotz zusammenriss, bevor die Haustür laut ins Schloss fiel.

Dolors verstand sie. Sie konnte nachvollziehen, dass sie gekränkt war, und verstand auch ihr Bedürfnis, sie zu verteufeln. Das war wie mit dem Schwanz der Eidechse, der noch zuckt, wenn er längst abgehackt ist. Sie versuchte, sich in ihre Lage zu versetzen, in die Lage der gedemütigten Frau, vielleicht hätte sie das Gleiche getan, über sie zu urteilen, hatte sie kein Recht.

Durch Marias unerfreulichen Besuch erfuhr Dolors, dass Antoni sich von seiner Frau getrennt hatte. Mehr als dreißig Jahre später, bei den letzten Reihen des Ärmels für einen Pullover, der sie am Leben hält und mit der Gegenwart versöhnt, überlegt sie, dass sie trotz allem niemanden so hätte lieben können, wie Maria Antoni liebte. Dass es verschiedene Arten zu lieben gibt. Dass niemand weiß, welches die wahre Liebe ist. Dass alle Arten ihre Berechtigung haben, aber dass sich einem die Liebe mit fünfundachtzig Jahren anders darstellt, nicht so kompliziert, viel einfacher, viel schlichter.

Jofre hat den verdutzten Martí mitten im Wohnzimmer stehen lassen. Er schaut seine Großmutter an, und diese winkt ab, wie, um ihm zu sagen, er solle Jofres Worte bloß nicht ernst nehmen. Martí verstünde seine Reaktion gut, würde er die Geschichte mit der treulosen Ich-dich-auch-

Mònica kennen. Aber davon weiß er nichts, weshalb er sich nur verwundert am Kopf kratzt und dann im Arbeitszimmer verschwindet. Heute fragt er seine Großmutter nicht, willst du mit dem Kätzchen spielen, und Dolors fordert es auch nicht bei ihm ein, denn sie hat zu viel zu tun, irgendetwas sagt ihr, dass der Pullover nicht fertig wird, wenn sie sich nicht beeilt, und das darf unter keinen Umständen passieren, es ist das Einzige, was ihr noch wirklich wichtig ist.

An einem dieser Tage, gestern, vorgestern, vorvorgestern, vor einer Woche oder wann auch immer war Leonor zum Arzt gegangen, um sich krankschreiben zu lassen. Danach war Dolors wieder ihre Klagemauer. Ich habe dem Arzt erzählt, dass ich immer weinen muss, Mutter, ich habe sogar schon gedacht, dass körperlich etwas nicht stimmt und mir deshalb ständig die Augen tränen, sicher weiß ich, dass es Sandra schlecht geht und dass ich auch noch ein anderes privates Problem habe, aber das ist trotzdem nicht normal, und weil ich auch in seiner Praxis angefangen habe zu heulen, habe ich dem Arzt schließlich davon erzählt. Und weißt du, was er zu mir gesagt hat, Mama? Leonor machte eine Pause, und Dolors schaute sie fragend an, als wäre es eine große Sache, nun ja, ich käme in die Wechseljahre. Ach nein, Dolors machte eine überraschte Geste, weil ihr bewusst war, dass Leonor sich genau das erhoffte. Ihre Tochter schien sehr zufrieden damit, in den Wechseljahren zu sein, als wäre das etwas Besonderes, das nur einigen Auserwählten passiert. Was bist du für eine Schlafmütze, Leonor, wie kann eine meiner Töchter nur so beschränkt sein, denkt Dolors zum wiederholten Mal. Ob sie wohl bei der Nachricht mit dem Heulen aufgehört hat? Er hat mir Tabletten verschrieben, damit würde ich mich besser fühlen, war ihr abschließender Kommentar.

Was wollte diese Frau von dir? Und warum hat sie dich beschimpft? Wie sollte Leonor begreifen, was geschehen war? Wie sollte sie ihre lebenslange, heimliche Liebe verstehen? Es war unmöglich, doch Dolors spürte, dass sie die Wahrheit sagen musste, anders ging es nicht. Ach, Schätzchen, ich muss dir etwas sagen: Ich hatte mit ihrem Mann ein Verhältnis, und vor kurzem hat sie uns erwischt. Mit einem Lächeln erinnert sich Dolors, wie Leonor die Hände schockiert vors Gesicht schlug. Und wie ein offenbar mit dem Überlebenstrieb verwandter Instinkt sie danach, im verzweifelten Versuch, die Ehre ihrer Mutter zu retten, mehr behaupten als fragen ließ, aber du wusstest nicht, dass er verheiratet war.

Er hat sich von ihr getrennt, Kind, es ist aus. Aber vor dem Gesetz ist er noch verheiratet, meinte Leonor ein paar Stunden später, als beim Abendessen das Gespräch darauf kam, damals durfte man sich noch nicht scheiden lassen, und eine Trennung war ein wirklich heikles Thema. Dolors verlor die Geduld, Leonor, sie haben sich getrennt, und basta. Leonor ließ nicht locker, Mama, dieser Kerl ist schamlos, wenn er mit dir ins Bett gegangen ist, ohne dir zu sagen, dass er verheiratet ist. Und Dolors entgegnete, es reicht, Kind, lass das mal meine Sache sein.

Verheiratet ist der Sohn von Leonors Chef, der mit dem Piercing in der Penisspitze, noch nicht, aber er will in Kürze seine junge Verlobte heiraten. Allem Anschein nach war er erst bei Leonor und nach ihr bei Glòria seinen Trieben gefolgt, weil er Erfahrungen sammeln wollte. Offenbar hatte er bei Leonor nicht allzu viel darüber gelernt, was eine Frau im Bett zum Schmachten bringt, aber bei Glòria war er voll auf seine Kosten gekommen. Das hatte dieser dreiste Flegel Glòria am Ende freimütig gestanden, ohne jede Scham.

Und woher weiß Dolors das?

Woher weiß ich das bloß?, fragt sie sich mit befremdeter Miene und lässt das Strickzeug sinken. Auch das passiert ihr in letzter Zeit immer häufiger: Sie weiß etwas und weiß nicht, woher. Es scheint, als würde immer öfter ein böser Wind durch ihren Kopf fegen und alles fortwehen, was nicht niet- und nagelfest ist. So wie Martí eines Tages gesagt hatte, ich muss ein paar Dateien löschen, die brauchen zu viel Speicherplatz, und Dolors ihn verstört angesehen hatte. Ich spreche von meinem Computer, hatte er sie grinsend aufgeklärt. Jetzt würde Dolors ihm liebend gern sagen, dass das bei alten Menschen auch so ist, dass da auch Dateien gelöscht werden. Bestimmt hat sie in ihrem Kopf ein hungriges Kätzchen wie das auf dem Bildschirm, das alles auffrisst, was ihm unter die Pfoten kommt, und sich dann genüsslich die Schnurrhaare leckt, als könnte es kein Wässerchen trüben. Ha, jetzt muss Dolors lachen. Es ist ja auch egal, woher sie das mit Leonor und Glòria weiß, es lohnt nun wirklich nicht, sich wegen so einer Lappalie das Gehirn zu zermartern, die Hauptsache ist doch, dass sie es weiß, das reicht.

Sollen wir zusammenziehen?, hatte Dolors Antoni mit bangem Herzen gefragt. Sie hatten sich in einem Park getroffen, weit weg von ihren Wohnungen und der Buchhandlung, und waren dort ein Stück spazieren gegangen. Antoni warf ihr einen langen Blick zu, wenn ich mit dir zusammenziehe, dann verliere ich meine Kinder endgültig. Ihre Mutter hat sie schon gegen mich aufgehetzt, und nur wenn ich allein lebe, kann ich hoffen, sie eines Tages wiederzugewinnen. Ich liebe sie so sehr, Dolors. Diese Antwort hatte Dolors damals sehr erleichtert, ohne dass sie genau wusste, warum.

Jetzt weiß sie es. Weil das Geheimnis ihrer Beziehung zu Antoni genau darin lag, dass sie sich weder bei dem einen, noch bei dem anderen trafen, sondern auf halbem Wege, umweht vom Duft der alten Bücher und der Lust an verbotenen Freuden. Mama, du kannst diesen Mistkerl doch unmöglich wiedersehen! Such dir eine andere Arbeit, siehst du nicht, dass er dich verschaukelt hat? Leonor hatte sie zu belehren versucht, sie dachte wohl, das Alter hätte sie über Gebühr weich werden lassen und ihre Mutter gäbe neben diesem Schuft eine Witzfigur ab. Er hat mich nicht verschaukelt, erwiderte Dolors stur, sie war die Reden ihrer Tochter leid, und außerdem ist das meine Sache, es ist mein Leben, und auch ich habe ein Recht zu leben, meinst du nicht? Natürlich, Mama, aber wer will schon mit einem Mann zusammen sein, der einen betrogen hat, und dann auch noch in deinem Alter?

Ach, hätte ich deine Worte damals auf einen Kassettenrekorder aufgenommen, Leonor. Ich könnte sie dir jetzt vorspielen. Jetzt bist du es nämlich, die sich hat verschaukeln lassen, jetzt hat ein Mann ganz nach Belieben mit dir und deiner Kollegin getändelt, bis er die Nase vollhatte. Ah! Jetzt weiß Dolors es wieder, Glòria kam an einem der letzten Tage zu Besuch, und zum Glück war Leonor gerade allein zu Haus, denn Glòria fing auf dem Sofa gleich zu heulen an. In Tränen aufgelöst bat sie Leonor um Verzeihung, sodass Dolors schon dachte, gleich fängt meine Tochter auch zu heulen an, denn sie heulte immer noch wegen jeder Kleinigkeit. Doch nein, Leonor war so befremdet, dass sie nicht in Tränen ausgebrochen war. Denn sosehr sie Glòria auch hasste, sie konnte nicht weinen, solange sie nicht wusste, was los war, wovon diese wagnerianische Tragödie handelte, die ihre Exfreundin da vor ihr auf dem Sofa aufführte, diesem Sofa, das sich in eine Bühne für Dramen aller Arten verwandelt hatte.

Natürlich, deshalb weiß Dolors Bescheid über die Sache mit dem Sohn des Chefs, Víctor, über Leonor und über Glòria. Und die beiden wunderten sich darüber, du liebe Zeit, dabei ist das doch der Lauf der Welt, ihr Hübschen.

Ganz anders als die Sache mit Antoni. Leonor drängte sie unablässig, sie solle sich eine andere Arbeit suchen, die Buchhandlung und diesen Windhund von Inhaber verlassen. Ihre Tochter schwang große Reden wie ein Politiker, du hast in meinen Augen den Verstand verloren, hatte sie schließlich sogar zu ihr gesagt, und da war Dolors explodiert. Es reicht, Leonor, ich bin es leid! Ich weiß genau, was ich tue. Und ich wusste, dass er verheiratet war, selbstverständlich wusste ich das!

Bei der Erinnerung daran, wie sie Leonors Gedankengebäude mit diesem Geständnis ins Wanken brachte, muss Dolors lachen. Das arme Kind musste erfahren, dass ihre Mutter eine fürs Himmelreich verlorene Seele war.

»Worüber lachst du, Oma?«

Martí hat den Kopf aus dem Arbeitszimmer gestreckt. Könnte Dolors noch sprechen, würde sie ihrem Enkel jetzt sagen, komm, setz dich zu mir, ich will dir eine Geschichte erzählen, die Geschichte eines Lebens, das wahrlich gelebt wurde, ich habe es ganz bewusst ausgekostet, so wie eine Saftorange, bis zum letzten Tropfen, die Geschichte eines

Lebens, das so gelebt wurde, wie man leben sollte, wie auch du es leben wirst. Denn Martí wäre der Einzige, der sie verstehen und sich beim Zuhören köstlich amüsieren würde.

Doch Dolors kann nicht sprechen, und in diesem Moment tut es ihr sehr leid, dass sie niemandem mehr mitteilen kann, was ihr auf dem Herzen liegt. Aber vielleicht ist ihre Stummheit ja auch ein natürlicher Schutz, denn die eigene Erfahrung nützt keinem anderen, vielleicht geht es ja darum, zu verhindern, dass all ihre Erlebnisse jemandem wie Martí zu Ohren kommen, der sicher wüsste, wie er davon profitieren kann.

Ohne einen Mucks nimmt Dolors die Handarbeit wieder auf und konzentriert sich erneut auf die letzten Reihen des Ärmels. Sind sie wirklich weit genug? Dolors weigert sich, sie genau nach den aufgeschriebenen Maßen zu stricken, denn jetzt wird Sandra ja in diese Spezialklinik kommen, man wird sie zum Essen zwingen, sie wird zunehmen, und wenn sie dann zurückkommt, wird ihr ein Pullover in Magersüchtigen-Größe nicht mehr passen. Deshalb strickt sie sie ein bisschen weiter, so als ob nicht eine, sondern zwei Sandras hineinpassen sollten.

Zum Glück ist sie bald fertig, denn in letzter Zeit ist sie sehr erschöpft. Laufend gleitet ihr die Nadel aus der zittrigen Hand, es fällt ihr schwer, die Kontrolle darüber zu bewahren und sich zu konzentrieren, die Maschen fallen ihr herunter, und sie muss wieder ein Stück auftrennen.

Gerade hat sich Martí von ihr verabschiedet, er will bei Dani übernachten. Und Jofre hat sich immer noch im Schlafzimmer eingeschlossen. Wie lange dauert es wohl noch bis zum Abendessen? Im Augenblick sieht es ganz so aus, als bliebe heute die Küche kalt, und Dolors ist müde und hungrig.

Und deshalb wird sie jetzt aufstehen, in die Küche gehen und nachsehen, ob sie irgendwo noch eine Tafel Schokolade findet. Allein bei dem Gedanken läuft ihr das Wasser im Munde zusammen.

Die Nähte

Kleine Sünden bestraft der liebe Gott sofort, hat Martí mit einem verständnisvollen Lächeln vorhin zu ihr gesagt. Nicht zu fassen, dass sie sich mit der Höhe des Regals so verschätzt hat. Nur deshalb hat sie das Gleichgewicht verloren, als sie das Glas mit der Schokolade herunterholen wollte, das ihr dann im Fallen auch noch aus den Fingern rutschte und auf dem Boden in tausend Splitter zersprang. Dolors war beschämt. Mein Gott, und das nur, weil sie solche Gelüste nach Schokolade gehabt hatte, und jetzt kann sie sich überhaupt nicht mehr bewegen, mit dem Arm im Gips und dem Bein … Ach, das Bein, sie will gar nicht daran denken.

Das Unglück geschah wie so üblich ohne Vorwarnung. Wäre man vorgewarnt, würde man so etwas anders aufnehmen, gut gewappnet kann man die Dinge angemessen und unter Umständen mit Humor hinnehmen. Es müsste eine Art modernes Orakel von Delphi geben, das einem das Schicksal preisgibt. Anstelle der Pythia über ihrer Erdspalte könnte ein junges hübsches Mädchen – so eines wie Sandra, nur gut genährt – in der Bar an der Ecke als Sprachrohr von Apoll dienen, dem Gott des Orakels. Die Dämpfe der Erde, die durch die Spalte nach oben strömten und die

Priesterin in Trance versetzten, wären in der heutigen Version die Dämpfe der Kaffeemaschine. Dolors kann sich das Lachen nicht verkneifen. Nein, das ging nicht, wenn der Kaffeeduft das Mädchen in Trance versetzen könnte, dann würde er das ja auch mit allen anderen in der Bar tun, und am Ende besäße jeder die Fähigkeit, über das Schicksal zu sprechen, nein, das ging wirklich nicht.

Sie selbst wird jedenfalls nicht durch die Dämpfe von Kaffee, sondern durch Schokoladenduft in Trance versetzt. Wenn es auch nur ein bisschen danach riecht, ist es um sie geschehen. Am Ende hat Schokolade für sie also doch eine größere Bedeutung als die Bücher. Natürlich hat sie sie alle hier, ihre und Antonis verbotene Bücher. Allesamt stehen sie in den Regalen, die Martí in ihrem Zimmer aufgestellt hat.

Das Schicksal hatte es mit Antoni und ihr nicht gerade gut gemeint. Oder vielleicht doch, vielleicht gibt es ja Dinge, die eine höhere Macht dazu bestimmte, verboten zu sein, wie die Bücher oder ihrer beider Beziehung. Die Bücher hörten auf, von Interesse zu sein, als die Demokratie ins Land zurückkehrte. All die Texte, die vierzig Jahre lang versteckt worden waren, konnten nun mit schmuckem Einband wiederaufgelegt und verkauft werden, als wäre nichts gewesen. Kaum zu glauben, sagte Antoni damals, nachdem ich sie so viele Jahre wie meinen Augapfel gehütet habe, will sie nun keiner mehr haben, weil es alte Ausgaben sind. Doch für mich sind sie nach wie vor sehr wichtig. Bei diesen Worten sah er sie zärtlich an. Für mich auch, antwortete Dolors. Gott, wie sie diesen Mann liebte, wie sie fühlte, dass er ein Teil von ihr war.

Die Jahre vergingen, Leonor heiratete Jofre, und Dolors

wohnte fortan allein. Selbst Antonis Kinder akzeptierten schließlich, dass ihr Vater eine Frau liebte, die nicht ihre Mutter war. Und dann, als beide auf die Rente zugingen, fassten sie den Entschluss, zusammenzuziehen. Vielleicht könnten sie die Gesellschaft des anderen bald gut brauchen. Doch das war ein großer Fehler. Zumindest scheint es, als hätte der Entschluss Apoll ganz und gar nicht gefallen, und er bestrafte sie dafür, dass sie der Versuchung erlegen waren, das Orakel herauszufordern.

Und als ihre Finger nicht an das Regal heranreichten, hatte Dolors es erneut herausgefordert. Sie hatte sich einen Hocker geholt und war hinaufgestiegen, völlig gedankenlos, denn sie konnte ihn riechen, den verführerischen Duft der Schokolade, sie konnte ihn riechen oder bildete sich das möglicherweise bloß ein, egal, Tatsache ist, dass sie um keinen Preis aufzuhalten war. Auf dem Hocker stellte sie sich dann auf die Zehenspitzen und … fiel.

Vom Boden aus sah sie, wie Jofre und Martí, von dem Gepolter alarmiert, in die Küche gerannt kamen. Nun konnte sie nicht nur nicht sprechen, sie konnte sich auch nicht mehr rühren, denn ihr Arm und ihr rechtes Bein spielen nicht mit. Sie spürte keinen Schmerz, doch sie konnte beides nicht bewegen, sie gehorchten den Befehlen ihres Gehirns nicht mehr. Außerdem war sie völlig benommen. So blieb sie liegen, bekam nur zur Hälfte mit, was passierte, ließ mit sich geschehen, was erst Jofre und Martí, dann die Rettungssanitäter und schließlich die Nervensägen im Krankenhaus mit ihr machten. Diesmal war es ein anderer Arzt. Sie wurde operiert, aber viel bekam sie davon nicht mit. Anscheinend hatten sie ihr auch etwas zum Schlafen gegeben, denn bei einer Operation bekommt man normalerweise eine Vollnarkose. Dabei waren ihr Arm und ihr Bein doch bereits im Tiefschlaf gewesen, sie spürte sie überhaupt nicht mehr. Gut, den Arm nicht, den hat man eingegipst, operiert wurde nur das Bein; offenbar hatte sie es mehrmals gebrochen, doch wenn man alt ist, merkt man Knochenbrüche nicht mehr so sehr. Vermutlich weil die Anzahl der Nervenbahnen im Alter immer mehr abnimmt. Schmerzen hatte sie zumindest nicht.

Jetzt sitzt sie jedenfalls nicht mehr den ganzen Tag im Wohnzimmer in ihrem Sessel. Jetzt kommt sie nicht mehr aus dem Bett. Aber sie vertraut darauf, in Kürze wieder laufen zu können, denn sie fühlt sich von Tag zu Tag kräftiger. In ihrem Kopf allerdings herrscht nach wie vor Nebel, es ist nicht mehr daran zu denken, die Zeit zu messen, es fällt ihr sogar schwer zu beurteilen, ob das, was sie sieht und denkt, wirklich jetzt passiert, oder ob es vor zehn Tagen war oder vor einem Monat.

Doch sie hat Fixpunkte. Als sie irgendwann allein mit Leonor war, wies sie ihre Tochter besorgt auf Sandras Pullover hin, er ist fertig, teilte sie ihr gestikulierend mit, du musst ihn nur noch zusammennähen. Leonor weinte, wie immer, die dumme Gans, sie konnte sich einfach nicht zusammenreißen. So schlimm ist es doch nicht, wollte Dolors sagen, ich liege hier gut, da mussten wir doch alle schon das eine oder andere Mal durch, Kind, als du die Masern hattest, warst du viel schlechter dran als ich jetzt, und ich habe nicht um dich geheult. Doch das konnte Dolors ihr nicht sagen, und Leonor wischte sich die Tränen ab mit den Worten: Das hast du mir schon gesagt, Mama, keine Sorge, ich nähe ihn zusammen. Na, so was, stellte Dolors da überrascht fest, hatte sie ihr das wirklich schon einmal zu verstehen gegeben? Sie kann sich jedenfalls nicht daran erinnern.

O nein, Fuensanta schon wieder. Alles, bloß das nicht. Jetzt, da sie sich neben sie setzt, erinnert Dolors sich, dass ihre ehemalige Haushaltshilfe auch gestern schon da war und vorgestern und vorvorgestern. Vielleicht gibt es ja doch einen Gott, der beschlossen hat, dass man die Konsequenzen seines Handelns und Denkens zu tragen hat. Tatsache ist, dass Fuensanta jeden Tag kommt, den ganzen Vormittag nicht von Dolors' Seite weicht und sie in einem fort fragt, brauchen Sie etwas, Senyora, kann ich Ihnen irgendwie behilflich sein? An manchen Tagen weint sie, an anderen nicht, jetzt allerdings sieht sie so aus, als hätte sie sich eben erst die Tränen abgewischt. Diese beiden, Leonor und sie, sind wirklich ein großartiges Gespann von Klageweibern, das hat Dolors gerade noch gefehlt.

Sandra hat nicht geweint. Gern würde Dolors fragen, was denn aus der Klinik und ihrer Magersucht geworden sei, aber das ist vollkommen unmöglich, denn jetzt kann sie noch nicht einmal mehr etwas aufschreiben: Die Hand, die vorher bloß zitterte, ist obendrein im Gips. Aber sie weiß noch genau, dass Sandra an einem dieser Tage, vielleicht ja erst vorhin, bei ihr gewesen ist und ihr die Zunge herausgestreckt hat. Im ersten Moment hatte sich Dolors verdattert gefragt, was das soll, doch als sich Sandra nicht rührte, sah sie genauer hin, und da verstand sie, dass das Mädchen ihr den Stecker in ihrer Zunge zeigen wollte. Also hat Leonor Sandras Schweigen schamlos erkauft. Ach, wie bitter, denkt Dolors beim Blick darauf. Dann macht Sandra den Mund wieder zu, gibt ihr einen Kuss auf die Stirn und sagt, du bist doch so modern, Oma, da kann ich es dir ja sagen:

Ich habe einen neuen Freund, der ganz verrückt danach ist, es erregt ihn, dass … ach, du weißt schon …

Es erregt ihn also. Ob sie nun in der Klinik war oder nicht, Sandra sieht jedenfalls besser aus, doch die Kleine ist gleich darauf geflüchtet, als würde sie sich dafür schämen, was sie da angedeutet hat. Dolors versucht, sich vorzustellen, was Sandras neuen Freund erregt, und was ihr da durch den Kopf geht, bringt sie zum Lachen – und ihr fällt ein, wie sie eines Tages bloß mit einem Tuch beschürzt vor Antoni einen Bauchtanz improvisiert hatte und sie sich beide beim Anblick der kleinen Ausbeulung an seinem Schambein totlachten, die wuchs und wuchs, bis sie stattlich genug war, dass Dolors zu tanzen aufhörte und sich auf ihn stürzte.

Diese erotischen Spiele waren das i-Tüpfelchen einer Liebe, die nie den kleinsten Riss bekam und die Jahr für Jahr stärker wurde.

Bis zu dem Tag, als Antoni beim Überqueren der Straße genau vor der Buchhandlung von einem Motorrad überfahren wurde. Dolors kann sich noch gut an das schreckliche Geräusch erinnern. Sehen konnte sie Gevatter Tod nicht, der den Mann, den sie so sehr liebte, mit sich nahm, aber hören. Und das war schlimmer, denn Geräusche sind unmissverständlich und an manche erinnert man sich sein Leben lang. Noch heute hört Dolors das Quietschen der Motorradreifen auf dem Asphalt und den grauenerregenden Schlag gegen einen weichen Körper, den Schlag, der ein Stück ihrer selbst für immer mit sich nahm.

»Schau mal, was ich für dich habe, Oma.«

Dolors kneift die Augen zusammen, um besser sehen zu können. Das, was Martí ihr da mit strahlenden Augen bringt, sieht aus wie ein Koffer, den ihr Enkel nun auf den Rolltisch legt, den sie zum Essen hat. Es ist ein Koffer mit einem Stecker. Martí klappt ihn auf, schiebt den Stecker in die Steckdose – und da leuchtet ein Bildschirm auf. Ein Computer! Und, als Krönung des Ganzen, ein Computer mit einer Katze! Ist es Fèlix? Kann es sein, dass das Kätzchen von einem Computer in den anderen gesprungen ist? Tun virtuelle Kätzchen, oder wie sie auch heißen mögen, so etwas? Dolors wundert sich über gar nichts mehr, die heutigen Erfindungen haben wirklich alles auf den Kopf gestellt. Wie dem auch sei, wenn es nicht das gleiche Kätzchen ist, dann ähnelt es dem ihren so stark, dass man meinen könnte, es wären Zwillinge. Vor Rührung läuft Dolors eine dicke Träne über die Wange. Martí legt ihre linke Hand auf eine Maus, die anders ist als die, die sie normalerweise hat, aber genauso funktioniert. Doch natürlich ist es mit der linken Hand viel schwieriger, das Kätzchen zum Spielen zu bringen.

Gottlob ist Fuensanta jetzt nicht da. Wenn Dolors sich nicht irrt, kommt sie immer am Vormittag, und nachmittags ist entweder Martí oder Sandra da. Jedenfalls ist sie nie allein zu Hause, und sie hat ein Glöckchen, um jemanden zu rufen, wenn sie etwas braucht. Lieber wäre es Dolors ja, wenn sie von niemandem abhängig wäre, zum ersten Mal muss sie um Hilfe bitten, bloß um sich aufzurichten, und das behagt ihr gar nicht. Seit der Zeit in der Fabrik hat sie sich immer allein zu helfen gewusst.

Es tat ihr leid, dass sie Antoni nicht hatte sagen können, dass sie eine gemeinsame Tochter hatten. Später hätte sie es gern auch Teresa gesagt, es ihr zumindest aufgeschrieben, doch jetzt kann sie weder das eine noch das andere, und ihr das alles mit Gesten verständlich zu machen, ist zu kompliziert. Schon allein der Versuch wäre müßig. Aber es ist sowieso besser, wenn sie das Geheimnis mit ins Grab nimmt, das wird ihrer Familie weniger Probleme bereiten, und Teresa wird sich nicht den Kopf darüber zerbrechen müssen, warum sie ihr das nicht früher gesagt hat und warum Dolors nicht ihren wahren Vater geheiratet hat.

Ich habe gleich das nächste Flugzeug genommen, Mama, mit diesen Worten war Teresa im Krankenhaus aufgetaucht, und nun kommt sie, wie immer, sonntags, um sie bei Leonor zu besuchen. Und Jofre geht nicht mehr fort. Bis letzten Sonntag – zumindest nimmt Dolors an, dass es am letzten Sonntag war – schloss er sich lediglich in seinem Zimmer ein. An jenem Tag jedoch kam er in ihr Zimmer, weil er dachte, Teresa sei schon weg. Doch Teresa war noch da. Sie hatte nur schon eine Weile nichts mehr gesagt und bloß Dolors' Hand gehalten. Sie hatte eine warme Hand, ein wenig wie die von Sandras erstem Freund, diesem Jaume – wie lange war das schon her? Zwei Monate? Drei Wochen? Zehn Tage? Teresa war jedenfalls besorgt, sie weinte nicht, machte aber ein bekümmertes Gesicht. Na komm, Liebes, hätte Dolors gern gesagt, so schlimm ist es doch nicht, die paar Knochenbrüche … Ihre Älteste ist allerdings nicht die Einzige, die eine so ernste Miene macht. Deshalb ist Dolors schon der Gedanke gekommen, ob sie bereits mit einem Bein im Grab steht … Aber nein, denn wenn das stimmen würde, hätte Martí ihr niemals diesen kleinen Computer mit dem Kätzchen gebracht, denn dann könnte ja die Maus in dem Augenblick zu Boden fallen, in dem sie aufhört zu atmen.

Jofres Gesicht war wirklich bemerkenswert, als Teresa

ihn direkt ansah. Hallo, Jofre, begrüßte sie ihn. Er erwiderte, hallo, mehr nicht, aber es ging ihm bestimmt schwer an die Nieren, es dabei bewenden zu lassen. Vielleicht dachte er ja, es sei an der Zeit, bestimmte Dinge zu bereinigen, weshalb er Dolors fragte, ob sie etwas brauche. Dolors schüttelte langsam den Kopf, um Zeit zu schinden. Dann schaue ich später wieder nach dir, sagte er nervös und ging mit einem verstohlenen Blick zu Teresa und einem gemurmelten Wiedersehen hinaus. Seit sich sein Sohn geoutet hat, betitelt er seine Schwägerin nicht mehr als Mannweib.

Als Jofre draußen war, prustete Teresa los und vergaß darüber sogar für einen kurzen Moment die Krankheit ihrer Mutter. Martí hatte ihr im Übrigen selbst erzählt, dass auch er vom anderen Ufer war und sein Vater das nicht wahrhaben wollte, sich aber nicht zu protestieren traute. Woraufhin Teresa ebenfalls lauthals gelacht hatte. Daran erinnert sich Dolors genau. Denn unter dem Vorwand, nach ihr zu sehen, kommt jetzt jeder, der etwas auf dem Herzen hat, in ihr Zimmer, um es jemandem zu erzählen, im Zweifelsfall ihr, der Klagemauer, die jetzt, in der Waagerechten, schon eher einer Klagegrabplatte gleicht.

Auch Sandra wählte das Zimmer von Dolors, als sie ihrem Bruder von dem jüngsten Spektakel berichten wollte. Ich kann es nicht glauben, Martí, aber anscheinend wollte Papa mich heute von der Schule abholen. Vorher hat er aber Mònica getroffen und sich mit ihr mitten auf der Straße in die Haare gekriegt. Als ich herauskam, war er schon weg. Die anderen haben mir von der Szene erzählt. Als ich ihn später danach gefragt habe, hat er nur gesagt, ich dachte, du bist schon fort. Er hat sich tatsächlich mit Mònica gestritten, weil er wissen wollte, warum sie nicht mehr meine

Freundin ist. Stell dir das mal vor! Ich habe ihn gefragt, wie er denn auf die Idee gekommen ist, doch darauf wollte er mir keine Antwort geben. Sag, Martí, ist das nicht peinlich?

Vor lauter Schreck verschluckte Dolors sich. Bei Jofres Streit mit Mònica war es sicher nicht um die Freundschaft der beiden Mädchen gegangen. Es war wohl eher eine Eifersuchtsszene gewesen, die für alle Umstehenden bestimmt faszinierend war. Wenn Sandra allerdings nicht zugetragen worden war, worum es in dem Gespräch ging, dann hatte sich Jofre offenbar große Mühe gegeben, nicht zu schreien, und dafür kann man nun wirklich dankbar sein. Denn hätte jemand gehört, worum es wirklich ging, dann hätte es ein ganz schönes Trara gegeben.

Immer wieder sagte Sandra, mein Gott, wie peinlich, Martí, ich kann das echt nicht glauben! Genau das Gleiche hatte Leonor schließlich auch zu ihr gesagt, nachdem Dolors ihr eröffnet hatte, dass sie wusste, dass Antoni verheiratet war. Wie peinlich, Mama, ich kann es nicht glauben, wie konntest du nur?! Unfähig, darauf zu antworten, hatte Dolors bloß geseufzt. Was sollte sie der armen Leonor auch sagen. Sie fühlte sich außerstande, ihr zu erklären, was es hieß, jemanden so zu lieben wie sie Antoni. Ach, Liebes, so war es eben, meinte sie schließlich. Doch Leonor gab sich damit nicht zufrieden, sie erwartete eine andere Antwort. Es war nur zu deutlich, dass ihr das nicht reichte. Wir lieben uns, er ist die Liebe meines Lebens, bekannte Dolors endlich, um irgendetwas zu sagen, das Leonor verstehen könnte. Ah ja, entgegnete da ihre Tochter trocken, das habe ich mir fast gedacht, das hat gerade noch gefehlt.

Leonor brauchte lange, um wieder normal mit ihr umzugehen. Sie war stinkwütend auf ihre Mutter, aber da es zum Streiten bekanntlich immer zwei braucht, regte sie sich gezwungenermaßen mit der Zeit wieder ab, als ihr klar wurde, dass Dolors keineswegs das schlechte Gewissen plagte. Und irgendwann begann sie, sich sogar recht nett mit Antoni zu unterhalten, und lud ihn sogar zu ihrer Hochzeit ein.

Als Leonor heiratete, rauchte Dolors noch. Sie hörte damit an dem Tag auf, als Antoni überfahren wurde.

An diesem Tag hörte überhaupt so einiges auf.

An diesem Tag starb auch sie. Und an ihrer Stelle kam eine andere zum Vorschein.

Der Pfarrer, der die Grabrede hielt, war wieder derselbe. Bestürzt stellte Dolors fest, dass sie wieder seinem anklagenden Blick ausgesetzt war, weil dieser Abgesandte Gottes sicher dachte, dass sie ein männermordender Vamp war. Vor allem, da sie am Tag von Antonis Beerdigung keine Tränen mehr hatte. Sie hatte den fürchterlichen Knall gehört und war aus der Buchhandlung auf die Straße gestürzt. Antoni war auf der Stelle tot. Neben der Liebe ihres Lebens sank sie kreideweiß zu Boden, klammerte sich an seinen noch warmen Körper, Sturzbäche liefen ihr über die Wangen, vermischten sich mit seinem Blut.

Sie fauchte jeden an, der sich ihr nähern wollte, sodass man sie schließlich mit Gewalt fortziehen musste. Es dauerte eine halbe Ewigkeit, bis sie sich wimmernd, erschöpft von ihrem Wehgeschrei und all den Tränen, in ihre Wohnung führen ließ. Stundenlang stand sie dann unter der Dusche, und als sie danach, nun schreckensstumm, in den Spiegel starrte, da sah sie, dass das Wasser die satte Farbe ihres Lebens fortgespült und sie völlig empfindungslos gemacht hatte.

Während Antonis Beerdigung starrte sie auf seinen Sarg und suchte in sich nach irgendeinem Gefühl, das ihr die Tränen in die Augen treiben würde. Doch sie hatte keine Tränen mehr, in ihrem Herzen fand sie nur noch dumpfe Gleichgültigkeit, ihr Innerstes war erstarrt. Es war der pure Überlebenstrieb. Als sich der Priester am Schluss der Zeremonie von den Trauernden verabschiedete, warf er ihr einen zornig-fragenden Blick zu, den Dolors im selben Augenblick für sich übersetzte: Und wer ist der Nächste?

Es würde keinen Nächsten geben. Nie wieder. Nach Antoni gab es keine Tränen und keine Männer mehr.

Als Antoni starb, war er dreiundsechzig Jahre alt gewesen. Vor langer Zeit schon hatte er sein Testament verfasst. Die Buchhandlung vererbte er seinen Kindern, doch Dolors sollte sie leiten, bis sie die Lust daran verlor.

Ein Jahr früher als üblich beschloss Dolors, in Rente zu gehen. Die ersten Monate verbrachte sie fast ausschließlich mit dem Lesen der verbotenen Bücher, die Antoni ihr vermacht hatte. Zweimal hatte sie schon damit begonnen, einmal in Antonis Häuschen bei der Fabrik und das andere Mal in der Buchhandlung, doch jedes Mal hatte es Wichtigeres zu tun gegeben. Jetzt war Lesen das Wichtigste. Jetzt gab es keine Ablenkung mehr. Lesen und Stricken, das waren die Freuden ihrer letzten Lebensjahre.

Ach herrje, die Maus ist ihr heruntergefallen. Mit der linken Hand ist es schwierig, sie zu bedienen. Mühsam tastet Dolors nach ihrem kleinen Glöckchen und läutet.

»Was ist los, Oma? … Ach, die Maus.«

Martí hebt sie auf und verschwindet wieder. Bestimmt arbeitet er am anderen Computer. Auf einmal flimmert es Dolors vor den Augen, sodass sie das Kätzchen kaum noch erkennen kann. Fèlix, Fèlix, wo bist du? Seltsam, was heute passiert, wirklich sehr seltsam. Das Bein tut ihr weh, und plötzlich juckt sie auch wieder das Auge, dabei hat es sie schon eine halbe Ewigkeit nicht mehr gejuckt. Und jetzt juckt es immer mehr. So sehr, dass es richtig wehtut. Und seltsamerweise bekommt sie nur noch schwer Luft. Das ist wirklich alles sehr kurios, doch wenn sie auf etwas überhaupt nicht gefasst war, dann auf eine so große Überraschung wie die, die jetzt zur Tür hereinkommt. Träumt sie vielleicht? Sie schließt die Augen und öffnet sie gleich wieder. Nein, denn die Überraschung ist immer noch da: Antoni. Dolors hebt den Kopf, versucht, etwas zu ihm zu sagen, doch sie bringt ja nur Laute hervor. Lächelnd tritt Antoni an ihr Bett, ergreift ihre Hand und sagt, pst, streng dich nicht an. Liebend gern würde Dolors ihn fragen, wie er hierherkommt, da er doch eigentlich tot ist. Doch Antoni versteht sie wie immer, küsst sie mit seinen warmen Lippen auf den Mund und erklärt ihr dann, dass der Tote jemand anderes gewesen sei, alles sei ein Irrtum gewesen. Da reißt Dolors vor Staunen die Augen auf – und bekommt keine Luft mehr, sodass sie husten muss und die Maus erneut zu Boden fällt.

»Was ist los, Oma? Geht es dir nicht gut?«

Martí ist wieder da, und Antoni hat sich versteckt. Diese Sache mit der verbotenen Liebe führt dazu, dass man sich andauernd verstecken muss, denn was würde Martí wohl denken, wenn er hier einen Mann vorfände, der nicht sein Großvater ist, der sich aber über seine Großmutter beugt und sie küsst, vor allem, da Dolors für so etwas doch eigentlich schon viel zu alt ist? Nein, nein, würde Dolors ihrem Enkel dann sagen, fürs Küssen und die Liebe ist man nie zu alt.

Die verbotenen Bücher waren letztlich gar nicht so interessant gewesen, wie sie das immer gedacht hatte. Obwohl … natürlich waren sie es, alle Bücher waren interessant, doch nachdem sie im Leben schon so viel gelesen hatte, erwartete Dolors, dass diese ganz anders waren, dass in ihnen mehr stand als in anderen Büchern, dass in ihnen eine Art Geheimcode, irgendetwas Ungewöhnliches verborgen war. Dass das, was die Diktatur vierzig Jahre zensiert hatte, die Entdeckung des Jahrhunderts war.

Doch sie fand nichts dergleichen. Nichts sonderlich Überraschendes. Und so fragte sich Dolors, ob sie vielleicht die Fähigkeit verloren hatte, sich überraschen zu lassen. Sie fragte Mireia, die nie viel gelesen hatte und trotzdem wirkte, als besäße sie alles Wissen der Welt, ob man so etwas verlieren könne. Und Mireia, die Dolors' hintersinnige Fragen nur allzu gut kannte, antwortete ihr, im Alter gehe einem nach und nach alles verloren, aber das sei auch gut so, denn es gebe Dinge, die so schwer seien, dass man einfach nicht mehr die Kraft hätte, sie mit sich herumzuschleppen.

Im Zimmer wird es wieder dunkler. Martí ist hinausgegangen, und Antoni ist wieder da und lädt sie zu einem Spaziergang ein. Ah, du hast dich unterm Bett versteckt, sagt sie. Staunend stellt sie fest, dass sie auf einmal wieder sprechen kann, dass ihr Gehirn wieder vollkommen in Ordnung ist. Antoni reicht ihr die Hand, komm, lass uns gehen. Und wohin?, fragt sie. Dahin, antwortet er und zeigt auf die Wand, wo sie auf einmal einen Schatten sieht. Ich kann wieder reden, hast du das gemerkt? Ja, natürlich kannst du reden. Warte, ich nehme diesen klappbaren Computer mit, dann kann ich dir mein Kätzchen zeigen. Lass den Computer, den brauchen wir nicht. Doch!, erwidert sie, aber als sie sich umdreht, stellt sie fest, dass er nicht mehr auf dem Rolltisch steht, Martí muss ihn wohl mitgenommen haben. Der Schatten an der Wand scheint ungeduldig zu winken. Los, komm, sagt Antoni, sonst verärgern wir ihn. Wen denn?, will Dolors wissen. Na ihn! Der Schatten wartet tatsächlich auf sie, und als sie näher kommen, beginnt er zu sprechen, wie seltsam, er hat eine ganz ähnliche Stimme wie Leonor. Du zuerst, sagt er zu Antoni und wendet sich dann Dolors zu, dich hole ich gleich. Dolors ist es nicht gewohnt, dass ihr jemand Befehle erteilt. Sie will schon unwirsch antworten, doch der Schatten ist bereits verschwunden. Dolors wartet eine ganze Weile, bis sie schließlich verschnupft ruft: Weißt du was? Ich gehe zurück in mein Bett, komm, wenn dir danach ist.

Leider bekommt sie nun kaum noch Luft, das spürt sie genau. Da sticht jemand eine Nadel in ihren gesunden Arm, und auf einmal stehen Leonor und Martí und Sandra und Teresa vor ihrem Bett. Leonor und Sandra weinen, aber das ist ja nichts Neues. Nicht normal ist allerdings, dass auch Teresa weint. Was hat sie, ihre Teresa? Und überhaupt, was tut sie hier, es ist doch gar nicht Sonntag?! Oder doch? Dolors will sie danach fragen, doch offensichtlich ist sie auf einmal wieder stumm, sie bringt kein Wort heraus. Sie lässt es gut sein, denn sie ist so müde, dass sie unbedingt schlafen muss.

Als sie die Augen wieder aufschlägt, stößt Leonor neben ihr einen kleinen Schrei aus, und kurz darauf ist ihr Zimmer wieder voller Leute, und Sandra drängt sich nach vorn an den Rand ihres Betts.

»Er ist unglaublich schön, Oma! Und er steht mir supergut, findest du nicht?«

Sandra trägt den Pullover. Ihren selbstgestrickten Pullover! Dolors mustert ihre Enkelin genau. Dann lächelt sie zufrieden. Wie viele Stunden hat sie daran gestrickt, immer wieder musste sie Teile auftrennen, doch sie hat es geschafft. Er ist fertig. Sie will Leonor dafür danken, dass sie ihn zusammengenäht hat, doch es gelingt ihr nicht, sie stößt bloß einen dieser furchtbaren Laute aus. Warum sie mal sprechen kann und mal nicht, ist ihr wirklich schleierhaft. Vielleicht befindet sie sich ja auf dem Wege der Besserung.

Vielleicht. Doch sie bekommt so schlecht Luft, und das kann sie nicht begreifen. Und außerdem ist da Antoni … das heißt, er war da, jetzt ist er irgendwohin entschwunden, weil der Schatten ihm das gesagt hat. Und der Schatten ist immer noch nicht zurückgekommen, um sie zu holen. Das alles passt irgendwie nicht zusammen, etwas fügt sich nicht ins Bild, ergibt keinen Sinn …

Und da plötzlich fällt es ihr wie Schuppen von den Augen: Sie liegt im Sterben. Antoni ist gar nicht wirklich da gewesen, das hat sie sich nur eingebildet. Das ist er also, der Tod. Vielleicht wartet Antoni aber wirklich auf der anderen Seite, um im Paradies auf ewig mit ihr zusammen zu sein. He, Antoni, sei dir nicht so sicher, dass ich zu den Guten komme, denk daran, ich habe mir manches geleistet, ich habe Eduard getötet und vielleicht werde ich deshalb geradewegs in die Hölle geschickt. Falls es sie gibt. Ach, Dolors, endlich wirst du erfahren, ob das Gerede der Nonnen wahr ist.

Sie schließt die Augen, und das Letzte, was sie sieht, ist Sandras Pullover direkt vor sich. Wie schön er geworden ist. Und welch unbändige Lust sie verspürt hatte, noch einmal einen ganzen Pullover zu stricken. Was für wundervolle Farben, dieses leuchtende Blau, das frische Grün, und nicht zu vergessen das sonnige Gelb … Wenn sie doch bloß besser Luft bekäme.

Zum Glück kehrt jetzt der Schatten zurück. Hallo, hier bin ich, ruft sie, du hast ganz schön lange gebraucht, deshalb bin ich zurück ins Bett. Ich habe die Geduld verloren und bin eine alte Frau, der Arzt hat gesagt, dass ich nicht lange stehen darf.

Der Schatten entschuldigt sich: Ich habe viel zu tun. Aber jetzt lass uns gehen, sagt er dann und reicht ihr seine Hand, die vollkommen schwarz ist, und Dolors gibt ihm ihre, die ebenfalls sofort schwarz wird. Jetzt weiß sie nicht mehr genau, wo die Grenze zwischen Wirklichkeit und Trugbild liegt, aber das ist jetzt auch egal. Was wohl Freud dazu sagen würde? … Ach, nein, das war ja Calderón de la Barca: *Flüchtiger Traum ist Menschenleben, und selbst die Träume sind ein Traum.*

Epilog

Kannst du dich noch an den alten Pfarrer aus deinem Viertel erinnern? Er ist schon lange bettlägerig und liest längst keine Messen mehr. Deine Beerdigung wollte er aber unbedingt halten, stell dir das mal vor, man musste ihn fast mit Gewalt zurück ins Bett bringen. Für dich hätte er eine ganz besondere Grabrede, hat er immer wieder gerufen, bis sie ihn schließlich mit einer Tablette wieder etwas beruhigt hatten. Was das wohl für eine Rede gewesen sein mag? Er hat ja damals bei der Beerdigung deines … deines Liebhabers die Totenmesse gelesen, das weiß ich noch, aber der jetzige Pfarrer hat mir erzählt, dass er auch Papa das letzte Geleit gegeben hat. Der Neue ist bestimmt noch keine dreißig, er soll angeblich dem Opus Dei angehören, aber diese Schwarzröcke predigen ohnehin alle den gleichen Kram, das sagt Jofre auch immer, ihm zufolge sind sie alle spitz, und weil sie es unterdrücken müssen, erwarten sie von uns Kirchgängern, dass wir das auch tun. Aber das ist jetzt nicht der richtige Ort, an so was zu denken, auch wenn ich zugeben muss, dass mir jedes Mal ein wohliger Schauder über den Rücken läuft, wenn mir ein Mann unter dreißig gegenübersteht. Ob das die Wechseljahre sind? Bis zu der Geschichte mit Víctor ist mir das jedenfalls nie passiert.

Na ja, aber egal, die Männer sind ja sowieso alle gleich, erst umgarnen sie einen und beteuern, dass man die Frau ihres Lebens ist, und wenn sie genug haben, servieren sie einen ruck, zuck ab und suchen sich die Nächste. So eine wie Glòria zum Beispiel. Tut erst so, als wäre sie meine beste Freundin, und dann … Sicher hat sie ihm alles brühwarm erzählt, was ich blöde Kuh ihr anvertraut habe. Dieses miese Weibsstück! … Na, mal sehen, wie lang das geht, eine nordische Schönheit ist sie ja nun nicht gerade, und bei ihr hängt auch schon alles, meine Haut ist noch viel straffer als ihre, und das, obwohl ich um einiges älter bin als sie.

Weißt du, Mama, mit Víctor hatte ich eine echt gute Zeit. Er war ja noch reichlich unerfahren, sodass ich ihm ein paar Stellungen zeigen konnte. Jofre und ich haben ein paar Jahre lang etliches ausprobiert. Glòria meint zwar, dass er bei mir nichts gelernt hat, das erzählt sie aber nur herum, weil sie eifersüchtig ist, dass ich ihm im Gegensatz zu ihr sehr wohl was beibringen konnte. Was war Víctor nur besessen von diesen Piercings! Es war echt unglaulich, wie sehr ihn das Ringchen in meinem Bauchnabel erregt hat, dabei musste ich mich erst bitten lassen, denn am Anfang gefiel mir die Vorstellung gar nicht, mir so was stechen zu lassen. Aber Jofre kriegt ihn jetzt kaum noch hoch, während Víctor ständig einen Ständer hatte, das muss am Alter liegen, von einem Mann über fünfzig kann man natürlich nicht erwarten, dass er noch das gleiche sexuelle Verlangen hat wie so ein fünfundzwanzigjähriger Adonis. Ich hätte ja nie geglaubt, dass ich noch … Ich dachte, das wäre längst vorbei und ich würde nie wieder die gleiche Leidenschaft und das gleiche Feuer spüren wie mit zwanzig. Zwischen Jofre und mir läuft schon einige Zeit nichts mehr. Bis

Víctor kam, hat es mir schon schwer zu schaffen gemacht, dass ich ihn nicht mehr heißmache, aber jetzt bin ich ganz froh darüber, dass er mich in Ruhe lässt. Nach all dem, was passiert ist … Weißt du, es kommt mir vor, als hätte ich in den letzten Monaten eine innere Wandlung durchgemacht, auf einmal sehe und beurteile ich vieles ganz anders als früher. Sogar Jofre. Sicher, er weiß eine Menge, aber so viel nun auch wieder nicht. Inzwischen ist mir wirklich schleierhaft, warum ich all die Jahre geglaubt habe, er hätte die Weisheit mit dem Löffel gegessen. Über dreißig Jahre, man stelle sich das mal vor.

Verzeih mir, Mama, dass ich am Tag deiner Beerdigung so etwas denke, aber ich kann dem Pfarrer nicht zuhören, meine Gedanken schweifen einfach immer wieder ab. Und ich kann nicht aufhören zu weinen, in letzter Zeit habe ich einfach nahe am Wasser gebaut. Ja, ja, ich weiß, dass du jetzt sagen würdest, nicht nur in letzter Zeit, schon immer, Kind. Das hast du mir schon gesagt, als ich noch klein war. Teresa weinte nie, während ich wegen jeder Kleinigkeit gleich losheulte. Vielleicht habe ich einfach mehr Tränen als sie. Möglicherweise produzieren ja einige Menschen mehr Körperflüssigkeiten als andere, die sie dann auch irgendwie wieder loswerden müssen, und wenn das nicht mit Schwitzen geht, dann eben mit Weinen. Und da ich nicht viel schwitze, weine ich eben umso mehr. Na, was hältst du von meiner Theorie? Nein, nein, du kannst ganz beruhigt sein, du musst nicht antworten, das konntest du auch schon in den letzten Monaten nicht mehr, ach, Scheiße, Mama, vor einem Jahr hast du noch geredet wie ein Wasserfall und dich mit jedem gezankt, vor allem mit Fuensanta. Ja, ja, ich weiß … aber wie du dich der armen Frau gegenüber aufgeführt hast, sie war deinetwegen schon richtiggehend verbittert, und jetzt sieh sie dir an, wie sie weint, bestimmt hat sie auch zu viel Körperflüssigkeit. Sie hatte dich wirklich gern, Mama, du solltest dich schämen, wie du sie behandelt hast, zeitweilig wussten Teresa und ich nicht mehr, wie wir sie noch trösten sollten.

Aber ich will jetzt nicht mit dir schimpfen, verzeih mir. In den letzten Monaten ging es dir wirklich schlecht, du warst stumm und taub und teilnahmslos gegenüber allem, was um dich herum passierte. Dass ausgerechnet dir das passieren musste, die du doch immer so energisch und voller Leben warst! Aber vielleicht war das ja eine Strafe des Himmels, ja, hör nur hin, vielleicht war's die Strafe dafür, dass du dich mit diesem Antoni eingelassen hast. Ja, ja, wenn du noch reden könntest, würdest du jetzt sicher sagen: Und was ist mit dir? Aber das mit Víctor ist etwas anderes, Mama, etwas völlig anderes, verlobt zu sein ist nicht das Gleiche wie verheiratet, ganz und gar nicht. Und ich weiß schon, dass das nicht richtig von mir war, da ich verheiratet bin, aber wenn Jofre ihn nicht mehr hochbekommt, ist das doch nicht meine Schuld, oder? Bei dir war der Schlaganfall jedenfalls eine Strafe des Himmels, o ja, Mama, wirklich, weil du eine Familie zerstört hast, bis heute kann ich nicht fassen, dass dir das egal war.

Aber Schwamm drüber, was passiert ist, ist passiert. Stumm und an allem desinteressiert, hast du in deinem Sessel im Wohnzimmer Sandra jedenfalls noch einen wunderbaren Pullover gestrickt ... Ausgerechnet heute hat sich deine Enkelin in den Kopf gesetzt, ihn anzuziehen, dabei habe ich ihr gesagt, Sandra, Schatz, die Sonne scheint, bei dem Wetter bekommst du darin einen Hitzschlag. Aber sie ist natürlich stur. Als sie ihn zum ersten Mal gesehen hat, war sie unheimlich gerührt, deshalb trägt sie ihn wohl auch voller Stolz. Zum Glück geht es ihr wieder gut, in der Klinik hat man sie vollkommen geheilt, auch wenn diese Ärztin meinte, Sie müssen sich mehr um sie kümmern, Senyora, ansonsten war das, was wir hier für Ihre Tochter getan haben, umsonst.

Ich habe nur mit halbem Ohr hingehört. Sandra geht es jetzt blendend, schau sie dir an, wie hübsch sie ist, das blühende Leben. Schlank ist sie, ja, aber doch längst nicht mehr so ein Hungerhaken. Und irgendwann wird wenigstens sie mir Enkel schenken, da bin ich mir zum Glück ganz sicher.

Ach, Senyora Dolors, ich kann es immer noch nicht fassen, ich dachte immer, dass Sie mich um Jahre überleben werden, so energiegeladen, wie Sie waren.

Ich werde den Tag nie vergessen, an dem Sie an mir vorbei ins Esszimmer gerauscht sind, in dem ich gerade den Boden geputzt hatte, und Sie der Länge nach hingefallen sind. Da habe ich mir solche Sorgen gemacht, ich dachte ja, Sie hätten sich wer weiß was gebrochen, aber Pustekuchen! Ihre Laune war allerdings wirklich zum Davonlaufen, Sie wollten sich partout nicht beim Aufstehen helfen lassen, aber da waren Sie bei mir an der falschen Adresse, das ging nun wirklich nicht, dass sich eine Vierundachtzigjährige ganz allein vom Boden aufrappelt.

Und nun liegen Sie in diesem Sarg, das ist wirklich unglaublich, dabei hatten Sie so viel Leben in sich. Wir sind nichts, ach, lieber Gott im Himmel, die Erde sei ihr leicht. Mein Taschentuch ist schon klatschnass, so muss ich weinen, ich hätte wirklich die Kleenex-Schachtel mitnehmen sollen, aber ich habe mir gesagt, Fuensanta, die Beerdigung von Senyora Dolors ist ein würdiger Anlass, steck da mal lieber das Spitzentaschentuch ein, das Alfonso dir vor seinem Tod geschenkt hat, es schickt sich einfach nicht, auf einer Beerdigung unablässig Papiertaschentücher aus einer Box zu zupfen, und du wirst bestimmt eine Menge Tränen vergießen. Ah, da ist noch ein einigermaßen trockenes Eckchen, damit kann ich mir ein paar Tränen abwischen.

Jetzt, wo Sie tot sind und nicht mehr herumnörgeln können, sollen Sie wissen, Senyora Dolors, dass ich Sie sehr gerngehabt habe. Vielleicht war ich ja nicht so ganz Ihr Fall, denn bei meinem Anblick runzelten Sie immer die Stirn, aber in all den Jahren, die ich an Ihrer Seite war, habe ich mich wirklich bemüht, Ihnen alles recht zu machen und Ihnen zu helfen, so gut ich konnte. Und wissen Sie, was, Senyora? Ach herrje, jetzt muss ich noch mehr weinen und habe kein Taschentuch mehr … Also, was ich Ihnen sagen wollte: Als ich Sie zum ersten Mal bei Ihrer Tochter in Ihrem Sessel sitzen sah und Sie nicht mehr sprechen konnten, da wäre ich fast in Ohnmacht gefallen, so hab ich mich erschrocken. Denn das waren doch nicht mehr Sie!

Jemand anders wäre vielleicht hochzufrieden gewesen, Sie so zu sehen, nach allem, was ich mir vorher von Ihnen anhören musste, aber ich bin nicht nachtragend, Senyora Dolors, nein, Sie taten mir einfach nur furchtbar leid, und da konnte ich die Tränen wirklich nicht mehr zurückhalten, und Ihre Leonor musste mir ein Kleenex nach dem anderen geben.

Und als ich mich nach Ihrem Sturz vom Hocker in der Küche dann vormittags um Sie kümmerte, Senyora Dolors, da war es mein größter Herzenswunsch, Ihnen all die Unverschämtheiten, die Sie zu mir gesagt hatten, zu vergeben, denn Sie haben all das sicher nicht mit böser Absicht zu mir gesagt, auch wenn es wirklich sehr unangenehme Worte waren. Das habe ich Ihnen da also gesagt, dass ich Ihnen von ganzem Herzen verzeihe, auch wenn Sie mich nicht mehr hören konnten. Und der liebe Gott wird das sicher anrechnen, denn Sie hätten mich bestimmt auch darum gebeten, wenn Sie am Schluss noch bei Bewusstsein gewesen wären. Zuerst hatte ich ja noch gehofft, dass Sie mich schriftlich um Verzeihung bitten würden, nach dem Schlaganfall, als Sie zwar stumm, aber sonst noch ganz gut bei Sinnen waren und sogar wieder gestrickt haben, da konnten Sie noch schreiben. Immerhin gilt es beim Jüngsten Gerichts mehr, wenn der reuige Sünder selbst um Vergebung bittet, aber Sie waren ja immer so störrisch und dachten nicht daran, bis es zu spät war und der Unfall geschah, und dann sind Sie irgendwann nur noch dahingedämmert, und ich musste Ihnen verzeihen, ohne dass Sie mich darum gebeten hatten, damit Sie schließlich in Frieden sterben konnten. Der liebe Gott wird Ihnen die Sturheit bestimmt nicht ankreiden, sicher sind Sie schon bei ihm im Himmel. Bitten Sie für mich, Senyora Dolors, bitten Sie für mich vor seinem Thron, ich weiß, dass Sie ein viel besserer Mensch waren, als es den Anschein hatte.

Und bitten Sie ihn auch, dass ich eine neue Arbeit finde, denn ich weiß wirklich nicht, was ich jetzt tun soll, ich habe arg zu knapsen, Senyora Dolors, aber bevor ich Ihre Töchter fragen kann, muss ich noch ein bisschen warten, denn sie betrauern ja noch Ihren Tod, und da gehört es sich nicht, sie mit so was zu belästigen.

Legen Sie bei Gott, unserem Herrn, ein gutes Wort für mich ein. Sagen Sie ihm, dass ich immer ein guter Mensch war, eine liebevolle Ehefrau und treusorgende Mutter, und dass ich immer viel und gut gearbeitet habe, bei den anderen Herrschaften und bei Ihnen. Und erinnern Sie ihn daran, dass ich Ihnen vergeben habe, und das ganz ohne Gegenleistung. Sagen Sie das dem lieben Gott, bitte, Senyora Dolors, Sie sind ja jetzt bei ihm. Und, vor allem, erzählen Sie ihm, dass ich Ihnen nichts, aber auch gar nichts nachtrage.

Bloß weil sie einen knackigen Po haben und Holz vor der Hütte und das ganze Leben noch vor sich, meinen sie wohl, sie könnten uns nach ihrer Pfeife tanzen lassen … Scheiße aber auch, die Kleine hat mir völlig den Kopf verdreht, dieses durchtriebene Gör, beim bloßen Gedanken an sie kriege ich immer noch einen Ständer. Zwar versuche ich, mich mit den Bildern aus dem Internet abzulenken, doch es nützt nicht viel, ich sehe sie ständig vor mir, Tag und Nacht, überall, wir hatten eine so heiße Zeit miteinander. Mir will einfach nicht in den Schädel, warum sie sich einen anderen gesucht hat. Sicher, meiner ist nicht gerade ein Riese, aber du liebe Zeit, so übel ist er wirklich nicht, und überhaupt: Auf die Größe kommt es nicht an, behaupten die Frauen doch immer. Aber sie kann bestimmt nicht genug davon kriegen, diese Gören sind ja auf der Suche nach immer noch stärkeren Sinnesreizen, es ist nicht zu fassen, dass sie so wenig Einfühlungsvermögen haben, ein Mann ist doch mehr als nur sein dicker Schwanz! Also, weißt du was, Schätzchen? Dann such dir doch einen Schwarzen, die haben einen besonders großen, heißt es – was nicht stimmt, denn irgendwann habe ich in der Umkleide vom Fitnessstudio mal drauf geachtet, da hing er zwar schlaff runter, aber um größer zu werden als meiner, hätte man ihn sehr, aber wirklich sehr stimulieren müssen.

Keine Ahnung, was du darüber denken würdest, Dolors, wenn du mich noch hören könntest, zum Glück bist du mausetot. Das war übrigens auch echt an der Zeit, ich weiß ja nicht, wie lange wir so eine klapprige alte Schachtel wie dich noch hätten durchfüttern sollen, denn seien wir doch mal ehrlich, nach dem Schlaganfall warst du doch nur noch ein Krüppel. Taub und stumm und tatterig, sag mir mal, wozu du noch gut warst, so wie du da den ganzen Tag in deinem Sessel im Wohnzimmer gesessen hast. Ich bin wirklich kein Unmensch, aber gerade du, die du angeblich was von Philosophie verstehst, musst mir doch zustimmen, dass jemand sich besser von dieser Welt verabschiedet, wenn er nur noch so dahinvegetiert. Für die Angehörigen ist das nämlich eine ganz schöne Zumutung … Nicht, dass du mich jetzt missverstehst, ich will damit auf keinen Fall sagen, dass du nichts mehr wert warst, ein Mensch bleibt natürlich immer ein Mensch, du verstehst schon, was ich meine, oder? Na, vielleicht ja auch nicht, aber das ist auch egal, Jofre, Jofre, du hast echt einen an der Waffel, redest mit einer Toten und fragst sie auch noch nach ihrer Meinung! Eine Tote, die zudem noch stumm, taub und blind ist. Ah, nein, blind warst du ja nicht …

Aber wenn wir schon mal dabei sind: Jetzt kann ich dir ja sagen, dass ich dir das mit deinem Philosophie- und Literaturstudium nie abgenommen habe. Als Leonor mir seinerzeit sagte, stell dir vor, meine Mutter hat heimlich studiert, da habe ich nichts gesagt, weil sie so glücklich wirkte. Aber ich habe mir damals schon gedacht, wer weiß, was ihre Mutter unter einem Studium versteht, dazu hätte sie ja jeden Tag zur Uni gehen müssen, und das wäre sicher aufgeflogen, wahrscheinlich hat sie vormittags eins dieser Hausfrauendiplome erworben. Als ich dich dann kennenlernte, tatest du so, als wüsstest du über alles Bescheid, und wolltest meine Ansichten über dies und das erfahren. Aber die Tour zieht bei mir nicht, o nein, ich hab dich gleich durchschaut und begriffen, wie der Hase läuft: Du wolltest mich bloß aushorchen, damit du hinterher die gegenteilige Meinung haben kannst.

Du bist … ähm, du warst nämlich wie deine Tochter, Dolors. Nein, nein, ich spreche nicht von Leonor, wir wissen beide, dass die Ärmste nicht viel auf dem Kasten hat. Kochen kann sie ja einigermaßen gut, aber sonst? Wir haben's ja gesehen: Kaum bietet sich ihr einmal die Chance, in der Firma voranzukommen, vermasselt sie's, und ihr wird eine andere vor die Nase gesetzt, die gewiefter ist als sie.

Nein, ich spreche von Teresa. Nach diesem einen Mal mit heftigem, wirklich unglaublichem Sex meinte sie lapidar, das wär's gewesen, sie habe bloß noch mal ausprobieren wollen, wie es mit einem Mann so sei, und jetzt wüsste sie endgültig, dass es sie nicht antörne. Mein Gott, was für eine Schlappe für mich! Aber ich ließ natürlich nicht locker. Starrköpfig, wie sie ist, reagierte sie nicht einmal, als ich mit ihrer Schwester anbändelte. Und eines Tages sagte sie dann, wenn ich es mit Leonor ernst meine, würde sie mir raten, kein Wort über das bisschen Sex mit ihr zu verlieren. Das bisschen Sex! Da fiel mir wirklich die Kinnlade runter: Diese Amazone hatte unsere heiße Nacht doch tatsächlich zu den Akten gelegt. Und ich Trottel habe die ganze Zeit gedacht, sie wäre scharf auf mich … Aber weißt du, was? Ich glaube ja nach wie vor, dass sie nach mir verrückt war. Weil sie ihre kleine Schwester aber liebt und ihrem Glück nicht im Weg stehen wollte, hat sie dann so getan, als wäre sie auf einmal lesbisch und wollte von Männern nichts mehr wissen. Und sie ist immer noch in mich verliebt, ich sehe es nämlich genau, wie sie mich ansieht. Deshalb hat sie in all den Jahren auch keinen Ton mehr mit mir geredet. Aber seit du von dem Hocker in der Küche gestürzt bist, fasst sie mich mit Samthandschuhen an. Wahrscheinlich hat sie sich in den Kopf gesetzt, dass wir doch wieder einmal eine Nummer schieben könnten. Es ist wirklich nicht zu fassen: Jetzt, mit fast sechzig, willst du mit mir wieder ins Bett steigen, Teresa? Sonst noch was? Vielleicht solltest du deine Triebe mal langsam abkühlen lassen, Schätzchen, ich und eine Frau in deinem Alter, also wirklich!

Apropos Triebe: Du hast mich echt ganz schön an der Nase rumgeführt, Mònica. Und dass Sandra jetzt überall herumerzählt, dass du was mit dem Mathelehrer hast, geht mir unheimlich auf den Sack. Was, zum Teufel, hat der Kerl, was ich nicht habe? Und zu allem Überfluss behauptet mein Sohn neuerdings auch noch, eine Schwuchtel zu sein. Bei mir läuft gerade wirklich alles eins a …

Wartest du auf mich, Dolors? Ich folge dir bald, ich brauche wirklich nicht mehr lange, ich gehöre schon mehr dorthin, wo du jetzt bist, als hierher. Wie ist es auf der anderen Seite, liebe Freundin? Könntest du mir das irgendwann im Traum erzählen, damit ich weiß, was mich erwartet? Du hast bestimmt Antoni wiedergetroffen, die Liebe deines Lebens, stimmt's?

Weißt du, Dolors, du bist die treueste Seele, die ich kenne. Du bist immer dir selbst und deinen Grundsätzen treu geblieben und hast zu den Menschen gestanden, die du geliebt hast. Ich habe den größten Fehler meines Lebens begangen, hast du einmal zu mir gesagt, als du schon eine geraume Weile verheiratet warst, erinnerst du dich? Du hast keinen Fehler gemacht, glaub mir. Bis du Antoni wieder getroffen hast, warst du nämlich wie betäubt, das warst nicht du, du hattest nur Augen für deine Kinder, deinen Mann und deinen Haushalt. Und mir tat es so leid, als ich dich dann auch noch verlassen musste, wegen meines lieben Mannes und unserer Kleinen, die dann bald kam, denn ab da warst du allein, auch wenn du viele Menschen um dich herum hattest, ganz allein.

Nein, du hast keinen Fehler gemacht, Dolors. Du hast getan, was du tun musstest. Denn für alles gibt es einen Grund, und vielleicht hätte eure wunderbare Liebe ein böses Ende genommen, wenn du ihn geheiratet hättest, wer weiß, ob ihr euch nicht schon am zweiten Tag die Teller an den Kopf geworfen hättet.

Antoni und du, ihr hattet beide einen freien Geist, ihr brauchtet euren Freiraum. Nur so hielt eure Liebe ewig. Deshalb war ich damals auch so glücklich, als du mir erzähltest, du hättest ihn wieder getroffen. Ich musste dir schwören, dass ich ihm und Teresa nie sagen würde, dass sie Vater und Tochter sind. Daran habe ich mich auch zeitlebens gehalten, und wie du nehme ich dieses Geheimnis mit ins Grab, es würde Teresa nur auf komische Gedanken bringen, wenn ich ihr das jetzt, wo ihr beide tot seid, noch erzählen würde. Eigentlich ist es doch unwichtig, wessen Kind man ist, die wahren Eltern sind sowieso die, die dich mit Brei gefüttert, über deinen Schlaf gewacht, dich aufgezogen und in die Schule gebracht haben.

Ich werde nie deinen Blick bei Eduards Beerdigung vergessen. Hättest du mich damals nicht so angesehen, wäre mir nicht einmal im Traum eingefallen, dass du ihn auf dem Gewissen hast. Aber dann war mir alles klar. Denn deine Augen sprachen Bände, Dolors, so wie immer. Sie sagten mir, dass du es bitter bereust, dass diese Verzweiflungstat die Folge der vielen Jahre war, in denen du an der Seite eines Menschen leben musstest, den du von Tag zu Tag mehr gehasst hast. Und sie erzählten mir, dass du wie in Trance gehandelt hast, so als würdest du einen schrecklichen Albtraum erleben, und nach dem Erwachen unheimlich entsetzt gewesen bist über dich selbst.

Natürlich darf man einen Menschen wegen so etwas nicht umbringen, doch für mich bist du deshalb noch lange keine gewissenlose Mörderin. Du hast das nicht aus niedrigen Beweggründen gemacht, und letztlich hat alles seinen Grund. Und wenn ich ehrlich bin, so war Eduards Tod für alle doch das Beste.

Erinnerst du dich auch noch an die Zeit, in der wir uns jede Woche nachmittags im Café zu Schokolade und Kuchen getroffen haben? Wie du die heiße Schokolade gelöffelt und dabei ein Gesicht gezogen hast, als würdest du gerade das größte Unrecht der Welt begehen, darüber muss ich bis heute schmunzeln. Deine Teresa hat mir vorhin erzählt, dass der Grund für den Sturz in der Küche deine Gelüste nach Schokolade waren. Du hast ja immer gesagt, du könntest ihr einfach nicht widerstehen. Der Duft von Schokolade und Wolle, die beim Stricken durch deine Finger gleitet, darauf hast du in deinem Leben nie verzichten wollen. Und bis zum Schluss hast du beidem nicht abgeschworen. Und so hoffe ich, dass die Speisekammer im Himmel für dich voller Schokolade ist. Wenn das da oben die beste aller Welten ist … dann wartet da auf dich dein Antoni mit einer schönen heißen Schokolade mit viel Sahne drauf. Lass es dir schmecken, Dolors, lass es dir so richtig gut schmecken, liebste Freundin, und auf bald!

Jedes Mal, wenn ich einen Sarg sehe, frage ich mich, was nach dem Tod mit der Seele des Menschen geschieht, mit seinem Geist oder wie immer man das nennen will. Die, die an Gott glauben, haben es leicht: Für sie lebt die Seele weiter, fährt in den Himmel auf und ist auf ewig glücklich. Aber du weißt ja, Mama, dass ich nicht gläubig bin, und deshalb denke ich, dass nicht nur dein Körper, sondern auch dein Geist gestorben ist und nun alles da in der Kiste liegt. Es ist schon ein komisches Gefühl, jetzt bin ich in die erste Reihe vorgerückt; wenn der Tod unsere Familie das nächste Mal besucht, wird er wohl mich mitnehmen, theoretisch zumindest. Ich hoffe, dass er noch ein paar Jährchen auf sich warten lässt.

Ich bin froh, dass du jetzt tot bist, Mama, auch wenn sich das jetzt vielleicht komisch anhört. Aber weißt du, ich bin froh darüber, weil du die letzten Wochen sehr leiden musstest, das Atmen fiel dir immer schwerer, und du hattest große Schmerzen, sodass wir dir Morphium geben mussten und du nur noch dahingedämmert bist und nicht mehr dieselbe warst wie früher. Du warst voller Geheimnisse, Mama. Und diese Geheimnisse haben aus dir einen ganz besonderen Menschen gemacht. Weißt du, oft habe ich gedacht, meine Mutter ist eine größere Feministin als viele meiner

Parteifreundinnen. Dich hat niemand zahm gekriegt. Du hast dich nie einem fremden Willen gebeugt. Und damit meine ich nicht nur die Geschichte mit meinem Vater. Als ich am Tag von Leonors Hochzeit erfuhr, wessen Tochter ich in Wahrheit bin, brauchte ich erst einmal ein bisschen Zeit, um das zu verarbeiten. Während der Feier hatte Antoni dem Wein kräftig zugesprochen und redete wie ein Wasserfall. Offensichtlich freute es ihn, deine Töchter endlich kennenzulernen. Ich saß mit ihm an einem Tisch und fand ihn sehr amüsant. Er zog mich an, noch wusste ich nicht, warum, aber er hatte etwas, das mir gefiel.

Nach der Feier sind Eli und ich mit ihm dann noch in die nächste Kneipe gezogen, wir waren damals ja schon ein Paar. Und da erzählte Antoni uns dann, wie ihr euch kennengelernt habt. Ich war wie vom Donner gerührt, denn ich wusste ja nichts von eurer heimlichen Liebe, damals in seinem Häuschen neben der Fabrik, und fragte mich natürlich, warum du nie darüber geredet hast. Von heute auf morgen sei dann aber auf einmal alles aus gewesen, du hättest ihm gesagt, dass du ihn nicht mehr liebst und Eduard heiraten würdest, was du dann auch sofort in die Tat umgesetzt hättest, keine zwei Monate hättet ihr gewartet. Doch ich wusste, dass es nicht wahr war, dass sie mich nicht liebt, sagte Antoni zum Schluss und schenkte sich noch mal Sekt nach, nie hätte ich das von Dolors gedacht, dass sie diesen Schnösel heiratet, weil er reich ist, aber sie wollte nicht darüber reden, sie sagte, sie hätte einen Fehler gemacht, und basta.

Später, auf der Rückfahrt nach Madrid, habe ich mit Eli dann eins und eins zusammengezählt. Und das Ergebnis meiner Überlegungen führte mich zu einer einzigen

Schlussfolgerung, Mama. Und Eli ebenfalls. Sie sah mich an und sagte: Ihr seht euch unheimlich ähnlich.

Mein Vater wusste nicht, dass er mein Vater war. Wahrscheinlich hast du ihm erzählt, ich sei ein Jahr jünger. Oder zumindest ein paar Monate. Und ich hatte jemanden Papa genannt, den ich nicht leiden konnte, ja schlimmer noch, der mich nicht leiden konnte. Mich vielleicht ja sogar gehasst hatte. Damals verstand ich endlich, warum das so war, und auch, dass du das Opfer, einen Mann zu heiraten, den du nicht liebtest, für mich gebracht hast. Da schwor ich mir, dein Geheimnis für mich zu behalten, und nahm auch Eli das Versprechen ab, Stillschweigen darüber zu bewahren. Als sie mich fragte, warum ich nicht mit dir darüber sprechen wolle, antwortete ich ihr, mir komme es so vor, als wärst du froh darüber, dass ich von diesem großen Opfer nichts wusste, weshalb ich dein Schweigen respektieren wolle.

Töchterliche Liebe konnte ich Antoni nicht entgegenbringen. Dazu war es zu spät, aber ich hätte ihn ehrlich lieben können, Mama, denn er wäre mir ein guter Vater gewesen, das merkte ich gleich, als ich ihn kennenlernte. Ich glaube, ich habe mich verplappert, sag Dolors nicht, dass ich dir das alles erzählt habe, versprichst du mir das?, hatte er mich an jenem Abend noch gebeten.

Manche Dinge ahnt man, andere hingegen liegen klar auf der Hand. Dass Jofre ein Arschloch ist, habe ich ziemlich bald gesehen, aber da war es schon zu spät, denn Leonor war hoffnungslos in ihn verschossen, und es hätte nichts genutzt, sie vor ihm zu warnen. Ich habe eine Schwester, die leider eine echt dumme Gans ist; wenn einer sie nur anlächelt, ist sie ihm gleich verfallen. Was du nicht weißt, Mama, ist, dass ich mich einmal von diesem Mistkerl hab verführen lassen, keine Ahnung, warum, vielleicht, weil er mich mit seinem Gequatsche über Philosophen geblendet hat, die damals groß in Mode waren. Nach ein paar Joints landeten wir jedenfalls in meiner Wohnung auf dem Sofa und machten Sachen, die ich nur ein Mal mit einem Mann gemacht hatte, in meiner Sturm-und-Drang-Zeit, bevor mir aufging, dass ich Frauen liebe. Hinterher meinte er dann zu mir, ich sei die Frau seines Lebens, worauf ich ihm natürlich antwortete, ich sei lesbisch und das sei nur ein dummer einmaliger Ausrutscher gewesen. Selbstverliebt, wie er ist, glaubte er es natürlich nicht. Als ich herausfand, dass er Leonor nur benutzte, um mich eifersüchtig zu machen, habe ich ihn zur Rede gestellt und ihm gesagt, er solle sie in Ruhe lassen, worauf er mit einem hämischen Grinsen meinte, das würde er ganz bestimmt nur tun, wenn ich zu ihm zurückkäme. Feige, wie ich war, bat ich meine Partei, nach Madrid gehen zu dürfen. Ich wollte nicht mitkriegen, wie er sie sitzenließ, wenn ihm aufging, wie absurd sein Ansinnen war. Doch zu meiner Überraschung tat er es nicht. Der Aufschneider ist nämlich leicht zu durchschauen, weshalb sich keine andere Frau ernsthaft für ihn interessierte, nur Leonor schenkte ihm Beachtung, und das nicht zu knapp. Sie tat einfach alles, um ihn an sich zu binden, und als sie ihn dann so weit hatte, dass er sie heiratete, da habe ich ihn gewarnt, er solle ihr bloß nie sagen, was zwischen uns passiert war, denn ich wollte nicht, dass die arme Leonor irgendwann erfährt, dass sie nichts weiter war als ein Trostpreis.

Da siehst du es, Mama, alle haben wir unsere Geheimnisse. Geheimnisse, die uns als Boot auf dem Fluss des Lebens dienen und verhindern, dass wir untergehen. Solche Geheimnisse wie meins oder deins mit Antoni, von dem du gedacht hast, dass du es mit ins Grab nimmst. Und sicher hast du noch das eine oder andere Geheimnis mehr gehabt, ganz bestimmt, denn in den letzten Monaten deines Lebens, in deinem Sessel in Leonors Wohnzimmer, hast du noch oft gelacht. Du allein weißt, warum.

Ach, Oma, ich weiß, dass es dich sehr bedrückt hätte, mich so in Tränen aufgelöst zu sehen, aber ich kann nicht anders, ich hab dich so furchtbar gern gehabt, und du fehlst mir sehr. Es reicht ja schon mit meiner Mutter, Sandra und Fuensanta. Dumm, dass wir nicht die große Kleenex-Packung aus dem Wohnzimmer mitgenommen haben. Bestimmt wäre nach deiner Beerdigung nicht eins mehr übrig.

In letzter Zeit hast du noch so viel gelacht, und vermutlich würde es dir eher gefallen, wenn ich, statt wie ein Schlosshund zu heulen, dir jetzt mit einem Lächeln von deinem Fèlix erzählen würde. Was hattest du nur für einen Narren an dem Kätzchen gefressen. Als ich das meinen Studienkollegen erzählte, haben die sich ziemlich gewundert. Eine Oma von fünfundachtzig Jahren, besessen von einer Computerspielerei! Da sagte ich ihnen, dass meine Oma sehr wohl in der Lage sei, das eine oder andere über Informatik zu lernen, sie sei sehr intelligent und werde mit Sicherheit voll darauf abfahren, wenn es mir gelänge, dir ein bisschen was beizubringen. Und ich hab's versucht, Oma, aber du wolltest nicht mehr, weil du dich hoffnungslos in deinen Fèlix verguckt hast, das hat dir vollkommen gereicht. Was sollten wir da machen.

Ich habe noch nie zuvor gesehen, wie jemand stirbt, und ich hoffe, dass das auch nicht so bald wieder der Fall sein wird. Auch wenn ich weiß, dass der Tod zum Leben dazugehört und wir alle mal sterben müssen, setzte mein Verstand aus, als ich gesehen habe, dass es mit dir zu Ende ging. In dem Augenblick kamen mir seltsamerweise keine Tränen. Und meine Mutter, die so nah am Wasser gebaut hat, weinte auch nicht. Es war merkwürdig, nur sie und ich saßen an deinem Bett, dein Tod kam ganz überraschend. Eine Stunde vorher hattest du angefangen, anders zu atmen. Bis es auf einmal so war, als hättest du dich bewusst entschieden, dass dies dein letzter Atemzug sein würde. Du hast an die Wand gestarrt, als würdest du die Entfernung vom Bett bis dorthin messen, noch einmal tief Luft geholt und dann … dann war alles aus. Mama und ich haben uns einen Moment lang angesehen und dann beide auf irgendein Zucken deines Körpers gewartet, das uns gezeigt hätte, dass noch Leben in ihm war. Aber da war nichts. Deine Augen standen offen und sahen aus wie aus Glas. Und da bin ich aufgestanden, habe sanft über deine Lider gestrichen und sie dir zugemacht.

Erst am Abend konnte ich weinen, in Danis Armen. Zu Hause ging das nicht, ich weiß, dass ich die Stütze der Familie bin, schon lange, und für Mama und Sandra stark sein musste. Von Papa kann man das ja nicht erwarten, mein Vater ist ein Windhund, und dein Tod hat ihn sowieso nicht sonderlich berührt. Aber das ist dir sicher egal. Ihr wart euch nie sympathisch, man konnte es dir an den Augen ablesen, was du von ihm gehalten hast. Als kleiner Junge hat mich das verletzt, damals bewunderte ich meinen Vater noch, wie alle Kinder waren meine Eltern für mich wahre Götter. Doch das ist seit einiger Zeit vorbei: Ich weiß, was er für einer ist. Ich weiß es seit jenem Tag, an dem ich in unserem Computer zufällig auf eine Website gestoßen bin, die er gespeichert und dann zu löschen versäumt hatte.

Das war, kurz bevor du zu uns gezogen bist. Ich musste ein paar Tage fort, um den Schock zu verdauen. Der Familie gegenüber behauptete ich, zu einem Freund in Frankreich zu fahren, doch in Wirklichkeit fuhr ich allein in die Berge. Ich war einfach sprachlos und musste nachdenken, ich wusste echt nicht, wie ich damit umgehen sollte.

Auf dieser Website, Oma, waren nämlich haufenweise Fotos mit Kinderpornografie zu sehen, nackte Mädchen von zwölf, dreizehn Jahren, denen Männer im Alter meines Vaters unfassbare Dinge antaten.

Wenn einem aufgeht, dass der eigene Vater auf so was steht, ist das nicht gerade angenehm, das kannst du mir glauben. Die zwei Tage in den Bergen waren furchtbar für mich. Damals kannte ich Dani noch nicht, der mich hätte trösten können, wie nur er es kann, ich war mir noch nicht im Klaren über meine Sexualität. Ich bin keine Kämpfernatur, Oma, kein Mensch, der mutig und entschlossen handelt, und doch überlegte ich mir, ob ich diesen Widerling von einem Vater anzeigen oder zumindest zu Hause ein Riesentheater veranstalten sollte, damit er auszog.

Und weißt du, was? Ich tat nichts davon. Ich beschloss, nach Hause zurückzukehren und mich darum zu kümmern, Sandreta vor dem finsteren Abgrund zu bewahren, der sich da in meiner Familie auftat. Ich schwor mir, ihr, so gut es ging, beizustehen, ohne Staub aufzuwirbeln, um ihr keine Angst einzuflößen.

Das ist nun schon ein Jahr her. Es ist mir nicht geglückt. Ich habe Angst, Oma. Dani liebt mich sehr, er ist unheimlich nett und liebevoll, aber ich bin mir bewusst, dass sich das von einem Tag auf den anderen ändern kann. Ich wüsste nicht, was ich ohne ihn tun sollte, Oma, ich habe Angst, ihn zu verlieren, er ist mein Fels in der Brandung, so wie ich jetzt der Fels für Mama und Sandra sein muss. Jetzt, wo du nicht mehr da bist, Oma. Mama wirkt wie ein Häufchen Elend, das nichts mehr vom Leben erwartet. Und Sandra steckt in einem Teufelskreis, aus dem sie nicht mehr herauskommt. Und weißt du, warum? Weil Papa und Mama davon überzeugt sind, dass sie von ihrer Magersucht geheilt ist. Aber ich kenne meine kleine Schwester und weiß, dass sie nur Theater spielt.

Als es hieß, dass Sandra in die Klinik muss, habe ich zu Dani gesagt, er müsse noch ein bisschen warten, bis ich mit ihm zusammenziehen könne. Aber als sie gestern aus der Klinik kam, habe ich eins festgestellt: Wenn ich nicht für sie da bin, hat sie niemanden mehr. Also habe ich meinen Umzug noch mal verschoben.

Aber eigentlich weiß ich nicht, ob das richtig ist. Ich will Dani nicht verlieren, und gleichzeitig liebe ich Sandra mehr als alles andere auf der Welt, sie ist so zart und so zerbrechlich … Und heute hat sie extra den Pullover angezogen, den du ihr gestrickt hast, um so ihre Arme zu verstecken, die so dürr sind, dass man sie gar nicht ansehen mag. Es ist ihr egal, dass sie schwitzt, sie kann damit verbergen, wie es in Wahrheit um ihre körperliche und geistige Verfassung steht.

Ich muss bald eine Entscheidung fällen, Oma. Und ich hoffe sehr, dass du mir hilfst, wo immer du jetzt auch bist. Ich stehe an einem Scheideweg in meinem Leben und muss mich für einen der beiden Wege entscheiden, und dem anderen dann notgedrungen den Rücken kehren. Ich bin mir sicher, du weißt, wovon ich spreche …

Ich wollte dich nicht noch mal sehen, als sie mir in der Klinik gesagt haben, dass du gestorben bist. Und wenn ich jetzt deinen Sarg da vorne sehe, fällt es mir schwer zu glauben, dass du da drin liegen sollst. Mein Gott, das mit dem Sterben macht mir Angst, von einer Sekunde auf die andere hört man auf, sich zu bewegen, zu sprechen, zu existieren. Bisher habe ich mir nie Gedanken darüber gemacht, aber jetzt, wo du tot bist, denke ich unaufhörlich darüber nach. Und ich, die ich es bisher kaum erwarten konnte, endlich achtzehn zu werden, denke plötzlich, dass ich gar nicht so schnell älter werden will, denn mir ist klar geworden, dass jeder irgendwann einmal sterben muss, und je älter man wird, umso näher rückt der eigene Tod. Nicht, dass ich das bis jetzt nicht gewusst hätte, natürlich wusste ich das, aber das war noch so weit weg. Jetzt kommt es mir plötzlich viel näher vor. Und das macht mir Angst, denn ich will nicht sterben. Der Tod macht mir Angst, Oma, große Angst.

Dabei habe ich jetzt ganz andere Sorgen. Ich muss regeln, was zu regeln ist, es der Familie erzählen und die Dinge mit den Ärzten klären. Die wollen nämlich, dass ich richtig fett werde, so wie ein Schwein kurz vor dem Schlachthof. Und da ich noch nicht volljährig bin, kann ich leider noch nicht tun, was ich will. In der Klinik konnte ich mich nicht weigern zu essen, sie gaben mir weder Papier noch Bleistift zum Schreiben noch ließen sie mich telefonieren, wenn ich nicht wer weiß was alles aß. Erpresserbande.

Jaume hat einmal zu mir gesagt, ich hätte geile Kurven. Sitzenlassen hat er mich dann aber wegen einer, die um einiges dünner ist als ich! Er hat mich also glattweg angelogen, ich war viel zu fett für ihn. Und wenn ich mich im Spiegel angesehen habe, konnte ich das auch sehen.

Und jetzt werde ich sicher bald aussehen wie ein Fass.

Miquel sagt, ich gefalle ihm, so wie ich bin, er sagt, ich soll aufhören, ihn ständig danach zu fragen, und zur Sache kommen. Mit dem Piercing. Lass dir ein Zungenpiercing stechen, los, komm, er war wie besessen davon und hörte nicht auf zu drängen, sodass ich schon dachte, was ist denn mit dem los? Irgendwie habe ich es hinbekommen, dass meine Mutter mir das Geld dafür gegeben hat. Schweigegeld sozusagen, weil sie ja auch eins hat – und das in ihrem Alter, und zudem sieht's ja doch keiner, na ja, bis auf Papa, aber ob der auf so was steht?

Na, jedenfalls dachte ich, dass Miquel damit zufrieden ist. Nach einem langen, intensiven Zungenkuss hat er dann aber zu mir gesagt, und jetzt blas damit die Flöte. Erst wusste ich nicht, was er wollte, bis er auf seinen Schwanz zeigte. Ich erstarrte und blaffte ihn an: He, ich bin keine Nutte! Aber er meinte, das würden jetzt alle Mädchen tun, und wenn ich es ihm nicht so besorgte, dann würde er sich halt eine andere suchen. Da habe ich natürlich nachgegeben, nicht dass er mich abserviert wie Jaume.

Offen gestanden ist es ein bisschen eklig, wenn auch nicht so schlecht, obwohl ich das nie einer Freundin erzählen würde, weil ich mich ganz schön dafür schäme. Das erzähle ich nur dir, Oma, weil du tot bist. Richtig toll hingegen finde ich ja so etwas Romantisches, etwa wenn er mich auf der Straße in den Arm nimmt und mir vor allen anderen einen Kuss gibt. Ich finde es toll, dass er mir gehört und niemandem sonst, dass er mich liebt. Und ich mag den Gedanken, dass ich ihn heirate und wir dann eine große Wohnung und Kinder haben. Ich hoffe, dass er mich nicht sitzenlässt, wenn er erfährt, was auf ihn zukommt.

Natürlich wird er nicht begeistert sein, wenn ich irgendwann dann Schauspielerin werde, und das ärgert mich ein bisschen. Aber gerade steht das ja eh nicht zur Debatte, im Leben kann man nicht alles haben, und im Moment gibt es Wichtigeres.

Auf jeden Fall gebe ich weiter auf meinen Körper acht, auch wenn mir das immer schwerer fällt. Meine Eltern und Martí passen zudem auf wie ein Luchs, dass ich genug esse und es hinterher nicht wieder auskotze. Wenn es mir dann doch hochkommt, werden sie ganz böse. Aber ich kann nicht anders, Oma, mir wird einfach schlecht, und ich spucke dann eben alles aus.

Wie Martí mich ansieht, ist schwer zu ertragen. Schade, dass er schwul und mein Bruder ist, sonst würde ich ihn auf der Stelle heiraten, er ist der netteste junge Mann der Welt. Er traut mir jedenfalls nicht über den Weg. Er liebt mich sehr und ich ihn, aber was mit mir gerade passiert, ist ganz allein meine Sache. Wenn er bloß endlich von zu Hause ausziehen würde, damit er mich nicht länger so ansieht. Aber gestern, als ich aus der Klinik kam, hat er einen Rückzieher gemacht. Na ja, vielleicht hat er sich ja mit seinem Freund verkracht.

Aber egal, irgendwann demnächst werde ich ihnen allen die Wahrheit sagen müssen.

Übrigens, Oma, vielen Dank für den Pullover. Dass du ihn für mich in den letzten Wochen deines Lebens gestrickt hast, hat mich echt umgehauen. Ehrlich. Ich hätte nicht gedacht, dass du mich so lieb gehabt hast und wolltest, dass ich es immer schön kuschelig habe. Heute kommt er mir wirklich sehr gelegen, weil ich so vor aller Welt meinen Körper verstecken kann, denn an ihren Blicken merke ich, dass sie mich immer noch für zu dünn halten. So erspare ich mir die Kommentare und die guten Ratschläge meiner Familie und deiner Freunde und Bekannten, diese blöden Sprüche, du bist spindeldürr, Kind, isst du auch wirklich? Was haben die bloß alle für einen Tick deswegen.

Der Pullover ist einfach unheimlich schön, du hattest einen sehr guten Geschmack, Oma, ich liebe diese leuchtenden Farben. Der Rollkragen ist allerdings ein bisschen eng. Und er ist mir insgesamt auch ein bisschen zu weit. Unter normalen Umständen werde ich ihn wohl kaum anziehen, denn so ein Wollpullover macht einen ja noch dicker, als man eh schon ist. Aber keine Panik: In ein paar Monaten wird er genau passen, wenn man mir erst einmal ansieht, dass ich …

Marina Lewycka im dtv

Kurze Geschichte des Traktors auf Ukrainisch
Roman
Übersetzt von Elfi Hartenstein

ISBN 978-3-423-**21101**-7
ISBN 978-3-423-**25304**-8 (dtv großdruck)

Nadias betagter Vater will wieder heiraten – eine üppige Blondine aus der Ukraine. Familienkrise! »Ein Bravourstück.« (Denis Scheck im ›Tagesspiegel‹)

Caravan
Roman
Übersetzt von Sophie Zeitz

ISBN 978-3-423-**21201**-4
ISBN 978-3-423-**25326**-0

Die Abenteuer einer Handvoll Erdbeerpflücker in England. Sie träumen von Wohlstand, Unabhängigkeit und Liebe. Doch sie haben nicht mit ausbeuterischen Arbeitgebern, bewaffneten Gangstern und regelwütigen Behörden gerechnet.

Das Leben kleben
Roman
Übersetzt von Sophie Zeitz

ISBN 978-3-423-**21349**-3
ISBN 978-3-423-**24780**-1

Sie begegnen sich an einem Müllcontainer: Georgie Sinclair, alleinerziehende Mutter, und Mrs. Shapiro, eine verschrobene alte Dame mit einer Vorliebe für Schnäppchenjagd und einem Geheimnis aus der Zeit des Krieges …

Die Werte der modernen Welt unter Berücksichtigung diverser Kleintiere
Roman
Übersetzt von Sophie Zeitz

ISBN 978-3-423-**28006**-8

Es ist das Jahr, in dem die Banken wanken – und eine Familie von Ex-Hippies gerät in einen Strudel skurriler Ereignisse.

Bitte besuchen Sie uns im Internet: www.dtv.de

dtv

Irene Dische

Großmama packt aus

Roman
Übersetzt von Reinhard Kaiser

ISBN 978-3-423-**13521**-4
und dtv AutorenBibliothek
ISBN 978-3-423-**19134**-0
und dtv großdruck
ISBN 978-3-423-**25282**-9

»›Großmama packt aus‹ zeigt das Gesamtbild bürgerlicher Familienkatastrophen. Unbarmherzig, liebevoll, hinreißend.«
Michael Naumann in der ›Zeit‹

Bekanntlich verstrickt sich jeder, der über sein eigenes Leben schreiben will, in ein Lügenknäuel. Der Kunstgriff, mit dem Irene Dische diesem Dilemma entgeht, ist genial: an ihrer Statt erzählt Großmutter Elisabeth Rother, genannt Mops, und die Enkelin setzt sich lustvoll ihrem süffisanten, gnadenlos vorurteilsbeladenen Blick aus.

»Bei dieser Tragikomödie bleibt kein Auge trocken. Wir sind verblüfft, wir lachen, wir sind gerührt von dieser deutsch-jüdischen Geschichte aus dem schrecklichen zwanzigsten Jahrhundert.«
Hans Magnus Enzensberger

»Irene Dische schreibt so leicht und immer ein wenig ungeduldig flink. Sie besitzt einen Humor, der nicht den Zeigefinger hebt, sondern angelsächsisch hurtig ein Zwinkern vorzieht.«
Rolf Michaelis in der ›Zeit‹

Dora Heldt im dtv

»Ein Muss, nicht nur für die Ferienzeit, egal ob am Meer oder auf dem Balkon.«
Rhein-Neckar-Zeitung

Ausgeliebt
Roman
ISBN 978-3-423-**21410**-0

Wenn man nach 10 Jahren Ehe mit fast 40 per Telefon verlassen wird, dann ist das ein Schock. Genau das passiert Christine eines schönen Abends auf dem schwesterlichen Sofa in Hamburg. Zum Glück ist Frau nicht alleine – Freundinnen und Schwester sind gleich zur Stelle. Ein wunderbarer Identifikationsroman für alle Frauen um die 40.

Unzertrennlich
Roman
ISBN 978-3-423-**21133**-8

Geht's auch ohne beste Freundin? Für Christine ist die Antwort ein klares Ja. Und das nicht ohne Grund. Dabei verpasst sie viel, findet ihre Kollegin Ruth und plant für Christines 44. Geburtstag eine grandiose Überraschung. „Ein launig-gefühlvoller Roman, den man wirklich jeder Freundin schenken möchte.« (The Medical Journal)

Bei Hitze ist es wenigstens nicht kalt
Roman · dtv premium
ISBN 978-3-423-**24857**-0

Seinen 50sten groß feiern zu müssen – ein Alptraum! Doris ergreift die Flucht und lädt zwei alte Schulfreundinnen zu einem Wellness-Wochenende ein. Aber wer gibt schon gern zu, dass im Leben nicht alles nach Plan gelaufen ist? Den großen Knall kann auch die beste Hot-Stone-Massage nicht verhindern …

Bitte besuchen Sie uns im Internet: www.dtv.de

Rita Falk im dtv

»Die Hommage an eine unzerstörbare Freundschaft.«
Björn Hayer, Süddeutsche Zeitung, SZ-Extra

Rita Falk
Hannes
Roman
ISBN 978-3-423-28001-3

»Mensch Hannes, das Frühjahr beginnt, und du liegst da und rührst dich nicht. Heut früh hat es schon überall nach Frühling geduftet. Das wäre der erste Sommer für mich seit einundzwanzig Jahren, den ich ohne dich verbringe. Also habe ich angefangen, dir zu schreiben, Hannes. Heute übergebe ich diese Briefe in tiefer Dankbarkeit. Sie haben mein Leben gerettet.«

Niemand weiß, ob Hannes nach dem schweren Unfall je wieder aus dem Koma erwachen wird. Doch einer glaubt ganz fest daran: sein bester Freund Uli. Und der versucht auf seine Art, Hannes zurück ins Leben zu holen.
Die berührende Geschichte einer ganz besonderen Freundschaft. Schöner und ergreifender kann man wohl kaum von der Angst vor einem Verlust – und von der Kraft und Schönheit des Lebens erzählen.

Rita Falk, Jahrgang 1964, hat sich mit ihren Bestsellern um den Dorfpolizisten Franz Eberhofer in die Herzen ihrer Leser geschrieben. Sie ist verheiratet und Mutter von drei erwachsenen Kindern. ›Hannes‹ ist ihr erster Roman.

Bitte besuchen Sie uns im Internet: www.dtv.de

Dörthe Binkert im dtv

»Dörthe Binkert versteht es, die Vielschichtigkeit ihrer Personen und ihre tiefsten Gefühle mitreißend darzustellen.«
literaturmarkt.info

Weit übers Meer
Roman

ISBN 978-3-423-**21186**-4
ISBN 978-3-423-**25324**-6 (dtv großdruck)

Eine geheimnisvolle Frau in Weiß geht am Abend des 23. Juli 1904 in Antwerpen an Bord eines Überseedampfers. Sie hat kein Gepäck, keinen Pass, kein Geld und keine Papiere. Am nächsten Morgen meldet sie sich als Blinde Passagierin beim Kapitän. Wer ist diese Frau? Welches Geheimnis verbirgt sie?

Bildnis eines Mädchens
Roman

ISBN 978-3-423-**21317**-2
ISBN 978-3-423-**25332**-1 (dtv großdruck)

Zwei Bauernburschen finden eine verletzte junge Frau in den Bergen des Engadin und bringen sie ins Dorf Maloja. Wer ist die schöne Fremde, die kein Wort spricht? Die nichts zu besitzen scheint außer ihrem zerlumpten Kittel und einem kostbaren Medaillon, das eine geheimnisvolle Botschaft birgt.

Brombeersommer
Roman · dtv premium

ISBN 978-3-423-**24913**-3
ISBN 978-3-423-**41334**-3 (eBook)

Sie kennen sich von Kindesbeinen an. Sie sind die besten Freunde. Die Sache hat nur einen Haken: Sie sind zwei Männer und eine Frau. Eine bittersüße Liebesgeschichte aus dem Deutschland der 50er Jahre über den Neuanfang nach dem Krieg und den Wert der Freundschaft in schwierigen Zeiten.

Anja Jonuleit im dtv

»Anja Jonuleit spielt mit Emotionen,
ohne je kitschig zu werden.«
Berner Bär

Herbstvergessene
Roman · dtv premium
ISBN 978-3-423-**24788**-7

Nach dem rätselhaften Tod ihrer Mutter Lilli Sternberg findet Maja in deren Nachlass ein Foto. Es zeigt Großmutter Charlotte mit einem Baby. Doch dieses Baby hat keinerlei Ähnlichkeit mit der hellblonden, blauäugigen Lilli. Maja stößt auf ein dunkles Familiengeheimnis, das alle Gewissheiten in ihrem Leben mit einem Schlag zunichte macht.

Neunerlei
Eine Weihnachtserzählung
ISBN 978-3-423-**21326**-4

Die junge Apothekerin Katharina, die eine wahre Gewürzexpertin ist, und der Heftchenromanschreiber Sami, der nicht mehr an die große Liebe glaubt: zwei einsame Herzen, die das bevorstehende Weihnachtsfest fürchten, über ein duftendes Geheimnis aber zueinanderfinden.

Die fremde Tochter
Roman · dtv premium
ISBN 978-3-423-**24945**-4

Eine große Teedynastie in Paris, drei Generationen von Frauen und ein lange verschwiegenes Verbrechen, das die Schicksale der Frauen eng miteinander verbindet. Der neue Familienroman von Erfolgsautorin Anja Jonuleit.

Bitte besuchen Sie uns im Internet: www.dtv.de